KB065596

우주의 일곱 조각

은모든 연작소설집

우주의 일곱 조각

펴낸날 2022년 5월 16일

지은이 은모든
펴낸이 이광호
주간 이근혜
편집 최지인 김필균 조은혜 방원경
펴낸곳 ㈜**문학과지성사**
등록번호 제1993-000098호
주소 04034 서울 마포구 잔다리로7길 18 (서교동 377-20)
전화 02)338-7224
팩스 02)323-4180(편집) 02)338-7221(영업)
전자우편 moonji@moonji.com
홈페이지 www.moonji.com

ⓒ 은모든, 2022. Printed in Seoul, Korea

ISBN 978-89-320-4021-9 03810

우주의 일곱 조각

은모든 연작소설집

문학과지성사

차례

미래에서 왔습니다

"내가 너 주인공 만들어줄게. 같이 재미있는 거 한번 해보자."

커피 잔을 들어 입술을 축인 성지는 방금 기운의 입에서 나온 말과 같은 제안을 기다려온 나날을 되짚어보았다. 스물둘에 데뷔한 이래 억겁의 시간이 흐른 것만 같았다. 성지는 오른손으로 자신의 이마를 짚어본 후에 왼손으로 같은 동작을 반복했다. 자신이 지금 이곳에 존재한다는 사실을 분명하게 느끼기 위해서. 이따금 그렇게 피부로 감지되는 실재감을 확인해야 마음이 놓였다.

이를테면 밤샘 촬영을 마치고 기진맥진한 채 현장을 나설 때. 혹은 온몸과 마음을 움켜쥐고 뒤흔드는 영화를 관람한 뒤 거듭 탄복하며 극장에서 나오는 길에. 발끝에 닿는 지면이 무르고 아득하게 느껴져 언제라도 형태를 바꿀 수 있을 것만 같은 기분이 들 때면 성지는 인간이 인지하지 못하는 차원이 곳곳에 은밀하게 말려 있는 상태로 존재하고 있으리라는 가설을 떠올렸다. 그렇다면 세계는 하드커버의 책 같은 모습일지도 모른다고 상상하기도 했다. 빈틈없이 단단한 형태를 갖추고 있는 듯하지만 살짝 접힌 책 끝을 하나씩 찾아 펼치다 보면 점차 더 넓어지는 게 아닐까, 하고.

돌이켜보면 다른 차원을 상상하는 버릇이 든 계기는 기운과도 관련이 있었다. 그와 함께 출연했던 드라마 〈사막의 연인〉의 첫 회 대본을 받았을 때, 그 속에 등장하는 시간 여행과 평행우주 설정을 제대로 이해할 수 없었던 터라 허겁지겁 몇 권의 교양 과학서를 읽었던 것이다. 그중 한 권은 읽을수록 오묘해서 지금도 침대 근처에 두고 자주 펼쳐 본다. 그러나 누군가 그 책들이 배역을 연기하는 데 도움이 되었느냐고 묻는다면 도저히 고개를 끄덕일 수가 없었다.

〈사막의 연인〉 속 2050년은 국토의 절반 이상이 사막으로 변하고 소수의 기업들이 실질적인 정부 역할을 하는 세상으로 그려진다. 게다가 사막화가 가속됨에 따라 지구를 버리고 선택된 소수를 화성에 이주시키는 프로젝트가 비밀리에 논의되고 있는 시점이기도 하다. 그 같은 선택에 반기를 든

단 한 명의 기업가이자 천재 과학자인 남자 주인공 역할을 기운이 맡았다. 성지는 그의 비서이면서 경쟁사에서 고용한 산업 스파이라는 비밀을 가진 조연이었다.

둘은 본격적인 사막화가 시작되기 전으로 가서 첨단 기술을 전수하기 위해 시간 여행을 감행한다. 문제는 시간 여행을 설계하며 생긴 작은 착오로 원래 계획한 시기보다 10년 이른 시점에 불시착했다는 것이다. 그들이 만나게 된 여자 주인공은 사태의 심각성을 인지하고 있는 연구원이 아니라 갓 스무 살의 학부생일 뿐이다.

지구를 구하기 위해 시간 여행에 나서는 첫 회는 제법 거창했지만, 실제 방영분의 대부분은 미래의 재벌과 현재의 대학생이 벌이는 로맨스에 초점이 맞춰져 있었다. 또한 당시 기운의 인기와 여주인공을 맡은 미나와의 케미에 힘입어 드라마는 공전의 히트작이 되었다. 그게 벌써 10년 전의 일이었다. 시간 여행이 가능하다면 아마 기운은 영원히 그 시기에서 머무를지도 모르겠다고 성지는 생각했다.

"네가 그랬잖아. 엄마 역할만 하다가 삼십대 다 갈 것 같다고." 기운이 의자의 등받이에 상체를 기대듯 자세를 바꾸어 앉으며 말했다. "그렇게 두면 쓰겠어?"

"여기 커피 괜찮네. 디저트도 잘하려나?" 성지는 퍼뜩 떠오른 듯 휴대폰을 들어 시간을 확인했다. "작년에 우리 동네에 디저트 숍이 하나 생겼거든. 샛노란 간판이랑 케이크 상자가 눈에 확 띄는데, 거기가 케이크를 그렇게 잘한대. 지날 때 보면 사람들이 항상 줄 서서 기다리고 있어."

"말 돌리기는. 왜, 한 조각 사 가지고 올까? 거기 맛이 뭐 얼마나 대단한데?"

"모르지, 나는 못 먹어봤으니까."

대부분의 배우들이 그러하듯 성지 역시 늘 체형 변화에 유의하므로 생크림이나 버터가 듬뿍 든 디저트를 먹는 일은 연례행사에 가까웠다. 그래서 그런지 이따금 다디단 것이 못 견디게 먹고픈 순간이 찾아왔다. 지난주에 어느 독립영화의 감독이 보내온 시나리오를 검토하다 말고 모자를 깊이 눌러쓰고 나가서 디저트 숍 앞으로 이어진 줄 끝에 선 것은 바로 그런 이유 때문이었다. 하지만 성지의 차례가 돌아오기도 전에 쇼케이스는 동나고 말았다. 아쉬운 대로 근처의 다른 카페에서 집어 온 조각 케이크는 며칠 묵은 것인지 한 입 맛보자마자 냉장고 탈취제 냄새가 코끝에 감돌았다. 미끈거리는 생크림이 묻은 입가를 닦아내는데 김이 새다 못해 서러움이 밀려들었다. 진짜 탐나는 것은 남들이 죄다 먼저 채어 가고 내 앞에는 결국 이런 것밖에 안 돌아오는구나, 하는 마음을 좀처럼 떨칠 수 없었던 것이다.

"그런 기분, 선배도 알려나 몰라?"

"너무 잘 알지. 너만 엄마 역할에 질린 거 아니야. 나도 마찬가지라고. 카메오로 나가서 죽는 것도 지겹다, 지겨워."

"그러게. 왜 선배가 나가서 죽기만 하면 작품이 잘될까?"

정작 선배가 주인공으로 나오면 망하고,라는 말은 굳이 입 밖에 내지 않았다. 얼마 전부터 네티즌들은 그를 두고 '죽어야 사는 남자'라고 비아냥대는 모양이었다. 연기력에 관한 평가는 더욱 처참했다. 특히 지난해 그가 조연으로 출연한 영화를 본 어느 네티즌의 코멘트를 성지는 지금도 기억한다. '구천을 떠도는 원혼처럼 철 지난 구식 로맨틱코미디의 세계관을 하염없이 맴도는 연기.'

"〈사막의 연인〉 스핀오프에서는 확실히 살아 있을 테니까 진짜 잘해봐야지." 기운이 재빨리 덧붙이더니 최근에 미팅을 했다는 몇몇 신인 감독의 이름을 흘렸다.

"리부트에서 스핀오프로 바뀌었네."

"아, 그건……"

성지가 기운의 말머리를 자르며 물었다. "선배, 정말 제작에도 참여하는 거야?"

"해보려고. 못 할 거 없겠던데."

기운은 20분씩 8회 차의 오리지널 콘텐츠로 제공하는 조건으로 계약을 앞두고 있다는 OTT 서비스 업체의 이름을 대며 미소 지었다. 그러면서 매회 에피소드마다 모 브랜드의 탄산수가 한 번씩 등장하기만 한다면 장르나 형식에는 어떠한 제약도 받지 않는 조건이라고 설명했다. 스핀오프로 내용에 제약이 없는 만큼 요즘 각광받는 환경 관련 메시지를 담아서 재미와 의미를 함께 잡는 콘텐츠를 만들어보자며 두 손을 불끈 쥐어 보였다.

성지는 습관적으로 고개를 끄덕이며 엄청나다고 생각했다. 지난해 〈사막의 연인〉 리부트 프로젝트 기획을 알리는 기사에서 '창사 50주년을 기념하는 12부작 웰메이드 드라마'가 될 것이라고 읽었던 것과 비교하면 프로젝트의 규모가 엄청나게 축소되었다고 말이다. 당시에 합류를 긍정적으로 검토하고 있다고 언급된 여배우 또한 원작의 조연이었던 성지가 아니라 미나였다. 기사의 말미에는 공전의 히트작인 〈사막의 연인〉의 두 주인공 이기운과 차미나가 재회하여 원작의 10년 후 이야기를 선보이는 기획이 많은 이의 관심과 향수를 불러일으킬 것으로 기대를 모은다고 적혀 있었다.

물론 그때도 성지는 과연 기대작이 될까 싶었다. 미나가 연기파 배우로 거듭나 영화계에서 주연으로 입지를 다지고 칸과 골든글로브 시상식의 레드 카펫을 밟으며 승승장구하는 동안, 기운은 왕년의 톱스타라는 위치나마 간신히 붙들고 있었기 때문이다. 소위 믿고 보는 배우가 된 미나와 기운이 나란히 선다면 냉정히 말해서 기운만 우스워질 게 빤하지 않은가 싶었다.

다만 그런 생각이 드는 것과 연락을 기다리는 것은 별개의 문제였다. 성지는 원작에서 얄미운 조연을 맡았던 자신에게는 리부트 프로젝트에 낄 기회조차 주어지지 않나 보다 싶어서, 조연은 요새 잘나가는 어린 배우들로 채우나 보다 예상하며 씁쓸해했다. 그래서 잊고 지냈건만 두 계절이 지난 시점에 기운이 급하게 만남을 청하더니 미나가 고사한 주인공 역할을 주겠다며 손을 내미는 것이었다. 공중파 12부작에서 군소 OTT 서비스의 8부작으로 쪼그라든 프로젝트를 열렬하게 설명하면서.

'죽어야 사는 남자'가 된 지금과 달리 〈사막의 연인〉 기획 당시의 기운은 주연을 맡은 드라마를 모두 히트시킨 '트렌디 드라마의 황태자'이자, '인간 로코'로 불렸다. 네번째 작품에 대한 기대가 최고조에 이른 가운데 작가가 처음부터 그를 염두에 두고 만들었다는 주인공 역은 아예 이름까지 기운의 이름 그대로 설정되어 있었다.

한 장르의 간판스타가 되고 작품 전체를 이끌어간다는 것은 어떤 기분일까. 모두가 성공을 예상하는 작품에 출연하는 기분은 어떨까. 멀리서 부러워하기만 하던 성지가 〈사막의 연인〉에 투입될 수 있었던 것은 당시에 같은 회사 소속이었던 미나가 여자 주인공으로 낙점된 덕이었다. 끼워팔기식 캐스팅을 위해 소속사 대표가 끈질긴 협상을 한 끝에 따낸 성지의 역할은 비중이 크다고 할 수 없었다. 게다가 대본을 받아 들면 성지 자신마저 자기가 맡은 배역에 얄미움을 느낄 지경이었다.

그에 비하면 기운의 배역은 시청자들을 쥐락펴락하는 모순성으로 가득 차 있었다. 미래의 재벌인 그는 천문학적 규모의 자산을 소유하고 있었지만, 곁에는 마음을 나눌 사람한 명 없는 외톨이였다. 천재로 불리울 만한 명석한 두뇌를 자랑했으나, 자신의 감정을 솔직히 드러내는 방법에는 무지했다. 여주인공에게 뜨거운 눈빛을 보내면서도 다정한 말은 한마디 건넬 줄 몰랐으며, 그러면서도 그녀가 위기에 빠지면 어떤 위험을 감수하고도 구출해냈다.

가만히 돌이켜보면 헛웃음이 나는 설정이라고 성지는 생각했다. 인류를 구하겠다고 과거로 떠나서 연애만 하는 모습이, 자신이 사랑하는 여자를 구하기 위해서는 전 지구를 날려도 상관없다고 악을 쓰는 철부지가 그때는 뭐가 그토록 멋있게 보였을까. 관심 없는 상대에게는 안하무인으로 일관하고, 제 성질을 이기지 못해 툭하면 버럭버럭 고함을 치는 그런 역할을 어쩌면 그렇게 황홀하게 바라볼 수 있었을까.

주택을 개조한 천장이 높은 카페의 창가 자리에 앉아 성지를 바라보고 있는 그는 여전히 젊었고, 변함없이 밝았다. 미소도, 눈빛도, 체형에도 큰 변화는 없었다. 그렇지만 더 이상 '인간 로코'로 보이지는 않았다. 건물에 빗대자면 마치 쇠락한 카지노 호텔 같았다. 안으로 들어서자마자 압도되던 위용이 사라진 채 유행이 지난 건축 양식에, 빛바랜 유화 액자에, 통창 너머 쏟아지는 인공 폭포에 과거의 영광이 조금씩 고여 있는 듯한 느낌이었던 것이다. 성지는 턱을 괴고 앉아서 그를 밝혀주던 그 빛은 다 어디로 흩어져버렸는지 궁금해했다. 온 세상의 애정을 흡수하는 것처럼 보였던 그에게 무슨 일이 일어난 것일까. 혹여 그가 바뀐 게 아니라 그동안 세상이 바뀐 것일까.

"하긴, 10년간 세상이 많이 바뀌었지." 성지가 중얼거리자 기운은 고개를 끄덕이더니 "그때는 우리도 이십대였어" 하고 응수했다.

"만약에 배우 인생을 다시 산다면 말이야. 선배는 지금까지 했던 작품 중에 몇 편이나 다시 해보고 싶어?"

기운의 얼굴 위로 쓴웃음이 번졌다. "너는 어떤데? 네 필모 시작이 영화던가?"

성지의 필모그래피

필모그래피의 시작을 묻는 질문을 받을 때마다 성지는 대답을 얼버무리게 되곤 했다. 처음에는 민망해서였다. 주인공들이 도둑질하는 편의점의 점원 역. 대사가 한 마디뿐인 엑스트라로 등장한 영화를 출연작이라고 언급하는 게 낯부끄러웠던 것이다. 그러다 점점 시간이 지나면서 그 작품 자체를 떠올리는 일이 씁쓸해졌다. 십대들 사이의 집단 따돌림과 학교 폭력을 다루었던 영화의 촬영 현장이 당시에 실제로 십대였던 배우들에게 지나치게 가혹했다는 자각이 들었던 탓이다.

그로 인해 상대가 먼저 예의 영화를 언급하지 않는 한 대체로 필모그래피의 시작이라고 언급하는 아침 드라마에서 성지는 남자 주인공의 동생 중 한 명으로 등장했다. 흔히 일컫는 부잣집의 철없는 막내딸 역할이었다. 해맑게 웃으며 여자 주인공을 곤란하게 하는 질문을 해대는 캐릭터로 인해 시청자들의 미움을 톡톡히 샀다. 성지는 평생 들을 만한 얄밉다는 말을 몇 달 새 다 들으며 공중파의 힘을 체감했다. 만일 종교가 있다면 다음번에는 사랑받는 역을 맡을 수 있기를 기도했을 것이다. 그러나 이듬해 출연한 주말 드라마에서 맡은 역할도, 그다음으로 미니 시리즈에서 맡은 배역도

비중이나 결이 크게 다르지 않았다.

여주인공의 애정 전선을 방해하는 조연. 쟤만 안 나오면 좋겠다는 말을 듣는 눈엣가시. 한번은 화단에서 장미꽃이 활짝 피어야 하는데 왜 자꾸 엉뚱한 게 돋아나는지 모르겠다며 잡초를 뽑아내는 엄마의 모습을 보고 자신을 거쳐간 역할들이 떠올라 왈칵 눈물을 쏟았다. 가끔은 매일 들여다보는 거울 앞에 서는 일이 겁나기도 했다. 실은 원래 자신이 미워 보이는 사람이라는 것을 확인할까 봐 그랬다. 심지어 얼굴 한가운데에서 미움받을 근거를 발견할 것만 같아 겁이 나는 순간도 있었다.

처음으로 그런 공포감이 엄습했던 것은 〈사막의 연인〉에 출연했을 때였다. 전국적으로 이름을 알림과 동시에 (마지막 화의 시청률을 고려한다면 시청자의 31퍼센트에게) 비호감 이미지를 굳히게 된 그 드라마에서 성지는 열심히 연기하면 할수록 미움을 받았다. 겉으로는 비서이지만 실제로는 산업 스파이라는 역할은 대체로 기운을 유혹하여 판단을 흐리게 하고, 주인공 커플의 연애를 훼방 놓는 일에 매진했기 때문이었다.

성지는 우연을 가장하여 기운과 신체 접촉을 꾀하고, 적의 시선을 교란하기 위해 과감하게 키스를 퍼붓고, 작전을 위해 차 안에서 옷을 갈아입는 모습을 연기했다. 긴박한 시간 여행 와중에 언제 준비했는지 모를 드레스를 입고 등장하는 장면도, 추적을 당하자 거추장스러운 스커트 자락을 쭉 찢어 슬릿을 내는 장면도 있었다. 두번째로 드레스를 입고 나온 장면에서는 기운에게 지퍼를 올려달라고 부탁하여 시청자들의 공분을 샀다. 그 장면을 먼발치에서 바라보고 오해한 여주인공이 뒷걸음질 치며 흐느끼는 연기와 대비되어 더욱 미움을 받게 된 것이었다.

시청자들은 알 도리가 없었을 테지만 실제 그 장면을 촬영하던 현장에서 수없는 NG를 내서 스태프들의 한숨과 원망을 산 것은 여주인공인 미나였다. 처음 두 번은 대사를 틀린 탓이었지만 이후에는 더 눈물이 나오지 않는 게 문제가 되었다. 충격을 받고 눈물을 머금은 채 뒤돌아서는 표정도 어색했고, 뛰는 모습은 삐걱거리는 소리가 들릴 듯 뻣뻣했다. 팔다리를 저렇게 움직이는 사람이 있다는 사실이 신기해 웃음이 날 지경이었다. 그러나 그 장면이 실제로 방영되었을 때 압도적인 반응은 성지가 맡은 역할이 짜증 나고 꼴보기 싫다는 것이었다.

'아찔한 뒤태가 돋보이는 드레스 지퍼 신'을 논하는 기사 댓글에는 욕설이 상당했다. 어떤 사람은 성지의 얼굴 자체를 보기 싫어했고, 누군가는 목소리조차 듣기 싫어했다. 남자 주인공과 키가 비슷한 것도 흠이 되었다. 성지는 굳이 악플을 읽을 필요가 없다는 사실을 누구보다 잘 알면서도 뭔가에 사로잡힌 듯 댓글 창의 다음 페이지를, 또 다음 페이지를 읽어나갔다. 새 창이 뜰 때마다 그만 읽어야 한다고 생각하고 또다시 다음 창을 여는 행동을 반복하며 전체 댓글의 절반쯤을 읽은 시점에는 오른손을 기계적으로 움직이는 동작에 힘입어 감정의 동요도 일지 않는 것만 같았다. 순수하게 사람들의 마음을 참고로 알아보는 것뿐이라고 합리화했다. 물론 그런 생각은 자기기만에 불과했는데 지금도 마지막 댓글의 페이지였던 54라는 숫자와 날 선 욕설을 기억하고 있기 때문이다.

〈사막의 연인〉을 마치고 난 성지에게 주어지는 역할은 엇비슷하고 빤한 조연이었다. 다른 선택지는 두 가지 정도 있었다. 첫번째는 여주인공을 적당히 방해하는 얄미운 역할을 넘어서 적극적으로 괴롭히는 표독스러운 악녀 역할을 맡는 것. 그게 아니면 파격적인 노출을 감행하는 것. 소속사에서 은근히 후자를 바라고 있다는 사실을 깨달은 후 카메라 앞에 벌거벗은 몸으로 서는 악몽을 꾸었을 때였다. 새로운 선택지가 등장했다. 간신히 안착한 청춘 드라마를 버리고 다시 아침 드라마로 돌아가 다른 여배우보다 일찍 아이 엄마 역할을 맡는 길이었다. 악몽까지 꾼 뒤라 그런지 나쁘지 않은 선택으로 보였다. 그러니까 성지가 스물여덟에 쌍둥이의 엄마 역을 수락한 이유에는 나름의 반항심과 자포자기하는 마음이 뒤섞여 있었다.

아침 드라마 복귀작에서 성지의 아들로 나오는 쌍둥이는 당시에 일곱 살이었는데 중증 자폐성 장애를 가진 첫째와 천방지축 장난꾸러기 둘째라는 설정을 흠잡을 데 없이 소화해내서 인기를 모았다. 성지에게도 좋은 점이 있었으니 처음으로 본격적인 감정 연기를 선보일 기회를 얻은 것이었다. 애써 눈물을 삼키는 연기도, 혼절할 때까지 우는 연기도 해볼 수 있었다. 밥집에 가면 서비스 반찬이 놓이는 경험을 처음으로 하게 되었다. 등을 토닥여주거나 손을 잡고 힘내라는 어르신들도 자주 만났다.

그러고 나자 엄마의 나날이었다. 편견에 맞서는 싱글맘, 교육열에 불타는 대치동의 젊은 사모님, 대치동 못지않은 교육 서비스를 쟁취해내고야 마는 목동의 열혈 엄마, 미스터리의 열쇠를 쥔 만삭의 임산부, 아들을 세자로 만들기 위해 죽음을 마다하지 않는 후궁. 대안 가족의 모습을 그린 독립영화에서도 혈연으로 이어지지 않은 코피노 소녀의 엄마가 되어주는 역할을 맡았다. 필모그래피를 가만 되짚어보면 엄마라고 하더라도 그 안에서는 퍽 다양한 역이 주어졌구나 싶다. 애초에 주인공으로 호출되는 배우는 되지 못했으니 냉정히 말해서 상황이 나쁜 것만은 아닐지 모른다는 생각도 없지 않았다.

"어쨌거나 일이 계속 들어오는 거야 감사한 일이잖아? 그런데 또 한없이 가라앉는 날에는 결국 나는 평생 어느 작품에서도 1지망으로 불릴 일은 없을 것 같다는 생각이 자꾸 들어. 평행우주가 백 개쯤 있어도 거기서 다 엄마 역할만 하고 있을 것 같아."

"이러다 또 다 때려치우고 부모님 하시는 서점으로 돌아가겠다고 하겠네."

커피 잔을 입으로 가져가려던 성지가 동작을 멈추고 기운을 바라보았다. "그런 얘기를 다 기억해?"

"너 그때, 송 피디한테 깨지기만 하면 그 얘기 했었잖아." 기운이 싱긋 웃었다. "그나마 우리 중에 제일 덜 깨져놓고. 서점은 잘돼?"

"정리하셨지. 요즘 같은 때 서점이 될 리가." 성지가 커피 잔을 비웠다. "송 피디는 지금도 그렇게 소리를 지르려나?"

"사람은 쉽게 안 바뀌니까." 기운이 대꾸했다.

"생각해보면 말이야, 나는 분위기 험악해지는 게 겁나서 그때 촬영장에서는 어떻게 하면 안 틀릴까 하는 게 우선이었거든. 그런데 미나는 그때 연기도 거의 처음이었고, 그렇게 혼나면서도 테이크 갈 때마다 뭐라도 다르게 해보려고 나름 애를 썼어. 기억나?"

"그랬던가. 그럼 그런 노력이 쌓여서 할리우드 간다는 얘기가 다 나오는 건가 보네. 이건 우리끼리 하는 얘긴데, 미나가 검토한다던 그 영화, 주인공으로 에이미 애덤스가 나올 것 같대."

"미나가 에이미 애덤스랑 작품을 한다고?"

"막상 거기서 미나 역할이 그렇게 크지는 않다던데. 조연이니까."

"부러운 것도 정도가 있지 진짜 이렇게는 못 살겠다. 서점 망해서 돌아갈 데도 없으니까 아예 이민을 갈까 봐."

성지는 속으로 한숨을 삼키며 휴대폰을 들어 시간을 확인했다. 기운이 바쁜 일정이 있느냐고 물어서 이번에는 한숨을 참을 도리 없이 내쉴 수밖에 없었다.

"바쁘지. 오늘 내가 제일 사랑하는 친구가 느글느글한 양아치랑 결혼하는 거 보려고 구미까지 가야 되는데."

"제일 사랑하는 친구면 좀 말려보지."

"결혼만 안 한다면 영혼이라도 팔까 했는데 사겠다는 악마가 안 나타나더라고. 차라리 당근에 올릴걸 그랬나."

기운은 못 말린다는 듯 웃더니 "그래, 너 이런 면. 시침 뚝 떼고 차분한 음성으로 드립 치는 모습만 그대로 보여줘도 이미지 변신될걸? 다큐를 섞어볼까?" 하고 성지 쪽으로 몸을 기울이더니 다시금 시간을 확인하려는 성지의 휴대폰 액정을 손바닥으로 덮으며 뭐라도 좋다고, 그간 해보고 싶었던 역할과 보여주고 싶었던 모습을 얘기해보라고 말했다.

"그러면 슈퍼 파워를 줄래? 나 그런 데 관심 많은데."

"끝까지 이러기야?" 기운은 손을 거두지 않은 채 발끝으로 성지의 발끝을 건드렸다.

"지구를 구한다고 2050년에서 날아와서 들입다 연애만 하는 거보다는 낫잖아. 스판덱스 슈트 차려입고 제대로 세계를 구해보자. 아니면 아이돌을 해볼래? 난 인생 2회 차가 있으면 절대 처음부터 배우 안 하고 아이돌로 시작해서 전향할 거거든. 뮤비는 발리 가서 찍고."

기운은 마른세수를 했다. "제주도 선에서 어떻게 안 될까?"

"제주도가 무슨 임팩트가 있어. 올레길 살인 사건이라도 찍을 거야?"

"거봐, 임팩트 있네."

"그럼 내가 선배의 사인은 꼭 밝혀줄게."

"나는 제주도 가서도 또 죽어야 되는 거니?"

"혼신을 다해서 한번 죽어봐. 그러고 나서, 배우 인생을 리부트 하는 거야. 싫으면 나랑 이민이나 가자고. 난 항상 열려 있으니까 전화만 해."

"어떻게 죽고 다시 시작해야 나도 할리우드에 입성해보

려나."

기운은 다시 마른세수를 했고 그러고 나자 어쩐지 이 카페에 막 들어왔을 때보다 몇 년쯤 더 나이를 먹은 것처럼 보였다. 그는 아마 그런 식으로 체념하며 광채를 잃었을지도 모르겠다고 성지는 생각했다.

극의 중심에 서는 자리를 한 번도 맡아보지 못한 자신과, 인간 로코였던 영광의 시절에서 영영 멀어진 선배 중 누가 더 딱한 처지일까. 한 가지 확실한 것은 딱한 배우들이 함께 만드는 철 지난 로맨틱코미디 드라마의 스핀오프가 사람들의 흥미를 끌 일이 없어 보인다는 사실이었다. 성지는 기운의 어깨를 가볍게 두드린 다음 친구의 결혼식에 참석하기 위해 무거운 발걸음을 옮겼다.

은하의 결혼식

식장에 들어서기에 앞서 성지는 먼저 도착했다는 민주를 찾아 로비의 커피숍으로 향했다. 잠깐만 앉았다 가자며 테이블을 톡톡 두드리는 민주의 눈은 방금 잠에서 깬 사람처럼 멍해 보였다.

"신부 대기실 들르려면 지금 일어나는 게 나을걸?"

"조금만." 민주가 시간을 확인하더니 말했다. "딱 8분만 있다 가자."

"5분, 10분도 아니고 8분?"

"내가 방금 전까지 이달 들어 제일 조용한 22분을 보냈으니까 30분만 채우고 가자고."

성지의 입에서는 아이고, 하는 말이 나왔다. 단지 그 말만 했을 뿐인데 민주는 자기 귀밑머리를 쓸어 넘기더니 "반년 만에 보는데 갑자기 확 나이 들어 보인다 싶지? 둥이들 때문에 약까지 다 짜놓고 새치 염색을 못 하고 나와서 그래" 하고 말했다.

"누가 나이 들어 보인대. 그대로구만." 성지는 거짓말을 했다. "아영이가 염색약을 엎든가 어디 떨어뜨렸나 보네. 그거 치우는 동안 한영이는 옆에서 계속 울고."

"참나, 배우가 민간인 사찰하네. 야, 그거 중죄야."

민주가 피식 웃더니 남편이 염색약을 잔뜩 묻힌 아영이를 씻기는 동안 한영이를 달래며 집을 치우고 나오느라 정신이 없어서 엉뚱한 구두를 신고 왔다며 성지 쪽으로 오른 다리를 뻗어 보였다. 오트밀색 리넨 원피스 아래 신은 게 광택이 도는 에나멜 플랫슈즈여서 생뚱맞아 보이는 것은 사실이라고 성지는 생각했다.

"괜찮아, 안 어울리기로 따지면 오늘 결혼하는 두 사람만

하겠니."

"아이고, 그렇게까지 철저한 위로를 바란 건 아니었는데."
민주는 그렇게 말하더니 아이들을 데리고 키즈 카페에 간
남편이 보낸 사진을 성지에게 보여주었다. "한영이가 나 어
릴 때 판박이지? 어쩜 겁 많고 멀미 심했던 것까지 닮았나
몰라."

성지는 정글짐을 신나게 오르고 있는 아영이의 뒷모습과
구석에 걸터앉아 있는 한영이의 모습이 함께 담긴 사진을
보고 고개를 끄덕였다. 아기 때는 둘 중에 누가 한영이고 누
가 아영인지 헷갈려서 이름 부르기를 주저한 적도 많았지만
이제는 더 헷갈릴 일이 없겠다 싶었다. 민주가 말한 대로 한
영이의 얼굴이 민주의 어릴 때 얼굴을 줄여서 빚은 것처럼
보였기 때문이다. 민주가 열 달을 품어 낳은 아이가 민주를
닮은 것은 지극히 당연한 일이련만, 그래도 그렇지 어쩌면
저렇게 똑 닮았을까 싶어서 볼수록 신기했다. 사진이 한 장
더 왔으므로 성지는 도로 민주에게 휴대폰을 건넸다. 민주
는 한 장이면 되는데, 하고 중얼거리면서도 싫은 내색은 아
니었다.

성지가 아는 커플 중에서 남편이 가사와 육아 분담에 열
성적인 것으로는 민주의 남편을 따를 사람이 없었다. 평소
에 민주는 자기 인생에서 가장 잘한 선택이 두 가지 있다고

강조했는데, 그중 첫째가 언론 고시를 딱 3년 두드려본 후 너무 늦기 전에 일반 기업 취업으로 방향을 전환한 것. 다른 하나는 그렇게 결심한 직후 공허한 마음을 딛고 소개팅에 나가서 지금의 남편을 만난 것이었다. 그러고 보니 그 소개팅을 주선한 것이 은하의 전남친이었다는 사실이 떠올라 성지는 속이 쓰렸다.

"은하는 너한테만 참한 남자 물어다 주고 본인은 참······ 하다못해 말릴 시간이라도 좀 줬어야지. 다시 만난다는 소리 들리자마자 식을 올릴 줄 누가 알았냐고."

"남자가 바람피운 거 무마하려고 올해 안에 식 올리자고 밀어붙이니까, 넘어간 거지. 은하네 부모님이 성공한 거야. 삼십대 중반 넘어가면서부터 결혼 더 늦어지면 지구 멸망이라도 될 것처럼 난리였잖아. 은하가 세뇌된 거지, 뭐. 아휴, 곧 식이 시작되는데 말이 너무 갔나? 모르겠다, 가자. 이제 30분 됐다."

자리를 정리하고 일어나느라 성지는 은하가 부모님에게 세뇌된 결과로 결혼을 선택하지는 않았으리라는 얘기를 꺼내지 못했다. 성지가 어릴 적부터 봐온 은하는 남의 의견에 쉽게 물드는 사람은 아니었다. 주관이 없어서 따른다기보다는, 모두가 원하는 방향이 있다면 가급적 맞춰주는 방식으로 자기 마음의 평화를 도모하는 성향이었다. 그 과정에서

설령 자신이 조금 손해를 보거나 불편을 겪더라도 감수하려
고 했다. 성지는 아마 은하를 알지 못했다면, 그리고 배우로
서 사람들의 성격을 가만히 지켜보는 습관이 들지 않았다
면, 세상에 은하 같은 사람이 있는 줄도 모르고 살았을 거라
고 생각했다. 그런 생각이 들 때면 존경해 마지않는 선우정
심 선생님이 후배 연기자들에게 재차 전하던 인간관을 떠올
린다. 이 세상에는 말할 수 없이 매력적이고 더없이 추악한
별의별 인간들이 다 있다던 말씀을.

　대부분의 사람이 원하고 손에 넣으려는 것이 명백한 세계
에서 누군가는 남다를 것 없는 탐욕을 온몸으로 발산한다.
짓밟고 속이고 악을 쓰며 두 손 가득 그러쥐는 것만 무한히
반복하는 사람도 있다. 그러다 다시금 공허함을 온몸으로
발산하기도 한다. 그마저 속임수인 경우도 허다하다. 한편
설령 속임수라는 사실을 내심 알아챈 후에도 마주한 누군가
가 눈물을 흘리면 닦아주기 위해 손부터 뻗는 사람도 있다.
은하를 보면서 그런 마음이야말로 흔치 않고 귀한 것이라고
성지는 진심으로 느꼈다. 동시에 귀한 것을 재빨리 알아보
고 집어삼킬 기회를 노리는 사람도 적지 않다는 사실을 알
게 되었다.

　신부 측 가족 중에 제일 먼저 성지의 눈에 띈 것은 큰 키

로 비딱하게 서 있는 은하의 오빠였다. 무표정한 얼굴을 한 그는 벌서는 사람처럼 두 손을 앞으로 모으고 있었다. 성지는 몇 해 전에 은하에게서 그가 얼마 전까지 작은 컨설팅 회사에 잠시 몸을 담았었다는 소식을 들었던 일을 기억해냈다. 그때도 컨설팅 회사에 다닌다는 게 아니라 최근에 퇴직했다는 과거형이었다. 학위를 수집하는 게 아니냐는 말이 나올 만큼 여러 대학과 학과를 전전했던 그가 마흔을 넘긴 지금 무슨 일을 하고 있는지는 들은 바가 없었다.

지난해 은하가 결혼 결정을 무르려 했을 때 앓아누워서 얼굴이 반쪽이 되었다던 은하의 어머니는, 올림머리와 고급스러운 한복 차림으로 평생을 지낸 사람처럼 신수가 훤했다. 실질적 가장 노릇을 하며 버텨온 지난날을 오늘 하루로 모두 보상받기라도 한 듯 온 얼굴에 기쁨이 넘쳐흘렀다. 반면 은하의 아버지는 쑥스러운 듯 아내 곁에 바짝 붙어 서서 허허허, 하고 웃고만 있었다. 여왕 옆에 선 산타클로스 같은 모습이었다. 그런 그가 집 안에서만큼은 자주 고함을 치고 물건을 집어 던지는 폭군이라는 사실을 처음 전해 들었을 때 성지와 민주는 너무 놀라서 한마디도 할 수 없었다.

"어머니, 오늘 너무 근사하세요."

"세상에, 우리 은하 탤런트 친구한테 근사하다는 말을 다 듣네!" 은하 어머니가 활짝 웃었다. "일전에 주말 연속극 엄청 잘 봤어 아주. 우리 상가 사람들한테도 본방 사수하라고 얼마나 광고를 했게. 오늘 와줘서 고마워요. 민주야, 너도 고맙고. 여기까지 와줘서."

살뜰히 아영이와 한영이의 안부까지 묻는 은하 어머니와 일별한 후 민주는 일명 '가방순이'를 찾았다며 성지를 잡아 끌었다.

"의외네." 성지가 말했다. "은하는 축의금 다 어머니 드리고 올 줄 알았더니."

"그러면 그 돈 보나 마나 또 걔네 오빠한테 갈 거라고 대학 동기 중에 야무진 애가 자원했대."

민주는 그렇게 속삭이더니 가방순이에게 축의금 봉투를 내밀고 나서는 식권을 받아야 할지 말지 망설였다. 염색약으로 한바탕 난리를 치르기 직전에 먹은 게 없긴 것 같아서라고 했다. 성지는 신부 대기실 앞까지 가는 동안 연신 민주의 등허리를 쓸어내렸다. 민주는 좀 나은 것 같다며 명치께를 주먹으로 가볍게 두드린 후에 신부 대기실 안으로 들어섰다.

은하는 대학 신입생 때 반짝 관심을 가졌던 이래 화장에는 쭉 흥미가 없었으므로 성지는 그녀가 진한 화장을 한 모습을 처음 접했다. 원래 알던 은하의 얼굴 같지 않았고 가까이에서는 과해 보이지만, 경험상 그편이 사진이 잘 나오리라는 것은 알고 있으므로 그러려니 했다. 하지만 드레스는 아무래도 은하 취향 같아 보이지 않았다. 이건 대체 누가 골랐니, 하는 말을 삼키며 성지는 "너희 어머니 얼굴에 광채가 흐르더라"라고만 전했다.

"말도 마. 행복 그 자체였어." 민주가 거들었다.

"아침부터 그러셔. 기분이 너무 좋아서 배도 안 고프시대. 그런데 우리 오빠는 옆에서 쭈뼛거리고 있지?" 은하가 소곤거렸다. "아빠도 그렇고?"

"아이고, 은하야." 민주가 자기 이마를 짚으며 말했다. "이런 날까지 가족 걱정하며 보낼래? 오늘은 네가 주인공이야. 너는 네 생각만 해."

그럼 오늘의 주인공이랑 같이 사진을 찍어보자며 성지는 은하 옆으로 가서 앉았다. 연달아 플래시가 터지는 동안 카메라 기사 주변에 선 사람들이 성지를 향해 "연예인 아냐?" "누군데?" "이름은 모르겠어" 하며 속닥거리던 말들을 뒤로하고 신부 대기실에서 나오자마자 성지는 다시 캠코더 앞에 서게 되었다. 촬영 기사는 본식이 시작되기 전에 지인 인터뷰를 하고 있다며 신랑과 신부의 앞날을 위해 한마디 남겨달라고 요청했다.

성지는 순간 아무런 말도 떠오르지 않아 엉거주춤 입만 벌리고 서 있었다. 4초쯤 그러고 있었던 것 같은데 실은 그보다 길었는지도 몰랐다. 카메라의 한가운데를 바라본 채 서서 이렇게 오랫동안 아무 말 하지 않았던 적은 없었다. 생방송이었다면 틀림없이 방송 사고가 되었을 터였다.

"아이고, 배우가 카메라 앞에서 어는 모습을 다 보네." 민주가 끼어들었다. "은하야, 잘 살아. 너는 행복할 자격이 있어! 알지?"

민주는 양손의 엄지와 검지로 손가락 하트를 만들어 보였고 성지도 따라 했다. 그때까지도 성지는 은하 커플에게 전할 만한 말이 떠오르지 않았으므로 그저 활짝 웃었다. 촬영기사가 자리를 뜬 후 은하의 전 직장 동료라며 펜과 종이를 내민 두 명에게 사인해준 후 식장 안으로 들어섰을 때는 막 예식이 시작되려는 시점이었다.

사회자가 화촉을 밝힐 양가의 어머니를 소개했고, 좌석 뒤편에 자리를 잡은 성지는 조명을 받으며 만면에 미소를 띤 은하의 어머니를 가까이에서 눈에 담았다. 영상을 통해 저 미소를 은하도 볼 수 있게 되어 다행이라는 생각이 들었다.

몇 해 전이었을까. 은하는 성지에게 "원래 술 안 드시던 분이 갑자기 술을 자주 입에 대는 것도 우울증 증상에 들어갈까?"하고 물었었다. 자기 어머니가 언젠가부터 싱크대에 기대선 채 요리용 술을 홀짝이고 술주정하는 일이 늘어서 걱정이 된다면서. 그럴 때 어머니는 은하에게 절대로 자기

처럼은 살지 말라고, 너희 오빠가 저러고 있는데 너까지 고생하면서 살면 내 인생은 아무 쓸모가 없는 게 된다고 강조한다고 했다. 그러다 은하가 남편감으로 사업가 집안의 막내아들로 유들유들하고 붙임성 있는 남자를 인사시키자 이제 죽어도 여한이 없다는 말을 버릇처럼 되뇐 모양이었다. 더는 술도 입에 대지 않았다. 민주는 은하가 그런 어머니의 말에 넘어간 거라고 했지만, 굳이 따지자면 져주었다고 하는 편이 맞을 거라고 성지는 생각했다. 이토록 환하게 빛나는 어머니의 얼굴을 도저히 못 본 척할 수 없어서, 져주기로 했을 거라고.

이어서 신랑과 신부가 입장한 후 두 사람이 혼인을 서약하고 주례사를 듣는 익숙한 차례로 전개되던 예식의 분위기가 바뀐 것은 축가 순서에 이르렀을 때였다. 사회자는 축가를 신랑이 직접 준비했다고 전했다. 신랑이 신부를 생각하며 직접 지은 시에 유명 작곡가의 도움을 받아 곡을 붙이고, 신랑의 친구들이 함께 아카펠라로 화음을 넣은 특별한 무대가 펼쳐질 것이라고 했다.

자작시에 아카펠라라니, 뜻밖의 말랑한 감성에 놀란 성지는 다시 태어나도 오직 은하만을 영원히 사랑하겠다는 가사를 듣고 일그러지는 표정을 감추어야 했다. 그가 바람을 피운 전력을 알고 있기 때문이었다. 그러나 2절은 더욱 점입가경이었는데 분위기가 반전되며 힙합 리듬과 촐싹대는 안무가 펼쳐지는 것이었다. 팔짱을 끼고 보던 민주는 급기야 신랑과 친구들이 일렬로 서서 뻣뻣한 하반신을 꿀렁거리며 트월킹을 추자 성지의 팔을 쿡쿡 찔렀다. '마이 아이즈! 마이 아이즈!' 민주가 소리를 내지 않고 입 모양만으로 절규했다.

식장에서 나선 후에도 민주는 상체를 털어내듯 떨며 눈을 씻고 싶다고 몇 번이나 강조했다. 오랜만에 민주의 호들갑을 목격하자 어쩐지 정겨운 기분이 든 성지는 민주의 차를 얻어 타고 함께 돌아가기로 했다. 둘이 한 차로 몇 시간이나 함께 움직이는 것 또한 아주 오랜만의 일이었다. 대략 셈해도 10년은 더 전의 일 같았는데 민주는 한술 더 떠서 수천 년 전에 있었던 일 같다고 말했다.

"그렇게까지? 얘기가 신화의 세계로 가네." 성지가 웃었다.

"못 갈 거 없지. 안 그래도 얼마 전에 내가 무슨 생각을 했냐면, 윤회의 고리라는 게 있잖아, 다른 게 아니라 그냥 요즘 내가 하루하루 사는 게, 이게 이미 윤회다 싶어. 매일 출퇴근하고 애들 먹이고 입히고 씻기고 재우고 기진맥진해서 자면 이튿날 일어나서 다시 똑같은 걸 하고, 또 하고 계속 반복이니까."

민주의 하루

횡단보도 앞에서 신호에 걸리자 민주가 성지에게 자기 휴대폰을 내밀었다. "이거 봐, 한영이가 일과표 그리면서 내 것도 그렸는데 이거 모양 자체가 수레바퀴 같잖아. 이 바퀴가 끝도 없이 굴러가는 거지."

성지는 일과표를 찍은 사진을 보고 너털웃음을 터뜨렸다. "왜 다 세 시간 단위래? 회사에 세 시간만 있을 수 있으면 꿀이겠지만, 세 시간 자고 어떻게 살라고."

"요새 한영이가 피자 홀릭이거든. 자기 것도 내 것도 일단 8등분부터 하고 보더라고. 출근은 아직 개념이 안 섰는지 자동차라고 쓴 것 좀 봐."

"그래도 아침 먹기 전에 운동부터 하나 보네?"

"코어 근육이 중요하다길래 며칠 플랭크 하다가 말았지

뭐. 아침에 그럴 시간이 나야 말이지."

"양치도 웃기다, 네가 얼마나 강조를 했으면. 그런데 유가는 뭐야?" 성지가 질문을 마치자마자 "아, 육아!" 하고 스스로 답을 찾았다.

민주는 고개를 끄덕였다. 그러고는 은하가 부모님의 결혼 압박으로 스트레스를 받던 때에 자기는 어머니에게 그런 잔소리를 들은 일이 한 번도 없다는 사실을 새삼 떠올리게 되더라고 말했다. 외려 자기 어머니는 어릴 때부터 귀에 못이 박이도록 여자도 자기 일을 가지고 경제력이 있어야 한다는 점을 강조하셨고, 그 점에 감사한다고. 민주 역시 무슨 일이 있어도 경력을 포기할 생각이 없었다. 그러나 민주는 자기 엄마가 중요한 기준을 설파하면서 작은 함정을 숨겨놓았다는 사실을 뒤늦게 깨달았는데 바로 일과 육아를 병행하는 게 얼마나 고된지 알려주는 것은 쏙 빼놓았다는 점이었다.

"다 알면 안 하고 도망갈까 봐?"

"아이고, 당연하지." 민주가 대꾸했다. "이렇게 빡셀 줄 알았으면 내가 애당초 결혼을 했겠니? 나는 원래 더 큰 대한민국으로, 마음도 활짝 열려 있는 사람인데."

"하긴. 너 첫사랑이 이름이 뭐였더라, 미연 언니?"

"미영 언니." 민주가 탄식했다. "아, 우리 미영 언니 잘살려나 모르겠네. 행복해야 되는데."

"그럼 말이야. 평행우주라는 게 있으면 다른 세계에서의 너는 미영 언니한테 갔을까?"

"가면 뭐해, 쫓아가면 도망가는 사람인데. 어떻게 살지 내 맘대로 막 고를 수 있으면 있지, 하와이안 셔츠 같은 거 걸치고 칵테일이나 말면서 살래. 휴양지 같은 데서. 어디가 좋을까? 발리의 우붓? 욕심이 너무 큰가? 제주도?"

"제주도 좋다."

"맞아. 따듯한 데가 좋아. 에이, 따듯한 나라 하니까 또 그놈의 트월킹 생각나네." 민주가 미간을 찌푸리며 헛기침을 했다. "됐다. 고를 기회 있으면 그냥 은하한테 몰아줘야겠다. 은하야말로 남자고 여자고 누가 죽어라 들이대야 사귀지 원래 연애에 관심도 없는 애니까. 그냥 걔 좋아하는 음악이나 실컷 들으면서 편히 사는 세계로 가라고. 그런데 잠깐만, 평행우주면 거기도 걔네 가족들은 있을 거 아냐."

"그럼 안 되려나?"

"아이고, 평행우주가 다 뭐야. 은하는 죽었다 깨도 세상에서 제일 착한 딸일걸? 이번에도 봐. 애인이 그렇게 빌어도 안 받아주더니, 엄마가 앓아누우시는 거 보고 결국 마음 고쳐먹었잖아. 난 이제 깨끗이 포기했어. 앞으로는 은하한테 잔소리 안 할 거고, 스트레스도 안 받을 거야."

민주가 고개를 절레절레 젓더니 카오디오 쪽으로 손을 뻗었다. 익숙한 영화 음악이 흘러나오자 성지는 낭만적인 멜로디를 따라 흥얼거리며 크고 작은 걱정거리에서 멀어질 수 있었다. 처음 배우가 되기로 결심하던 지난날을 추억하며 노래하다 안전벨트를 풀고는 차 밖으로 나갔다. 햇살이 비추는 도로 위를 누비는 성지의 움직임에 따라 샛노란 원피스 치맛자락이 나부꼈다. 파란 티셔츠를 입은 남자가 맨 먼저, 녹색 티셔츠를 입은 남자가 이어서 성지 옆으로 서더니 함께 어울려 춤추기 시작했다. 조금 전까지 경쟁하듯 클랙슨을 누르던 사람들이 앞다투어 차 밖으로 쏟아져 나왔고, 4차선 도로 위를 춤과 노래로 가득 채웠다. 다양한 인종과 연령대를 아우르는 사람들은 저마다 무지개의 한 축을 담당하듯 총천연색 의상을 차려입고 있었다. 모두 함께 리듬을 타며 미래를 향해 뻗어 나갈 반짝이는 꿈에 대해 노래했다.

곡이 바뀌고 나자 성지는 자신이 주제곡만 들어도 배우들의 움직임까지 또렷하게 떠올릴 수 있을 만큼 거듭 「라라랜드」를 보았다는 사실을 새삼 깨달았다. 사실 그런 작품은 셀 수 없을 만큼 많았다. 제주를 여행할 때면 「잃어버린 마을」에 등장하던 눈이 부시게 아름다운 풍경과 참혹한 역사의 조각들이, 크리스마스 시즌에 백화점에 들어서면 「캐롤」의 주인공들이 처음 만나던 장면이 머릿속에서 재생된다. 배우들의 연기와 미장센으로 꼼꼼히 채워진 기억의 질감이 원체 또렷해서 눈을 뜬 채 꿈을 꾸는 듯하다. 영화와 드라마의 세계에서 비어져 나온 한 장면을 끌어다 펼쳐놓은 나른한 몽상의 세계는 지금껏 그렇게 위안이 되어주었다.

창밖으로 먼 하늘에 희미하게 떠 있는 낮달을 바라보며 성지는 처음으로 그런 것들이 다 무슨 소용인가 하는 공허에 휩싸였다. 살아갈 날이 훨씬 더 길건만 앞으로 이루고자 하는 꿈을 논하기에는 너무 늦어버린 듯하고, 갈수록 포기해버린 것들에 대해서 말하는 시간이 늘어나는 것 같고, 발버둥 쳐도 달라질 것은 아무것도 없을 것만 같았다. 무엇보다 배우로서의 전망이 보이지 않았다.

오랜만에 만난 친구 앞에서 눈물을 보이고 싶지 않았으므로, 성지는 고개를 살짝 치켜든 채 잠시 호흡을 가다듬었다. 어찌 됐건 나는 배우니까 눈물을 참는 일쯤은 할 수 있다고 몇 번이고 되뇌었다. 간신히 마음을 추스르고 차창에 비스듬히 몸을 기댔을 때 든 생각은 눈앞을 스치는 풍경이 빛바랜 사진을 조각조각 이어 붙여놓은 것처럼 보인다는 것이었다.

멀어져가는 옆 차선의 트럭도, 잎이 무성한 가로수도, 반쯤 구름에 가린 태양까지도 어딘지 모르게 현실감이 없었다. 어째서 그런 것일까. 성지는 눈꺼풀을 몇 차례 깜빡거려본 후에 두 눈을 잠시 감았다가 떴다. 때마침 차는 긴 터널 안으로 들어섰고, 무릎 위에 놓인 휴대폰의 벨이 울리기 시작했다. 여느 때와 같은 멜로디였으나 평소와는 다른 파동으로 퍼져 나가는 것처럼 아득하게 들렸다. 아, 하고 성지의 입 밖으로 탄성이 비어져 나왔다. 생애 처음으로 오디션에 합격했다는 연락을 받았을 때도 바로 이런 느낌이 들었던 것이다. 극도의 불안이 일순 눈물이 샘솟는 환희로 탈바꿈되던 그날의 기억이 되살아났다. 어쩌면 그때처럼 이 전화한 통이 인생의 다음 장을 열어줄지도 모른다. 아니, 분명히 그럴 것이다. 성지는 예감의 실체를 확인하기에 앞서 휴대폰을 꼭 쥔 채 천천히 숨을 내쉬며 양쪽 어깨를 쭉 폈다. 그러고는 이내 결심한 듯 화면 위로 시선을 옮겼다.

첩보원 시절

매장의 위치를 묻는 전화를 받은 것은 20여 분 전의 일이었다. 민주는 먼저 골목 끝에 있는 호텔을 찾으라고 한 뒤에 호텔에서 3, 4분 거리에 있는 인기 디저트 숍의 이름을 댔다.

"그 가게 샛노란 간판만 찾으시면 돼요. 거기 바로 맞은편이거든요."

진한 치즈케이크를 연상시키는 샛노란 빛깔의 큼지막한 간판은 낮에도, 밤에도 쉽게 눈에 띄었다. 민주는 지난해 이맘때쯤 그 디저트 숍의 개업 준비 과정을 지켜보면서부터 그곳이 잘될 것 같다고 예감했다. 어쩌면 자신의 가게에까지 활기를 불어넣어줄지도 모른다는 기대를 품기도 했다.

결과적으로 민주의 예감은 절반만 들어맞았다. 가오픈 기간부터 줄이 늘어섰고, 나날이 인기를 더해가고 있었지만 딱 거기까지였다. 샛노란 케이크 상자를 들고 돌아서는 길에 민주의 바에 들르는 사람은 계절에 한 명이나 될까. 그러니 범지구적으로 어디에도 낙수 효과 따위는 없는 게 확실하다는 자조 섞인 농담이 절로 나왔다. 지근거리에서 길게 줄을 선 사람들을 지켜보며 손님을 기다리는 것은 뭐랄까, 털끝 하나 건드리지 않는 방식으로 고문을 당하는 것 같은 일이었다. 업종이 다르니 신경 쓰지 말자. 비교하지 말자. 민주는 기도문을 외는 승려처럼 중얼거리다가도 곧잘 지금까지 잘못해온 선택을 반추하며 침울해졌다.

애당초 눈에 띌 만한 스펙 하나 갖추지 못한 주제에 언론고시에 도전했던 게 잘못이 아니었을까. 하지만 지금 돌아보면 3년 만에 포기해버린 것이야말로 오판이었는지도 모른다. 하긴 애초에 전공부터가 문제였다. 어차피 학부 전공과 무관한 일을 하며 살 거였다면 원래 바랐던 대로 사회학과에 갔어야 했다. 최소한 대학 졸업 즈음에 잠깐 관심을 가졌던 한국어 강사 자격증이라도 제대로 준비해보았더라면 어땠을까. 제주에 와서 살 결심을 한 것까지는 후회하지 않지만, 비수기와 성수기의 차이조차 면밀하게 파악하지 않은 채 가게를 낸 것은 뼈아픈 실책이었다. 게다가 은하가 자기도 제주에 따라가면 안 되겠느냐고 넌지시 물었을 때, 단박에 그러자고 붙들었어야만 했다. 은하는 마침내 본가에서 떨어져 나오고, 자신은 배려심 깊고 마음 맞는 친구와 살 수 있는 기회가 있었건만 미영 언니의 깃털처럼 가벼운 약속 때문에 놓치고 말았다니. 미영 언니, 그 몽생이는 어디든 훌쩍 떠나버릴 수 있는 사람이라는 것을 내심 알고 있었으면서. 몇 번이나 겪어봐 놓고는.

텅 빈 매장 안에서 영영 놓쳐버린 것과 다시는 기대할 수 없는 일을 꼽아보던 민주는 속이 얹힌 듯 갑갑해서 탄산수를 반 잔쯤 들이켰다. 그러고도 나아지지 않아서 주먹을 쥐고 왼쪽 가슴 위편을 가볍게 두드렸다. 가만, 왼쪽 가슴이면 혹시 심장 문제인 게 아닐까. 설마 하면서도 한쪽 다리를 달달 떨며 검색창에 '심장마비 전조 증상'을 입력했다. '돌연사 원인 1위'라고 시작하는 기사를 읽다가 멈출 수 있었던 것은 전화로 길을 물었던 손님이 매장 안으로 들어온 덕분이었다.

손님은 에어컨 바람이 가장 가까이 오는 자리에 앉더니 첫 잔으로 낸 진토닉을 순식간에 해치웠다. 그러자 숨을 좀 돌렸는지 샛노란 간판 앞까지 다 와서 저녁 식사를 한 식당에 지갑을 두고 왔다는 사실을 깨닫고 찾으러 다녀왔다며 여기까지 오는 데 시간이 지체된 사연을 전했다.

"오늘이 제주 한 달 살이 마지막 밤이거든요. 까딱하면 내일 비행기도 못 탈 뻔했어요."

두번째 잔으로 올드패션드를 만들면서 민주는 그녀의 목소리가 미영 언니를 연상시킨다고 생각했다. 어투는 훨씬 나긋했지만 목소리의 분위기가 닮아 있었다. 버번에 각설탕을 녹여 만든 칵테일처럼 달콤한 듯 묵직하게 스며드는 음성. "민주 너는 나댕기는 게 낙이니까 애칭으로 나댕기미 어때? 딱이지?" 하는 장난 섞인 속삭임도 그녀 입에서 나오면 앞날에 대한 약속이라도 되는 것처럼 의미심장하게 들렸다. 언니야말로 노마드보다는 여기저기 뛰어다니는 망아지가 어울린다며 제주어로 몽생이라는 별명을 지어줄 때만 하더라도 최소한 여기서 3년은 같이 살 수 있을 줄 알았다. 하지만 함덕에서 1년도 못 버티고 발리로 떠난 몽생이. 그 사람 생각은 이제 그만할 때도 됐다 싶어서 민주는 칵테일 잔을 만지작거리는 손님에게 제주에서의 한 달은 어땠느냐고 물었다.

"어떻게 다시 적응하고 출근할지 끔찍하다면 설명이 될까요? 한 달쯤 지내니까 제주에서 먹고 싶은 것도 원 없이 다 먹은 것 같아요. 그러고 보니까 초반에 샛노란 간판 가게 케이크도 먹은 적이 있더라고요. 드셔보셨어요?"

민주가 고개를 젓자 막상 가까이 있는 곳은 놓치게 되더라고 손님이 대꾸했다. 자기도 여기서는 혼자 길까지 물어가며 이렇게 칵테일 바에 왔지만 돌아가면 집이 있는 인천에서도, 새 직장인 광화문에서도 홀로 칵테일 바의 문을 열 용기가 나지 않으리라는 것이었다.

"여행지가 아니고서는 마음이 확 쪼그라들어서 나 같은 사람이 혼자 가도 되나 싶어 엄두가 안 나거든요. 아마 영화 같은 데서 본 이미지가 너무 강하게 남았나 봐요."

손님은 잔을 들어 입술을 축인 후에 세련된 클래식 바와 어울릴 것 같은 사람으로 미니 드레스 아래 화려한 각선미를 뽐내는 파티 걸, 혹은 파티 걸로 보이지만 실은 비밀 지령을 수행하는 스파이를 꼽았다.

"파티 걸 아니면 스파이라니 신분 제한이 너무 엄격하네요. 어느 쪽이든 미니 드레스만 가능하면 편한 옷 입은 사람은 탈락인가 봐요."

"어림없어요." 손님이 고개를 저었다. "제가 이렇게 편한 옷 입고 칵테일을 마실 수 있는 것도 여행자 신분이어서 가능한 거예요."

그럼 다음번에 제주에 오면 다시 이곳에 들르는 수밖에 없겠다고 민주는 응수했다. 손님은 다음번이 언제가 될지 기약이 없다면서도 그러겠다고 약속했고, 마지막 잔이라며 마티니를 마신 후 다시 생맥주 한 잔을 주문했다. 매장을 나서기 전에는 제주에서 마신 것 중에 이곳의 칵테일이 가장 맛있었다고 강조하더니 마티니를 마실 때 나왔던 음악에 대해 물었으므로 쳇 베이커의 「Everything Happens to Me」라고 곡명을 적어주기도 했다.

긍정적인 피드백을 들었건만 간판 등을 끄고 청소를 시작하면서 민주는 어쩐지 울적해져서 누가 나 좀 만나러 안 오나, 하는 생각을 했다. 몇 시간이고 마주 앉아 떠들고 싶었다. 함덕에서 음악 선곡이 좋고 혼술하기 편한 곳이라며 SNS 평도 괜찮고 칵테일 맛도 심심치 않게 호평을 듣는데 도대체 매상은 왜 이 모양일까. 월요일 하루만 쉬고 새벽 1시까지 일하는데, 주말 낮에는 기념품 숍에서 알바도 뛰는데 내 손에 떨어지는 돈은 어째서 이토록 미미할까, 하는 손님에게 털어놓지 못할 얘기를 하고 투정도 부리고 싶었다.

그럼 누구에게 연락을 해볼까. 민주는 귀가하여 씻고 잠자리에 눕기까지 휴대폰을 만지작거렸지만 끝내 누구에게도 놀러 오라는 말을 꺼내지 못했다. 자신만 하더라도 당장 사흘쯤 매장 문을 닫고, 알바도 쉬며 여행을 떠나자고 하면 선뜻 응하기 어려웠으므로. 아직 본격적인 휴가 시즌도 오지 않았는데 연차를 당겨쓰라고 조르는 게 못 할 일 같았고, 아이가 있는 친구에게는 더욱이 운을 뗄 수 없었다. 그래서 돈은 지금보다 더 없었지만 시간 여유가 있었던 시절에 다녀왔던 여행 사진을 뒤적이다 동이 터올 녘에야 잠이 들어 이튿날 정오가 다 되도록 몽롱한 상태로 침대 위에서 늘어져 있던 차였다. 은하가 전화를 걸어와 제주에 갈 일이 생길 것 같다고 말했을 때, 민주는 이게 꿈인가 현실인가 싶었다.

"아이고, 있네. 있어." 민주가 잠겨서 갈라지는 목소리로 말했다.

"있어? 뭐가 있는데?"

"간절히 바라면 이루어진다는 말 있잖아. 그게 맨 처음에 누구 입에서 나온 개소리인가 했는데 진짜 간절히 바라면 이루어지는 일도 있구나 싶다고. 은하야, 와. 제발 와. 내가 너 오면 장사 쉬고 진짜 도민 맛집 데려가줄게."

민주는 끙 소리를 내며 몸을 일으키고는 어깨와 귀 사이에 휴대폰을 끼운 채 물을 받고 원두를 꺼냈다. 하지만 물이 끓었을 때는 바로 커피를 내리는 일에 착수하지 않고 창문부터 열었다. 창밖으로 하늘빛이 어찌나 밝은지 먼 하늘 아래 겹겹이 솟은 오름의 곡선이 여느 때보다 또렷하게 보였다.

"은하야. 그게 너희 오빠는 친구 사이에 할 수 있는 부탁이라고 생각할지 모르겠지만 안 될 거 빤히 알면서 왜 곤란할 일을 만들어. 괜히 성지한테 서로 불편할 얘기 전할 거 없이 네 선에서 잘라. 성지는 톱스타니까 꿈도 꾸지 말라고."

민주의 말이 다 맞다고 인정하면서도 은하는 사정 설명을 한 번 더 반복했다. 그러는 동안 민주는 은하네 오빠가 서귀포에 열었다는 게스트 하우스를 검색해보았다. 건물은 산 것일까. 은하네 집에 은하네 오빠가 뽑아 먹을 기둥뿌리가 아직도 남았단 말인가 싶었지만 그 점은 묻지 않았다. 어쨌든 마지막 남은 기둥뿌리를 제대로 뽑았는지 게스트 하우스는 멀끔해 보였다. 도미토리 객실은 평범했지만 선베드가 놓인 넓은 테라스가 딸린 스위트룸 사진은 확실히 인상적이었다.

게스트 하우스이지만 절반은 개인실에 할애한 것. 게다가 맨 위층에 스위트룸까지 구비한 숙소의 특성을 알리는 최적의 이벤트는 연예인의 방문이라는 게 은하 오빠의 생각이었다. 그래서 은하에게 너의 배우 친구인 성지와 함께 와서 하룻밤만 묵고 가라고 집요하게 연락을 한다는 것이었다. 물론 오빠만 그런다면 적당히 무시하고 달래겠는데 부모님까지 애걸복걸 읍소하기에 이르렀다고 은하는 말했다.

"마침 성지 촬영도 마친 모양이니까 겸사겸사 정말 너랑 나랑 셋이 스위트룸에서 하루 쉬고 오면 어떨까 싶어서." 은하가 말했다.

"요즘 성지 뭐 찍었어?" 민주가 물었다.

"예고편 나왔는데 못 봤구나. 〈사막의 연인〉 리메이크 나왔는데."

민주는 원작이 나왔던 2000년대에도 결코 세련된 축은 되지 못했던 로맨틱코미디 드라마 〈사막의 연인〉이 인제 와서 다시 만들어졌다는 사실에 놀랐고, 예고편을 찾아보고서는 성지가 등장할 때 입고 나온 펜슬 스커트의 이루 말할 수 없이 타이트한 핏에 한 번 더 놀랐다. 저런 옷이 오피스룩이라면 자신은 사무직으로 일했던 과거에도 오피스룩을 입은 적이 단 한 번도 없는 것만 같았으며, 통이 넓은 면바지 위에 하와이안 셔츠를 펄럭이며 일할 수 있는 환경을 고수하기 위해서라도 영원히 제주에서 바텐더로 일하는 게 바람직한 것 같았다. 예고편을 캡처한 장면과 함께 도대체 숨을 어디로 쉬느냐고 묻는 메시지를 보내자 성지는 곧장 답신을 보내왔다.

아가미 호흡이지.

두 발 달린 짐승 중에는 배우들만 가진 초능력이야 그게.

민주는 성지의 너스레에 키득거리며 은하 애기를 꺼냈다. 은하가 부모님 일이라면 거절을 못 해서 너까지 곤란하게 되었다고, 하지만 은하도 자기 선에서 방어를 한다고 한 모양이니 가능하면 너무 차갑게 거절하지는 말아달라고 썼다. 그러자 성지에게서 예상치 못한 대답이 돌아왔다.

거절 안 할 건데? 제주도 가지 뭐.

전처럼 친척 일도 아니고 은하네 친오빠가 열었다는데 모른 척하기 그렇잖아.

너도 보고 싶고!

보름 후, 민주는 공항에 도착하자마자 샷을 추가한 아메리카노부터 찾았다. 잔을 비우고 나서야 수면 부족으로 인해 침침하던 눈앞이 또렷해졌지만 친구들이 탔다는 비행기의 도착 정보를 확인하고는 다시금 꿈을 꾸는 것 같은 기분이 들었다. 성지가 매니저도 대동하지 않고 와서 은하네 오빠가 연 게스트 하우스 홍보 사진을 찍어주다니. 평소에 성지가 은하네 오빠 소식은 이제 듣고 싶지도 않다고 잘라 말할 만큼 질색했던 것은 그렇다 치더라도, 이런 식의 일은 성지네 소속사의 방침상 말도 꺼내지 못할 건이지 않았나 싶었던 것이다. 그러나 민주가 막상 성지와 마주 섰을 때 입까지 벌리고 맨 처음 물은 질문은 따로 있었다.

　"아니, 너 머리가 이게 무슨 일이야?"

　"뭘 그렇게 놀라." 성지가 웃었다. "삭발하고 온 것도 아닌데."

　"혹시 너 다음번에 할 역할 때문에 자른 거야?"

　성지는 선글라스를 고쳐 쓰더니 민주의 팔짱을 끼며 말했다. "다음번 같은 거 없어. 네가 전에 퇴사, 퇴사, 노래 부르던 심정 이제 알겠다. 나도 진짜 다 때려치울 거야."

　민주는 "아이고, 또 말만. 그놈의 그만둔다는 소리" 하고 웃었고 은하도 고개를 끄덕였다. 성지는 이번에는 진짜라고, 자신은 배우로 일하는 데 정이 떨어졌다고 말하며 차에 올랐다. 그러자 차 안으로 들어서려던 은하가 움찔하며 눈치를 살폈으므로 성지는 손사래를 쳤다.

"너한테 하는 소리 아니야. 이 나이 먹고 시놉 사기를 당해서 진이 빠져서 그래."

"시놉 사기?" 민주가 운전석에서 성지를 돌아보며 물었다.

"일단 빙수 시켜놓고 얘기해줄게. 짐만 놓고 바로 라운지로 가자. 거기 망고빙수 괜찮다더라."

민주가 또 시켜놓고 맛만 볼 게 아니냐고 의심하자, 성지는 자기가 전부 먹을 테니 두고 보라고 별렀으나 하필 망고빙수는 품절이었다. 성지는 발을 구를 정도로 아쉬워하더니 주문한 스무디가 나오자마자 순식간에 잔을 비웠다.

"머리 쳐내고, 찬 거 실컷 먹고, 그러니까 여름도 나쁘지 않구나. 그걸 이제야 알았네." 성지가 쓴웃음을 지으며 말했다. "역시 제주로 와야겠다. 진짜 다 때려치울 거야."

"이게 또 내 마음만 뒤흔들어놓고 안 올 거면서." 민주가 성지를 흘겨봤다. "시놉 사기 건이나 말해봐. 뭐가 또 어떻게 된 건데?"

성지는 가방 안에서 주간지 크기의 잡지를 꺼내더니 접혀 있던 페이지를 펼치며 "모이라 요원을 위한 변명"이라는 제목의 칼럼을 읽어보라고 했다.

"모이라 요원이 누군데?" 은하가 물었다.

"〈엑스맨〉에 나오는 CIA 요원. 로즈 번이라는 배우가 맡은 역인데 기억나는 사람?"

성지의 질문에 은하는 〈엑스맨〉 시리즈를 제대로 본 적이 없다고 했다. 민주는 2000년대 초반에 나온 버전도, 제니퍼 로렌스와 제임스 맥어보이가 나오는 프리퀄도 챙겨 보았지만 모이라 요원이라는 캐릭터는 떠오르지 않았다. 그 대답을 듣고 성지는 당연하다고 했다. 주조연급에 해당하는 역이지만 자체적인 서사 없이 알리바이로 쓰이는 역할이기 때문에. 자비에 교수와 매그니토의 관계성에 브로맨스적인 서사를 주면서도 두 캐릭터가 게이로 읽히는 것은 부정할 수 있도록, 자비에 교수와 엮이는 듯한 모이라 요원을 등장시키는 것이라는 설명이었다.

"늘씬한 인간 알리바이지." 성지가 무표정한 얼굴로 읊조렸다. "자비에 교수가 모이라 요원하고 썸도 타고 키스도 하니까 저희가 만든 영화의 주인공들을 게이로 의심하지 마세요, 하는 거거든. 거기에 서비스 신도 팍팍 넣어주고. 왜 있잖아, 작전 때문에 급히 옷 갈아입고 그러는 신."

"아프다, 아파." 민주가 미간 사이를 긁적이며 말을 이었다. "그러니까, 〈사막의 연인〉 리메이크에서 네 역할이 그런 느낌이라고? 그거 원작에는 브로맨스 코드 같은 거 없었잖아."

"일부러 넣은 거지. 명목상 내 상대역이 나름 잘나가는 한
류 아이돌인데 걔가 연기는 밋밋하거든? 그런데 슈트 입혀
서 남자 배우랑 붙여놓으면 없던 케미도 생긴대. 어쩐지 처
음에는 작가랑 감독이 내 역할이 자기 관리에 철저한 젊은
여성 CEO 역할이라고, 조연이지만 제일 멋있는 역이라고
그렇게 오바 육바를 하더라고. 원작에서는 욕받이 비서였던
사람을 CEO 시켜준다는데 혹할 만하잖아. 그래, 역할만 보
자. 조연이지만 해보자, 했더니만 시놉 준 거랑 내용도 바뀌
고 몇 신 나오지도 않아."

원작에서 성지는 남녀 주인공 사이를 훼방 놓는 조연이었
다. 그때는 두 주인공의 케미에 힘입어 둘 사이의 걸림돌이
되는 성지를 전 국민이 얄미워하는 것만 같았다고 민주는
기억한다. 성지는 그렇게 인기를 얻고도 리메이크작 출연을
거절한 미나와 카메오로 한 회만 등장하는 기운이 현명했다
며 씁쓸해했다. 원작에서처럼 주인공 남녀 사이를 방해하는
역할이 아니라고 안도했더니, 한류 아이돌과 미중년 남자
배우의 브로맨스 코드 사이에 낀 역을 맡았다면서.

액션영화에 등장하는 전신 슈트에 뒤지지 않을 만큼 밀착
되는 펜슬 스커트를 입은, 인어처럼 늘씬한 알리바이. 그런
역할을 심지어 속아서 맡았다면 배우 생활을 청산하고 싶어

질 법도 하겠다고 민주는 생각했다. 그러나 일시적으로 그런 감정이 드는 것일 뿐 정말 연기에서 손을 떼지는 않으리라는 사실을 잘 알고 있었다. 여기서 포기하기에 성지는 자기의 일을 깊이 사랑했다. 사랑 말고 다른 표현을 찾을 수 있을까 싶을 정도로.

돌이켜보면 이십대 중반에 몇 년 동안 소원했던 시기를 제외하고 민주와 성지가 이삼십대를 거치며 가장 많이 나눈 대화는 지금 하는 일을 그만두고 싶다는 것이었다. 민주는 대학 4년 내내 등록금이 아깝다고 여겼고, 언론 고시를 준비하던 3년 동안 매일같이 실은 자신이 피디가 될 리 없다는 생각을 떨치지 못해 괴로워했다. 첫 직장에 들어가서 취준생에서 벗어났다고 안도하자마자 퇴사하고 싶다는 말을 입에 달고 살았다. 제주에 정착하고 바를 열었던 첫 1년은 불평할 겨를도 없이 지나갔지만 들쑥날쑥한 매상으로 인해 알바를 병행하는 생활은 고됐다. 친구들은 '제주의 엔잡러'라고 불러주었지만 실상은 그저 자리를 잡지 못한 것에 가까웠다. 셋이 대화를 나누는 창에 "나처럼 게으른 사람한테 엔잡러가 가당키나 해? 진짜 다 때려치우고 싶다" 하고 적으면 성지는 "나도. 여배우가 맡을 역할이 적어도 너무 적어" 하며 이민을 갈 거라는 둥, 제주로 가서 민주 가게를 돕겠다는 둥 맞장구를 쳤다. 그래놓고는 얼마 지나지 않아서 식이 장애에 시달리는 역할을 위해 한 달 만에 10킬로그램 넘게 감량하는 식이었다. 사극에 도전했을 때에도 처음에는 기생 역할을 달가워하지 않았지만 막상 촬영이 시작되자 자신의 롤모델인 선우정심 선생님과 같은 작품에서 만난 것만으로 행복하다고, 살아 있다는 실감이 든다고 전했다.

그런 패턴이 10년 가까이 반복되고 나서야 민주는 성지가 자기 일을 그만두고 싶다는 말이 그저 투정에 불과하다는 사실을 알게 되었다. 그렇게 한차례 불평불만을 펼쳐놓은 후 툭툭 털어내고 자기 자리를 지키는 사람이 있는가 하면 도망갈 궁리부터 하는 사람이 있는 것이다. 물론 자신은 후자에 속했다. 언젠가부터 성지와 실컷 수다를 떤 뒤에도 속이 시원해지지 않는 이유는 그런 자신과 성지의 차이를 반추하게 되기 때문일 터였다.

오랜만에 만난 친구를 바라보며 민주는 그럼 나는 누구에게 속마음을 털어놓아야 하나 싶어서 한숨을 삼켰다. 손님들에게 앓는 소리를 할 수는 없고, 직장을 관두고 제주도로 이주하겠다고 했을 때 질겁하며 말리던 가족들에게 말해봐야 그럴 줄 알았다는 말만 들을 테고, 오랜 친구들 사이에서도 겉도는 느낌을 받는다면.

작년에는 돈과 잠을 아껴가며 상담 치료를 시도해보기도 했다. 하지만 근처 카페 주인이었던 지인에게서 소개받은 상담 선생님은 모든 문제의 원인을 원가족과의 관계에서부터 짚어내려 들어서 민주와는 잘 맞지 않았다. 퍽 전형적인 형태로 이어지는 부모님의 걱정과 간섭이 답답한 것은 사실이지만, 자신의 성격과 무의식에 미친 영향을 파고들어보고 싶은가 하면 대답하기 애매했다. 고작 이십대 중반에 두 아이를 낳았던 그분들이 체력과 정신력을 모조리 쏟아부어 최선을 다했다는 점을 알 만한 나이였고, 만일 같은 상황에 자신이 같은 역할을 맡았다면 결코 더 나은 부모가 되리라고 여길 수도 없었던 것이다.

민주에게는 상담 선생님보다 외려 카페 언니 쪽이 더 좋은 상담 상대였으나, 언니는 올해 초 고향인 인천으로 돌아갔다. 조촐한 송년회에서 그녀는 너라도 꼭 잘 버텨달라고, 자기가 여행 오면 첫날에는 너의 가게부터 찾겠다고 말하며 눈물까지 글썽였으므로 민주는 얼결에 이 악물고 버틸 테니 걱정 말라고 약속을 했었다.

은하 오빠의 게스트 하우스로 이동하는 짧은 시간 동안 차 안에서 꾸벅꾸벅 졸다 깬 성지의 몽롱한 얼굴은 목적지에 다다르자 금세 프로의 얼굴로 바뀌었다. 사진만 찍고 가지 말고 며칠 쉬고 가도 대환영이라는 은하 오빠의 말에 당장이라도 그렇겠다고 할 듯한 밝은 얼굴로 단호하게 선을 그었고, 민주는 속으로 저런 점은 좀 배우고 싶다고 여겼다. 반면에 은하는 포토그래퍼가 볕이 좋다고 언급하며 덧붙인 덥다는 말에도, 성지가 별 뜻 없이 메이크업을 직접 하는 게 오랜만이라고 한 혼잣말에도 안절부절못했으므로 보다 못한 민주가 "저희는 방해 안 하고 라운지에 내려가 있을 테니까 마치면 불러주세요" 하고 데리고 나왔다. 정작 너희 오빠는 저렇게 태평한데 은하 너만 왜 그렇게 눈치를 보냐고 하고 싶었지만, 무리한 부탁을 한 사람이 태평하니 그가 배려해야 하는 몫만큼 은하가 더 눈치를 볼 수밖에 없겠다 싶기도 했다.

"세상에 참 중간이 없다. 중간이 없어." 민주가 혼잣말처럼 읊조렸다. "너도 여기 살았으면 내가 전에 만난 상담 선생님한테 데려다줄 텐데."

은하는 무슨 말이냐고 되물으며 공용 라운지의 전기 주전자에 물을 받고 녹차 티백을 꺼냈다. 전에도 여기에 와본 것 같았다. 은하가 건넨 머그잔도 평소 은하의 취향과 꼭 맞는 제품이어서 모종의 불길한 느낌은 더 커졌다.

"이렇게 예쁜 컵, 주전자, 이런 거 처음에 갖춰놓을 때만 돈 들고 끝나는 게 아니야. 망가지고 없어지면 짝 맞춰서 새로 사야 되잖아. 자영업이 그래서 돈 들 데가 끝이 없는 거야." 민주가 말했다. "무슨 얘긴지 알지? 가게 열 때 어쩔 수 없이 보태줬어도 이제부터는 딱 잘라야 돼."

"알지, 알지. 고마워."

은하는 민주의 눈을 피하며 짧게 대답했다. 도대체 네 돈
은 얼마가 들어간 거냐고 물으려던 민주는 때마침 라운지에
들어선 은하네 오빠로 인해 질문을 삼켰다. 그는 손에 말아
쥔 것을 테이블 위에 펼쳐놓았고, 민주와 은하는 벌어진 입
을 다물 수 없었다. 민주는 맨 처음 성지가 출연한 영화「짓」
의 포스터를 보고 놀란 이후 지난 10여 년간 잊을 만하면 한
번씩 튀어나오는 포스터를 피하느라 시선을 돌려야 했지만
이 자리에서 보게 되리라고는 예상치 못했다.

"여기에 사인을 받는 게 걸어두기도 폼 나잖아. 은하야,
여기까지만 부탁할게."

"오빠, 글쎄 이건 너무 옛날 작품이라." 그러면서 은하가
영화 포스터 끝부분을 다시 말려고 손을 뻗자 그는 "이게 대
표작이잖아. 임팩트도 있고" 하며 은하의 손을 밀어냈다.

"쉬려고 들어온 숙소 벽에 붙어 있기에는 임팩트가 과하
니까 문제지." 민주가 나섰다. "그나마도 가져오려면 아트무
비 느낌 나는 영화제 버전으로 가져올 것이지……"

"그래, 아트. 이거 그냥 야한 영화가 아니라 예술영화라
며. 외국 영화제에서 상도 뻥뻥 받고. 방에다가 안 붙여, 여
기 냉장고 옆에 장식할 거야."

친구 오빠가 아니라 내 오빠였더라면 여기서 속 시원하게 욕을 해줬으련만. 민주는 머릿속으로 참을 인(忍) 자를 썼다. 속담에서 이르듯 화가 솟구칠 때 얼른 참을 인을 세 번 써보라고, 자기는 그 방법으로 여태껏 촬영장에서 여러 번 살인을 면했다고 했던 게 성지였다. 그러면서 성지는 이 글자에 참고 견디어낸다는 뜻뿐만 아니라 잔인하다, 동정심이 없다는 상반된 의미도 들어 있다는 모순성에 대해서도 알려주었다. 그런 이야기를 들은 것은 「짓」의 촬영이 끝나갈 즈음이었다. 촬영장에서 참을 인을 거듭 새길 만큼 화가 나는 구체적인 이유에 대해 본인이 입에 올리지 않았으므로 질문을 삼갔지만 아마 성지는 이 영화의 경우야말로 시놉 사기를 당했던 게 아닐까, 하고 민주는 생각해왔다.

"아직 발표되기 전이라 너한테만 말하는 건데, 나 이번에 영화 하게 됐어. 그것도 주인공으로!"

「짓」의 시나리오 작업 중이었던 감독을 직접 만나고 오는 길에 민주를 불러낸 성지는 그렁그렁 눈물이 맺힌 얼굴로 첫 영화에서 주인공으로 캐스팅된 게 꿈만 같다면서 자기 볼을 꼬집어달라고 농담을 건넸다. 철학과 예술사를 전공한 감독은 예술과 인간성의 본질에 관해 끊임없이 질문을 던졌다고, 그런 미팅은 생전 처음이었다며 감격한 모습이었다. 그가 궁극적으로 그리고자 하는 것은 인간의 양면성이었는데, 「짓」에서 성지가 연기할 여주인공이자 홍일점 역할이 바로 그 양면성의 핵을 담고 있다고 강조한 모양이었다. 그러면서 인간에게 선을 요구하는 신이야말로 망설임 없이 가혹한 형벌을 휘두르지 않느냐고, 그러니 모순의 극한으로 내몰린 인간은 결국 신에 가닿게 되지 않겠느냐고 물었다던가.

남녀 주인공의 연애를 방해하던 얄미운 조연에서 지루한 관습에 얽매이지 않는 무구한 영혼을 가진 주인공으로, 모든 남성 등장인물이 떠받드는 여신으로 점프한 배역을 맡은 성지는 그 역할을 소화해내기 위해서라면 물 공포증도 넘어설 자신이 솟는다고 했다. 하지만 아마 대본이 완성되기 전이었던 그때만 하더라도 순수한 영혼을 나타내는 주요한 장치가 거리낌 없이 옷을 벗어 던지고 바다에서 알몸으로 수영을 즐기는 형태로 표현되리라는 것까지는 몰랐을 거라고 민주는 생각했다. 다섯 명의 남성 모두에게 사랑받으므로 햇살 아래에서 17세의 소년과 키스를 나눈 후 채 하루가 지나지 않아 할아버지뻘 화가의 작업실에서 몸을 섞는 모습이 등장한다는 것도, 결국 질투에 휩싸인 소년에게 목이 졸려 살해되는 최후를 맞이하게 된다는 사실 또한 정확하게 알지는 못했던 것 같다.

은하와 함께 극장을 찾았던 민주는 성지가 천진한 미소를 지으며 노인의 몸 위에 올라타는 장면에서 한동안 눈을 감았다가 떴다. 소리만으로도 적나라한 연출이 짐작되는 베드신이 지나고 이어지는 이튿날 아침 장면은 그나마 나은 축이었다. 성지가 얇지만 우아한 가운을 걸치고 있었기 때문이었다.

캔버스 사이에 누운 늙은 화가는 쇠락한 자신의 육체에 대해 현학적인 비유를 들어가며 한탄했다. 그의 입을 막은 것은 성지의 손가락도 입술도 아닌 발끝이었다. 한동안 물끄러미 그를 바라만 보고 있던 성지가 돌연 그의 머리맡에 서더니 벌어진 가운 사이로 오른 다리를 들어 그의 입술을 짓밟았던 것이다. 일견 무자비해 보이는 표정과 가운 사이로 길고 곧게 드러나는 하반신, 느닷없는 폭력을 저항 없이 수용하는 노인의 육체가 강렬한 대비를 이루는 그 장면은 그대로 영화의 포스터로 만들어졌다.

그해 영화제에서 신인상을 수상했을 때에도 새까만 벨벳 드레스를 길게 가르는 슬릿 밖으로 다리를 내밀어 뻗은 포즈를 취한 사진이 화제가 되었다. 그러자 차가운 미소를 흘리며 무언가를 짓밟을 듯 다리를 뻗는 모습은 성지의 시그니처가 되었다. 휴대폰과 세단과 건강식품과 아파트 브랜드의 광고에서 성지는 세상을 짓밟으며 내려다보았다. 성지가 예능 프로그램에 나가면 출연진 중 가장 나이가 많은 개그

맨이 드러누우며 제발 자신을 밟아달라고, 여신의 발에 짓 밟히게 해달라고 간청했다. 성지 앞에는 맹랑하고 퇴폐적이 며 발칙하고 섹시하다는 수식어가 붙었다. 두 시간 가까이 진지하게 연기 철학을 논했다던 인터뷰의 제목은 "세상이 제 발밑에 있죠"였다.

그러고 보니 〈사막의 연인〉의 예고편에 등장하던 순간에 도 성지의 발끝은 넘어진 남성의 넥타이 끄트머리를 밟고 있었다는 사실을 떠올린 민주는 성지가 이제는 정말 배우 일을 그만두고 싶은 마음이 들지도 모르겠다고 생각을 고쳐 먹게 되었다.

"오케이, 그럼 가서 직접 물어보자, 그게 빠르지 뭐." 은하 의 오빠가 위층으로 향하려 하자 민주는 그의 앞을 막아섰 다. "쟤는 10년째 이놈의 이미지가 물귀신처럼 달라붙는 데 질렸다니까. 잘못 건드리면 지금 찍는 사진도 못 쓰게 할지 도 모른다고."

"야. 설마 프로가 그러겠냐?"

"프로 근성 찾아먹으려면 일 시키면서 성지가 평소에 받 는 돈을 내셨어야지."

민주가 자기 말이 틀리냐고 되묻자 주춤하는 틈을 타 은 하는 오빠의 손에서 포스터를 빼낸 후 안도의 한숨을 쉬었 다. 은하의 오빠는 촬영을 마친 성지에게 「짓」은 예술영화

66

잖아. 그치?"하고 물어서 한 번 더 민주와 은하의 눈총을 받았지만 어느새 새로 가져온 A4용지에 사인을 받는 것으로 상황은 일단락되었다. 그러고는 미리 예약해놨다는 횟집에 모셔만 드리겠다고 우기더니 셋을 3층 건물의 횟집 개별실로 안내했다. 그곳은 그가 적극 추천하는 물회 맛집이라고 했는데 민주는 보나 마나 그의 지인이 하는 업장이겠거니 짐작했다.

"근데 그새 은하 입맛이 바뀌었어?" 민주의 예상대로 횟집의 사장님과 기념 촬영을 하고 온 성지가 물었다. "너는 원래 날것 잘 못 먹잖아."

괜찮다고, 실은 별로 배가 고프지 않다고 손사래를 치는 은하 옆에서 오빠는 자기 동생의 입맛이 금시초문이라는 듯 벙찐 표정을 지었다. 그러더니 여기가 성게미역국도, 한치 튀김도 잘하는 집이라고 변명하고는 때마침 걸려온 전화를 핑계로 자리를 떴다.

배려심이라는 잣대로 보면 양극을 달리는 남매의 모습에 민주는 한 번 더 정말 세상에는 중간이 없다고 중얼거렸다. 성지는 뭔가 대꾸를 하려고 입을 열었다가 휴대폰 진동음을 듣고 집어 들더니 표정이 복잡해졌다. 누구냐고 물어도 고개를 저었고, 오래도록 진동음이 울렸다 그친 후에 곧장 다시 전화가 걸려오자 이번에는 전원을 껐다.

"무슨 일 있구나?" 은하가 물었다.

"없어, 없어. 우리 셋이 뭉치는 것도 오랜만인데 집중해서
놀려고."

성지는 자기 말에 납득한 듯 고개를 끄덕이더니 일품 진
로와 맥주 두 병을 한 번에 주문했다. 그러고는 무슨 일이 있
으면 차라리 빨리 털어놓으라는 민주의 잔을 가득 채워주
었다. 그러는 것만 봐도 확실히 뭔가 있는 게 분명하다고 민
주는 확신했다. 다행히 오늘은 성지가 잡아놓은 호텔에서
함께 묵을 테고 이야기할 시간은 충분했으므로 민주는 우
선 잔을 비웠다. 오랜만에 만난 친구가 건넨 소주는 차갑지
도 않건만 달았다. 성지는 다시금 민주에게 술을 따라주었
고 민주는 금세 취기가 도는 것을 느끼면서도 연신 잔을 비
우게 됐다. 아랫배부터 상체까지 금세 후끈후끈해지며 뭐든
될 대로 되라는 기분이 들게 하는 낮술 특유의 해방감을 적
이 오랜만에 느꼈으므로. 게다가 물회 맛은 평범한 데 반해
성지 덕에 서비스로 나온 우럭회의 식감이 차진 데다 묵은
지와 씻은지 양쪽 모두 입맛에 딱 맞아서 소주 안주로 더할
나위가 없었다.

드릴이 내는 듯한 진동과 소음이 계속되자 민주는 자리를
옮겨야겠다고 여겼다. 그렇게 생각하기 무섭게 디디고 있는

땅이 흔들리기 시작했다. 이런 게 지진일까, 하는 혼란 속에 비상구를 찾는데 설상가상 발밑이 꺼지듯 커다란 굉음이 들렸다. 그 순간, 민주는 튀어 오르듯 잠에서 깼다. 그러고는 소음의 원인이 된 협탁에서 떨어진 휴대폰을 들어 "여보세요" 하고 입을 뗀 후에야 그게 자신의 휴대폰이 아니라는 사실을 깨달았다.

"이 휴대폰 주인은 어디에 있을까요?" 수화기 저편의 상대가 물었다.

"아, 아마 근처에 잠시 나간 것 같아요." 어쩐지 아는 목소리 같아서 휴대폰의 액정을 살핀 민주는 발신자 정보 제한이라는 글씨에 고개를 갸웃하며 물었다. "누구시라고 전해 드릴까요?"

"제가 다시 걸겠습니다."

통화가 끊기자 민주는 기지개를 켰다. 숙취는 없었다. 낮술에 취해 열다섯 시간 넘게 자고 일어난 덕분이었다. 평소에는 툭하면 새벽까지 잠을 이루지 못해 괴로워하건만 모처럼 매장까지 닫고 시간을 낸 밤에 고꾸라져버려 허탈한 마음이 들었다. 그래도 숙면을 취한 후라 몸도 마음도 개운한 것만은 부정할 수 없었다. 성지와 은하는 수영장에라도 갔는지 방에는 혼자뿐이었고 텔레비전 옆으로는 참깨라면과 나무젓가락이 놓여 있었다. 젓가락의 포장지에는 은하의 글씨로 냉장고를 열어보라고 적혀 있었다. 거기에는 라면에 곁들여 먹을 꼬마김치와 감귤주스가 보였다. 이렇게 해준 것을 보면 간밤에 취해서도 다행히 은하에게 괜한 잔소리를 반복하지는 않은 모양이라고 여기며 민주는 주스 병을 비웠다.

한 가지 마음에 걸리는 것은 조금 전에 전화로 들은 목소리였다. 아는 목소리라는 사실은 분명했다. 그러나 성지의 매니저는 아니었다. 민주는 손가락 사이에 나무젓가락을 펜처럼 끼워 넣고 빙글빙글 회전시키며 과하게 젠틀한 척하던 그 어투가 누구의 것인지 기억을 더듬어보았지만 기억이 나지 않았다. 그러다 번쩍, 하고 상대의 존재를 떠올린 것은 욕실로 들어가서 샤워기 아래 선 순간이었다. 민주는 머리칼을 적시는 물줄기에 대고 "안 돼" 하고 내뱉었다. 성지가 흔쾌히 은하네의 부탁을 들어주러 제주에 온 일, 머리 스타일의 변화, 전화 연락을 피하는 모습까지 흩어져 있던 몇 가지의 점이 하나의 선으로 이어지는 것 같았다. 허둥지둥 씻고 나오자 얼마 지나지 않아 성지가 들어왔는데 혼자였다. 은하는 보이지 않았다.

"라면 안 먹었네? 은하가 어젯밤에 너 깨면 분명히 라면부터 찾을 거라고 일부러 편의점 다녀왔는데." 성지가 손에 든 봉투 안에서 한라봉을 꺼내 껍질을 벗기기 시작했다. "나 댕기미 체면이 있지 몇 시간 자면 일어날 줄 알았더니 아예 뻘었더라? 왜 아무 말 없어? 한식이 나을 거 같으면 룸서비스 시켜줘?"

"해장 걱정할 때가 아니야. 방금 전에 이 방에 〈디스패치〉 기자 왔다 갔었어."

"뭐라고?" 성지가 동작을 멈추고 되물었다.

"네가 그렇게 목을 매고 기다릴 때는 잠수 타고서 재벌 딸한테 갔던 이기운이 다시 너 쫓아다닌다는 소문 듣고 왔대. 너 계속 이렇게 상큼한 거 찾는 게 속도위반 같다던데?"

"속도위반은 무슨. 아니니까 걱정 마." 성지가 한라봉 반쪽을 민주에게 건넸다. "이거나 먹어봐. 엄청 달아."

"뭐가 아닌데. 어디까지가 아닌데."

"네가 자꾸 이렇게 취조를 해대니까 은하 먼저 갔잖아."

민주는 가긴 어딜, 하면서 어제 은하가 끌고 왔던 회색 캐리어를 찾아보았지만 없었다. 그제야 은하의 침대가 정리돼 있다는 사실이 눈에 들어왔다. 설마 하며 침대 매트리스 아래까지 살피는 민주에게 성지는 "진짜 갔다니까 안 믿네" 하고 중얼거렸다. "걔네 반 학생이 가출을 했대."

위험하지 않은 가출이 있을까마는 중1과 결합하자 가출이란 세상 그 어떤 단어보다 위험한 것으로 들렸다. 고작 몇 달 전만 해도 초등학생이었던 어린아이가 겁도 없다고 민주는 생각했다. 성지는 아마 그 중학생 본인은 이미 자신이 다

컸다고 여기리라고 했다. 그러더니 느닷없이 고맙다고 말했
으므로 민주는 고개를 갸웃했다.

"우리 어릴 때 네 방에서 재워준 게 하루 이틀이냐고. 그
때 아빠랑 싸우면 너희 집에 가 있을 수 있었으니까 망정이
지, 안 그랬으면 나도 아마 못 견디고 집 나왔을걸?" 성지가
말했다.

"아, 내가 이런 미래를 봤거든. 라면에 김치 좀 넣어서 끓
여주고 재워주면 나중에 호텔 스위트룸에서도 자보고, 공짜
저녁이랑 술도 얻어먹고, 이렇게 될 걸 다 알고 있었어."

"그때 나한테 삐삐 번호 줬던 대학생이 지 자취방에서 재
워준다고 지겹게 꼬셨었다."

"뭐라고?" 민주가 눈을 치켜떴다.

"그런 인간들이 지금은 아무렇지도 않게 차장이니 본부장
이니 직함 달고서 살겠지? 자기 딸은 단속시키면서?"

"아이고, 속 뒤집혀. 그래서 너, 이기운하고 아무 일 없는
거 확실해?"

"리메이크 하면서 오랜만에 몇 번 보더니 옛날 생각이 났
는지 지 혼자 날뛰는 거야. 안 만나주면 죽겠대."

"지랄 났네. 스토킹으로 처넣어버릴 거야 정말. 그 나이에
그럴 에너지가 있으면 본업에나 좀 신경 쓰라고 해. 그 새끼
는 연기력으로 까이는 게 지겹지도 않대?"

"그게 지겨워서 다른 데서 살길 찾으려고 하는 건가……"
성지는 피식거리듯 웃더니 자기 발끝을 내려다보며 말했다.
"연애는 전에도 해봤으니까 결혼을 하자고 그러더라. 자기
랑 결혼해서 같이 이민 가서 살재."

　다랑쉬오름 탐방로의 경사가 급격해질 때면 민주는 제주
의 참 매력이 오름에 담겨 있다고 말한 자신을 탓하며 헉헉
댔다. 그러다 다시 경사가 완만해지면 짙은 나무 냄새를 들
이쉬며 오기를 잘했다고 여기기를 반복했다. 오름에는 처음
와본다는 성지는 나무 사이로 시야가 트일 때마다 한숨에
가까운 감탄사를 내뱉었다. 그러더니 설문대할망이 등장하
는 제주의 탄생 신화가 절로 떠오르는 곳이라고 말했다. 민
주도 고개를 끄덕였다. 거인의 손으로 도닥여서 모양을 잡
은 양 동글납작한 형태의 아끈다랑쉬오름 전체가 내려다보
이는 풍경에는 마음을 뭉근하게 풀어지게 하는 구석이 있
다. 이런 경광을 만든 신이 존재한다면 인간에게 서슴없이
징벌을 내리는 비정한 신이 아니라 치마폭에 담아 온 흙으
로 푸른 봉우리와 마을을 빚어내는 신이었으리라는 느낌이
들었다.
　이윽고 정상에 올랐을 때 성지는 정면으로 아끈다랑쉬오
름을 품은 모습을 사진에 담더니 "그럼 아마 다랑쉬 마을은

저 방향에 있었겠구나" 하고 오른쪽을 가리켰다. 그러자 민주는 싱그러운 초록이 가득한 풍경 위로 '학살'이라는 단어를 떠올리게 되었다.

"정심 선생님이랑 미나랑 나왔던 영화도 다랑쉬 마을처럼 통째로 사라진 마을을 배경으로 했거든. 그래서 제목도 '잃어버린 마을'이고." 성지가 말했다. "시사회에 갔을 때는 미나가 정심 선생님 젊은 시절 역할로 나와서 연기하는 거 보고 쟤가 저렇게 연기가 느는 동안 나는 뭐 했나 하고 충격받아서 집중을 잘 못 했는데, 마음에 남더라. 나중에 책도 보고, 다큐도 찾아보고 그랬어."

"아이고, 나는 제주 살면서도 그런 영화 있는 줄도 몰랐는데."

"뭐, 작은 영화였으니까."

"작은 영화에 그 둘이 나온 것도 대단하네."

"그 덕에 겨우겨우 투자가 됐대." 성지가 말했다. "정심 선생님이 이제 자식 잃고 통곡하는 엄마 역할은 그만하시겠다더니 마지막으로 어쩔 수 없이 하신다길래, 어쩔 수 없는 게 어디 있냐고 내가 따졌거든. 모르면 잠자코 있을걸. 나중에 보니까 그 영화였더라고."

영화의 마지막 장면은 민간인을 대상으로 한 학살이 자행되었던 장소의 현재 모습을 엮은 몽타주로 채워졌다. 그 장면을 통해 성산이나 함덕, 월정리처럼 전에 가본 적 있는 유명 관광지 또한 학살이 자행된 곳이었고, 제주공항의 활주로 가까이에서도 암매장한 유골이 발견되었다는 사실을 알게 된 성지는 적잖은 충격을 받았다고 했다. 민주는 고개를 끄덕이며 자기도 한때 단골이었던 손님에게 듣기 전에는 그런 사실들에 대해 구체적으로 알지 못했다고 말했다.

"그 손님도 영화 스태프로 일했다고 했었는데. 이름이 지금도 생각나. '김물빛'이었거든. 요정 이름 같다고 그랬더니 할머니가 지어주셨다고, 자기 가족은 아빠도 동생도 다 이렇게 튀는 이름이라는 거야. 그분 할머니가 살던 지역에서 토벌대가 찾는 사람하고 이름이 같다는 이유로 끌려가서 못 돌아온 사람이 있었대. 그래서 자기 자손들은 어디 내놔도 같은 이름을 못 찾는 이름으로 지어야 된다고 고집하셨대."

"할머님은 몰라도 김물빛 씨? 그분은 아마 「잃어버린 마을」 봤겠지?" 성지가 다시금 오른쪽으로 시선을 던졌다. "세상에는 사람들의 한을 풀어주기도 하는 그런 영화도 있는데 말이야. 거기까지는 못 가도 마음 한구석에 남아서 한 번씩 꺼내 보게 되는 영화도 있고, 볼 때는 재미있게 보더라도 1, 2년만 지나도 후져 보이는 것도 있잖아. 내가 찍은 건 거진 후자겠구나 싶더라고. 여기서 몇 살 더 먹으면 그나마 그런 작품도 잘 안 들어오겠지만."

그럼 서러운 생각 그만하고 정말 제주 와서 살래, 하는 말이 입가에 맴돌았지만 민주 자신도 제주에 터를 잡았다는 실감이 나지 않는다는 게 문제였다. 그렇기는커녕 언제까지 버틸 수 있을지조차 자신할 수 없었으므로 민주는 오름 아래로 내려오며 몇 번이나 도리질을 쳤다. 그러다 성지에게 "줄 수 있는 게~ 하는 노래 있잖아" 하고 운을 띄웠다. "내가 지금 너한테 해줄 수 있는 게 이것밖에 없다."

　"뭘 해주게?" 성지가 물었다.

　"물회 진짜 잘하는 데 데려가줄게. 어제 그 집은 도민 기준에는 못 미치는 집이었어."

　점원은 바다가 보이는 창가 자리를 권했지만 민주는 성지의 눈짓에 따라 곧장 구석 자리로 향했다. 성지는 해녀촌에 왔으니 서울에서는 찾기 힘든 자리물회를 먹어보겠다고 별렀는데 점원은 외지 사람에게는 일견 무뚝뚝하게 들릴 군더더기 없는 말투로 "자리는 지금 냉동밖에 없어요"라며 한치나 전복물회를 추천했다. 이 집은 그 두 가지가 시그니처라고 민주도 거들었다. 성지는 아쉬워했지만 조금 뒤에 들어온 손님들이 하나같이 한치물회를 찾는 모습을 보고 고개를 끄덕였다. 그러고는 대접 가득 담긴 한치물회가 나오자마자 코를 박고 정신없이 젓가락을 움직였다.

"이거 국물이 역대급이다." 감탄한 성지가 소곤거렸다. "맵기는 매운데 상쾌하게 매운맛이 나."

"아, 싱싱한 고추를 엄청 다져서 넣어서 그런 거래. 나도 카페 언니가 여기 처음 데려왔을 때 기립 박수를 쳤었어."

"그 카페 언니 말이야." 성지가 남은 국물을 마저 들이켰다. "왜 안 잡았어? 너 여기저기 데리고 다니고 사람 괜찮았잖아. 몽생이 언니보다 백배 나은데."

"아이고, 넌 얼굴 한 번 본 적 없는 사람이 내 타입인지는 참 잘도 파악한다? 그러면서 지 남편감으로 그런 인간을 생각한다고 하니 내가 미쳐, 안 미쳐. 응?"

"나 원래 뭐든 상황 파악은 잘하잖아. 한 번씩 거하게 선택을 잘못할 때가 있어서 그렇지." 성지는 민주 입에서 나올 잔소리를 막듯 때마침 가게 안으로 들어온 부부를 보라며 눈짓했다.

삼십대 초반으로 보이는 젊은 부부는 나란히 아기 띠를 두르고 있었다. 두 아이는 쌍둥이인지 뒤통수의 모양도, 아기 띠 밖으로 뻗어 나온 팔다리의 길이도 꼭 닮은 모습이었다. 성지는 부부가 걸을 때마다 모빌처럼 달랑거리며 움직이는 뽀얗고 통통한 종아리와 작은 발을 보고, 귀엽지 않느냐며 미소 지었다. 전에는 관심이 가지 않았건만 요즘 들어 부쩍 아이들에게 눈길이 간다면서.

"내 눈에만 그런 건 아닐 테니까 말이야. 그러니까 내가 벙벙한 하얀 원피스 같은 옷 입고서 그 사람이랑 나란히 저렇게 아기를 안고 있으면 그것만 한 이미지 변신도 없지 싶더라고. 뭐, 미나처럼 연기파로 거듭날 재능이 있는 게 아니면 그 방법이 최선일지도 몰라. 요즘은 육아 관련한 프로그램도 많고."

"진심으로 하는 소리야?"

"실은 오늘 그 사람이 제주도로 온다는데 네가 한번 만나 봐 줄래?" 성지가 변명하듯 덧붙였다. "너도 전에 그랬잖아. 오픈 빨이라는 게 있으니까, 자잘하게 이것저것 시도하는 거보다 아예 다른 데서 새로 여는 게 가능성이 있을 것 같다고. 그런 관점에서 생각해봐."

민주는 전에도 성지가 이런 방식으로 이야기를 한 적이 있음을 떠올렸다. 「짓」이 개봉된 후 억대 계약금의 광고 섭외가 들어오기 시작하던 때. 은하의 생일 즈음 어렵사리 시간을 낸 성지는 사람들이 자기한테 기대하는 역할이 징그럽다고 푸념하면서도 어차피 막을 수 없는 일이라면 자신에게 이득이 되는 방향으로 해내는 게 최선이라고 강조했다. 그러니까 지금 뭔가에 휩쓸려가고 있는 게 아니라 합리적인 선택을 한 것뿐이라는 사실을 분명히 하고 싶어 했다. 그러면서도 한편으로는 누군가에게 지금 흘러가는 방향이 잘못

된 게 아니라고 확인받고 싶어 하는 것 같았는데, 그 누군가가 유년을 함께한 친구들이었으면 하는 것 같았다. 은하는 잠자코 듣기만 했다. 민주는 성지가 원하는 것과는 반대로 잔소리를 쏟아냈는데 그리하여 미친 영향이라고는 몇 해 동안 둘의 관계가 소원해진 것뿐이었다.

그때의 기억 때문에 민주는 성지를 적극적으로 말릴 엄두를 내지 못했다. 누구 없을까, 역효과만 내는 나 말고 누군가 성지에게 브레이크 역할이 되어줄 사람이 없을까 답답해하며 식당에서 나갈 채비를 하던 때였다. 성지의 휴대폰으로 은하가 전화를 걸어왔다. 민주는 먼저 나가 있으라고 이른 뒤 계산대 앞으로 향했다. 카드 리더기에 문제가 있는지 앞선 일행이 지갑에 든 카드를 몽땅 꺼내어 계산을 시도하는 동안 무료해진 민주는 가게 벽에 붙은 사인지를 훑다가 그중 한 장의 귀퉁이에 붙은 사진에서 익숙한 얼굴을 발견했다.

"저분은 배우 선우정심 씨 아니에요?"

"아유, 맞아요. 우리 집 음식을 너무 좋아하셔. 이 근방에 별장이 있으시던가 그래."

가게 밖으로 나온 민주는 성지에게 은하네 학생을 찾았다는 말을 전해 듣고 화답하듯 너의 롤모델이 이 근방에 별장을 두고 있는 모양이라는 소식을 전했다. 그때만 하더라도 민주는 자신이 그날 밤을 선우정심의 별장에서 보내게 되리라고는 상상하지 못했다. "목을 하도 써서 갈증이 나던 참에 잘됐다. 시간 되면 물회에 얼음 가득 넣어달라고 해서 한 그 릇만 좀 포장해가지고 오련?" 하는 목소리가 휴대폰 너머로 울리던 때도 현실감이 없었다.

설상가상 중산간에 위치한 별장으로 가는 길에 점점 안개 가 짙어져가는 통에 운전대를 잡은 민주는 바짝 신경이 곤 두서서 일방적으로 정심의 부탁을 수락한 성지에게 불평을 늘어놓았다. 성지는 작품으로 만난 후배들에게 관대하지만 사적인 시간을 내어주는 일은 좀처럼 없는 정심을 만나러 가는 감격에 젖어서 입으로는 미안하다고 하면서도 싱글벙 글이었다.

간신히 목적지에 도착해서 현관의 초인종을 눌렀을 때 반 응이 없는 상황에서도 성지가 웃기만 하고 있었으므로 민주 는 어서 전화를 걸어보라고 재촉했다. 그때, 집 안에서 노랫 소리가 흘러나왔다. 노래를 부르는 목소리는 정심의 것 같 았지만, 가사를 알아들을 수는 없었다. 성지는 한 걸음 뒤로 물러나더니 손나팔을 만들어 "선생님!" 하고 외쳤다.

민주는 손등으로 가볍게 현관문을 두드리면서 내가 여기 서 뭘 하고 있는 것일까 싶어 헛웃음이 나왔다. 그러나 헐레 벌떡 문을 연 정심이 연신 사과를 건네는 모습에 언제 그랬 냐는 듯 불만이 누그러들었다. 은은한 나무 향이 나는 집 안으로 들어서자마자 다른 차원의 세계로 넘어오기라도 한 듯 짜증스럽던 기분이 말끔하게 씻겨 나갔다.

"선생님, 얘는 제주에서 칵테일 바 하는 제 친구예요."

정심은 목에 걸고 있던 헤드폰을 벗어 내려놓더니 듣던 중 반가운 소리라며 바는 어느 동네에 있느냐고 물었다. 노래 연습을 할 일이라도 있으셨냐는 성지의 질문은 짐짓 못들은 척하더니 민주를 향해 "한 번씩 하이볼 생각이 났거든요" 하고 미소를 지었다.

정심의 목소리는 부드럽게 울리는 저음이었다. 게다가 또렷한 발음 덕에 그녀의 입에서 나오는 말은 하나같이 정확한 위치에 방점과 온점이 찍힌 문장처럼 온전하고 명확하게 감각되었다. 그 점은 그녀가 배우 생활을 하는 수십 년간 원체 유명했지만 지근거리에서 직접 듣자니 식사를 하고 왔느냐는 평범한 질문도 남달리 들렸다. 게다가 몸을 움직이는 동작과 자세가 반듯하고 절도가 있어서 원탁 앞에 곧게 앉아 물회의 국물을 꿀꺽꿀꺽 들이켜는 모습조차 하염없이 바라보게 만드는 힘이 있었다. 그러자 민주는 비로소 성지의 고민을 체감할 수 있을 것 같았다. 같은 업계에서 압도적인 존재감을 가진 사람을 대면하는 일은 매 순간 자신이 가진 한계를 통보받는 것과 마찬가지일 것이다. 뛰어넘기는커녕 나란히 설 수조차 없는 차이를 번번이 감지하다 보면 우회

할 방도를 찾고 싶은 마음이 드는 것도 당연하다 싶었다. 딱한 내 친구. 민주는 속으로 중얼거렸지만 정작 성지는 신이 나서 집 안 구경에 여념이 없었다.

"세상에, 선생님「잃어버린 마을」사진 옆에 있는 건 언제적 사진이에요?" 성지가 거실 장 위에 놓인 액자를 가리키며 물었다. 항구를 배경으로 서서 앳된 얼굴로 미소를 짓고 있는 사진 속 그녀는 어깨까지 내려오는 물결 펌 머리칼 아래로 품이 큼직한 모직 재킷을 어깨에 걸치고 있었다. 정심은 반들반들한 광택이 도는 옻칠 쟁반을 들고 오다 말고 멈춰 서서 잠시 기억을 더듬더니 "30년도 더 됐지" 하고 대답했다.

정심의 입에서 나온 제목을 검색해보자 한국의 007을 표방하며 만든 첩보 액션영화라는 설명이 나왔다. 정심은 출연 배우 목록에 세번째로 이름을 올리고 있었는데 배역란에 "첩보원 히아신스"라고 적혀 있어서 민주는 재빨리 웃음을 참아야 했다.

"나도 별수 없이 나르시시즘이 있구나, 하면서도 그렇게 내 사진을 놓고 있게 되더라니까. 이런 거 들키니까 집에 누구를 잘 못 들여 내가." 정심이 웃었다.

"당연히 잘 보이는 데 두고 보고 싶을 것 같은데요." 민주가 말을 꺼냈다. "평생 한 우물을 판 역사가 담긴 거잖아요."

성지도 맞장구를 쳤지만 정심은 두 손을 번쩍 들더니 손사래를 쳤다. 중간에 10년 가까이 공백이 있었으므로 평생이라는 말은 맞지 않다는 것이었다. 성지가 정심에게 결혼생활이 어떠했느냐고 묻자 정심은 "갈라선 거 보면 답이 나오지 뭐" 하며 웃더니 "이거나 들어봐, 목에 좋다던데" 하고 둘에게 둥굴레차를 권했다.

정심은 보다시피 자신이 주변 정돈은 잘하는 타입인데 요리에는 영 소질이 없다고 말했다. 그러나 밖에서 사 온 음식은 입에 대지 않는 까다로운 입맛을 가진 남편과 남편을 빼닮아 입이 짧고 잔병치레가 잦았던 두 아이로 인해 못하는 요리가 없는 사람이 되었다. 은퇴 선언까지 하고 기왕 시작한 살림에 정을 붙이기 위해 최선을 다하던 시기에는 뭐든 직접 만들어 썼다. 콩나물을 직접 기르고, 서리태를 불려서 두유를 만들고, 카스텔라를 구웠다. 그러느라 하루가 다 가는데도 막상 자신은 입맛이 없어서 끼니를 거르는 일이 많았고 소화제를 달고 살았다. 삼십대에 접어들면서는 불면증도 깊어졌는데 그게 단순한 불면증이 아니라 우울증이었다는 사실을 깨닫게 된 것은 몇 해나 고생한 후였다. 그 경험 덕에 정심은 우울증에 시달리는 역할을 맡았을 때 따로 조사를 하지 않아도 되었다며 너털웃음을 터뜨렸다.

"뭐 하러 물어? 설마하니 요즘 같은 세상에 은퇴하고 결혼이라도 하려고 그러니?"

"하지 말까요?" 성지가 되물었다.

"해. 너 하고 싶으면 하는 거지."

"정말요?"

"그래. 이래도 한세월 저래도 한세월인데. 갓난쟁이 둘 낳아서 학교 보낼 때까지 한 10년 훌쩍 가거든? 그때 가서 나한테 왜 안 말렸냐고 따지러 와. 그때나 돼야 뭘 따지러 올 여유도 나니까. 그럼 내가 물회는 한 접시 사 주마."

민주는 정심의 대답에 웃음이 비어져 나왔지만 성지가 "선생님, 저 심각해요" 하고 어깨를 늘어뜨리자 "얘 진짜 심각해요. 배우 관두고 같이 도망가자는 사람이 있어서 넘어가게 생겼어요" 하고 거들었다.

"일을 관두고?" 정심이 고개를 들었다. "그래, 여자고 남자고 간에 타고나기를 그런 사람들이 있기는 하더라. 키우는 군자란 화분에 꽃 한 송이만 피어도 집 안에서 종일 왔다 갔다, 그거 들여다보면서 생글거리는 사람이. 너 그런 사람이었니?" 정심은 잠시 성지의 대답을 기다리더니 다시 물었다. "아니면 남자 쪽이 그런 사람이야?"

성지가 기어들어가는 목소리로 그런 타입은 못 된다고 하자 정심은 손을 뻗어서 민주의 손등 위를 쓰다듬듯 도닥거렸다.

"뭐든 직접 다 겪어봐야만 알고, 깨닫고 그러기에는 인생이 너무 짧지 않니? 배우라는 직업이 그래서 있는 거잖아, 하나하나 직접 찍어 먹어보지 않아도 되니까 다른 인생들 맛보시고 살라고. 응? 아니 내가 걸려 넘어진 돌부리 앞에 네가 굳이 가서 설 필요는 없지 않느냐는 말이야."

정심은 돌부리를 얘기하다 보니 생각났다며 자신의 오른 팔꿈치 옆에 있는 희미한 상처 자국을 내보였다. 그것은 첩보원 히아신스 시절에 몸싸움 장면을 찍다가 생긴 것이었다. "벽에 부딪혔는데 하필 거기에 뭐가 튀어나와 있었거든." 턱을 괴며 기억을 더듬던 정심은 지혈을 하는 동안에도 한시 빨리 피가 멎기를 바라며 발을 동동 구를 만큼 각박한 현장이었던 것만큼은 잊을 수 없다고 말했다.

핏발이 선 눈을 부라리며 툭하면 고성을 내지르던 감독. 감독의 성미를 받아내며 덩달아 으르렁거리던 조감독과 날이 서 있던 현장 스태프들. 달리고, 구르고, 뛰어내리는 장면을 거듭해 찍는 동안 말수가 줄어든 배우들. 정심 또한 그 작품이 첫 영화인 앳된 후배가 눈물을 쏟는 모습을 보고도 변변한 위로조차 건네지 못했다. 그럴 마음의 여유가 없었던 이유가 복귀에 따르는 부담감 때문만은 아니었다. 아침저녁으로 새로 밥을 안치고 두 아이와 콩나물을 기르던 시간 동안 일어난 변화를 따라가기 벅찼던 탓이 더 컸다.

흑백 화면에 담긴 사극에서 쪽 찐 머리에 은장도를 품고 다니던 열녀 역을 마지막으로 은퇴한 후 복귀작에서는 컬러 화면 속에 허벅지를 드러내는 미니 드레스를 입고 나서는 일에 좀처럼 익숙해지지 않았다. 실은 호텔 바에 잠입하여 미인계를 펼치는 첩보원 역할 자체에 어색함을 떨칠 수 없었다. 자신이 제대로 하고 있는 것인지 확신이 가지 않았으므로 후배를 달래줄 자격도 없는 것만 같았다.

하루는 후배의 입에서 첩보원 역할을 하는 것보다 실제로 첩보원이 되어 작전에 투입되는 편이 낫겠다는 말이 나왔다. 정심과 함께 초겨울의 바다에 뛰어드는 장면을 찍고 난 후였다. 정심은 설마, 하고 말했지만 자기야말로 심장 주변이 욱신거리는 통에 속으로는 이러다 정말 심장마비가 오는 게 아닐까 하는 공포에 떨고 있던 터였다. 여기서 죽으면 유작으로 첩보 액션영화가 남으려나. 사람들 기억 속에 영영 첩보원 히아신스로 남는 것일까. 그런 생각이 들자 실소가 나왔다. 아무리 생각해봐도 결코 한국의 007이 되지 못할 영화를 찍느라 심장마비를 걱정하는 자신의 처지가 기가 막혔다. 게다가 이 감독이 이끄는 현장이 얼마나 막무가내인지 익히 들어 알고 있음에도 군말 없이 받아들일 만큼 간절히 원하게 될 일을 헌신짝처럼 내팽개치며 홀가분해하던 과거의 자신이 어처구니없어서 자꾸만 웃음이 나더라고 했다.

"지금은 무슨 얘기를 해도 너한테야 잔소리로밖에는 안 들리지 싶다만."

성지는 아니라고 손사래를 쳤지만 대꾸할 적절한 말은 찾지 못한 듯 멍한 얼굴이었다. 자신에게 관심이 집중되는 게 부담스러웠는지 잠시 뒤에는 음악을 틀었다. 간밤에 민주가 잠들어 있던 동안 은하가 틀었던 앨범이라고 했다. 그 말을 듣자 쳇 베이커의 부드러운 음성이 꿈결에 들은 것처럼 느껴졌다. 민주는 스무 살 무렵에 지금과 같은 상황을, 그러니까 두 친구와 함께 어울리다 먼저 잠들고 난 이튿날이면 전날 밤에 친구들이 들었다는 음악을 꿈속의 선율처럼 느끼는 일을 자주 겪었다는 사실을 떠올렸다.

은하를 통해 밴드 음악과 재즈와 월드 뮤직을 접하게 되었던 그 무렵, 민주의 꿈은 언젠가 자신만의 공간을 가지는 것이었다. 그 공간에서 어떤 일을 할 것인지는 정하지 못한 채로 창가에 둘 안락의자의 형태라든가 거기 앉아서 들을 음악 같은 것들을 몽상하곤 했다. 그런 면에서 본다면 지금 자신은 당시에 원하던 삶의 형태에 근접한 모습으로 살고 있는 것인지도 모른다는 생각이 들었다. 소파 구석 자리에 비스듬히 기대앉아 있던 민주는 한동안 까맣게 잊고 살았던 일들을 천천히 곱씹으며 거실 창 앞에 선 정심의 뒷모습을 바라보았다. 그녀가 창문을 열자 늦은 오후의 선선한 바람과 함께 풀피리 소리처럼 맑은 새소리가 실내로 흘러들었다.

"참, 선생님 아까 노래 부르고 계시지 않았어요?"

정심은 성지의 질문에 딴청을 피우며 위스키가 든 병을 가지고 왔다. 탄산수를 꺼내려 연 냉장고에서 한라봉도 내어 주었으므로 민주는 주홍빛 껍질을 저며 두 사람에게 건넬 하이볼이 든 잔을 장식했다. 한라봉의 향기는 어째서 지금껏 응용해볼 생각을 하지 않았을까 싶을 정도로 위스키와 잘 어울렸다. 정심의 평도 좋았다. 그녀가 민주의 바에도 제주의 과일을 이용한 메뉴가 있느냐고 물었으므로 민주는 얼결에 그렇다고 대답을 하고 조만간 메뉴를 정비할 궁리를 하며 잔을 비웠다. 정심은 민주에게 한 잔을 더 청한 후에야 성지의 질문에 답을 주었다.

"내가 주책이지. 내년에 뮤지컬영화 들어가기로 했어."

"뮤지컬을요?" 성지가 반색했다. "선생님도 뮤지컬은 처음이시죠?"

"그러게 말이다. 음치는 아니어도 박치면서 미쳤지, 내가. 음악 감독까지 찾아와서 메릴 스트리프도 환갑 넘어 「맘마미아」 하지 않았느냐고, 자기가 다 만들어주겠다고 해서 덜컥 해보자 했는데 야단났어."

성지는 아까 부르던 곡을 다시 들려주면 미친 짓인지 아닌지 판가름이 날 거라고 청했고, 정심은 손사래를 쳤다. 두 사람이 그렇게 실랑이를 벌이는 사이 테이블 위에 둔 성지의 휴대폰이 진동음을 내자 모두의 시선이 그쪽으로 쏠렸다. 성지는 숨을 들이마시며 휴대폰을 잠깐 쥐고 있다가 이윽고 결심한 듯 가방 안으로 집어넣었다.

"선생님, 저 오늘 하루만 여기서 재워주시면 안 돼요?"

"안 될 것 없지."

정심은 다만 노래는 시키지 말라고 선을 그었지만 그날 밤, 잠자리에 들기 직전에 조그마한 음성으로 딱 한 소절을 흥얼거렸다. '그건 우리가 함께 겪은 일이야'라는 가사로 이루어진 부분이었다. 본인이 파악하고 있는 대로 다소 엇박자로 들렸지만 음성의 매력이 말할 때와는 또 다르게 느껴져서 민주는 잠시나마 황홀한 기분이 되었다.

침실로 들어가기 전에 정심은 둘에게 엉덩이를 덮는 길이의 짙은 회색 티셔츠를 잠옷으로 내주었다. 한가운데에 다급하게 계산한 흔적 같은 몇 줄의 방정식이 적혀 있는 것이었다. 성지는 그게 어딘가에서 본 적 있는 수식 같다면서 민주의 가슴팍을 들여다보더니 술기운 때문인지 기억이 흐릿하다며 이내 소파에 몸을 기댔다. 그러고는 "은하가 이번에는 미안했다고, 다음에 인천에서 보자고 하더라"라고 말했다.

민주가 어째서 인천이냐고 되묻자 성지는 호텔에 들어간

이후로는 아예 기억이 없는 거냐며 어처구니없어했다. 민주
는 기억을 더듬어보려 했지만 단서가 없었다. 인천 하면 맨
먼저 떠오르는 것은 카페 언니가 되돌아간 고향이라는 사실
이었다. 다음 순간에는 여행자 신분이 아닐 때면 혼술 할 용
기를 내지 못한다던 손님의 그윽한 목소리를 떠올렸다. 성
지는 답을 줄 생각이 없는지 싱긋 웃기만 했다.

"하긴 어제는 은하도 좀 취해서 평소 같지 않게 자기 속
얘기 많이 하더라. 듣다 보니까 가족들 건사하느라고 그렇
게 애를 쓰는 이유를 어느 정도는 알 것도 같았어. 어느 정도
는."

"별일이네. 네 입에서 그런 말이 다 나오고."

간밤에 둘은 어떤 이야기를 나누었을까. 가족들과의 관
계에 질려서 이미 몇 해 전에 비혼을 선언하고도 여전히 착
한 딸 역할을 감내하고 있는 은하의 속내가 민주는 진심으
로 궁금했다. 은하는 어릴 적부터 불평이나 불만을 직접 드
러내기보다는 속으로 삭이는 성격이었으므로 곤란한 기색
이 보일 때 실제로는 어디까지 감내하고 있는지 알 도리가
없었던 것이다. 그러나 한편으로는 답이 나오지 않을 것만
같은 은하네 가족의 사연을 전해 듣기보다 차라리 밤바다를
향해 나란히 서서 있는 힘껏 소리라도 지르는 편이 나을지
도 모른다는 생각이 들었다.

성지는 마치 민주의 마음을 읽은 듯 내일은 꼭 바다를 보러 가자고 중얼거리더니 "오늘 밤에 내 전화 좀 네가 맡아줄래? 사고 칠까 봐서"하며 휴대폰을 내밀었다. 민주는 그런 부탁이라면 얼마든지 들어줄 수 있다며 손을 뻗었다. 그때 성지가 잠시만 기다려달라며 자리에서 일어나더니 휴대폰 카메라로 정심의 옛 사진을 담았다. 겨울 바다를 등지고 선 첩보원 히아신스. 새로운 세계를 향해 이제 막 발을 내디딘 사람처럼 상기된 얼굴을 한 그녀의 시선은 머나먼 하늘을 향해 있었다.

포춘쿠키

인천역 밖으로 빠져나오자마자 은하는 길 건너편에 위치한 패루를 사진에 담았다. 차이나타운의 입구 역할을 하는 구조물인 패루는 지붕과 '중화가(中華街)'라고 적힌 현판, 네 개의 기둥으로 구성돼 있었다. 거대한 성벽의 입구 부분만 뚝 떼어 세워놓은 듯 3층 건물 높이를 웃도는 위용에, 짙은 붉은색과 번쩍이는 금빛으로 감싸인 색감이 이국적인 화려함을 뿜냈다. 저 입구를 넘어서면 미지의 세계가 펼쳐지기라도 할 것만 같다고 은하는 생각했다. 그러나 막상 횡단보도를 건너 패루를 지나면서 은하가 갈등했던 것은 극히 익숙한 것, 지금껏 살면서 수없이 고민했던 것이었다.

짜장면을 먹을까, 짬뽕을 먹을까.

간밤에 SNS에서 수많은 이의 차이나타운 방문기를 둘러본 바로는 짜장면을 선택한 사람이 월등히 많았다. 윤기가 자르르 흐르는 간짜장이나 계란프라이를 얹은 옛날식 짜장면 사진이 끝없이 이어졌다. 살짝 경사가 있는 길을 따라 중국 음식점이 즐비한 골목을 걸어가면서 은하의 마음도 조금씩 짜장면으로 기울었다. 그러면서 일행이 두어 명 더 있어서 짬뽕에 탕수육, 혹은 간풍기까지 먹을 수 있었다면 얼마나 좋았을까 하는 아쉬움에 입맛을 다셨다.

집에서 출발할 때의 계획은 차이나타운을 전체적으로 한 바퀴 돌아보고 나서 점심 식사를 하는 것이었다. 그런데 화덕에서 구워낸다는 만두를 시작으로 길거리 음식이 차례차례 시선에 들어오자 급격히 허기가 졌다. 공갈빵, 닭꼬치, 풀빵과 멘보샤까지 노점에서 파는 음식의 종류도 다양했다. 정문을 활짝 열고 영업하는 대만식 과자점 안으로는 갖가지 종류의 월병과 펑리수도 보였다.

눈에 띄는 군것질거리마다 전부 맛있을 것 같았으므로 은하는 그중 하나를 선택할 수 없었다. 그렇다고 여러 개를 먹으면 짜장면을 먹기 전에 배가 찰 게 뻔했다. 은하는 돌연 결심한 듯 눈앞의 중국 음식점에 들어갔다. 공들여 매만진 듯한 올림머리가 눈에 띄는 점원이 주문을 받으러 왔을 때 한 번 더 망설였지만 결국에는 짬뽕의 유혹을 물리치고 옛날식 짜장면을 주문했다. 그러고서 카운터 위편의 텔레비전에서 나오는 드라마에 시선을 던졌다.

주인공으로 보이는 남자는 지구를 지키기 위해 시공간을 넘어서 과거로 가야 한다는 주장을 펼치고 있었다. 스판덱스 슈트를 입은 그는 분명 처음 보는 배우이건만 어쩐지 드라마의 내용은 기시감이 들었고, 은하는 잠시 뒤에 옆 테이블에 앉은 사람들이 나누는 대화를 통해 그 드라마가 자신이 대학생 때 인기를 모았던 〈사막의 연인〉의 리메이크작이라는 사실을 알 수 있었다. 짜장면에 단무지가 함께 나오듯 옛날 짜장면을 주문하자 옛날에 시청했던 드라마가 달려 나온 것 같아서 어쩐지 웃음이 났다.

잠시 뒤 은하 앞으로 놓인 짜장면은 검은 소스 위에 샛노란 옥수수알과 오이채를 얹은 모습이었다. 은하는 가장자리를 튀기듯 익힌 계란프라이를 그릇 한쪽에 밀어놓은 뒤 면과 소스를 골고루 비볐다. 그런 다음 계란의 가운데를 터뜨려 흘러나온 노른자로 코팅된 면을 입에 한가득 물었다. 면요리는 입안에 가득 욱여넣어야 먹는 기분이 제대로 난다는 게 평소 은하의 지론이었다. 다음 젓가락도, 그다음 번에도 듬뿍듬뿍 면을 들어 올린 것은 그러니까 그 이유가 가장 컸다. 평소에 먹던 짜장면과는 과연 차원이 다른 맛이냐고 묻는다면 대답하기 애매했다. 분명 맛이 있기는 한데 특별한 점은 없는 것도 같았고, 감칠맛과 촉촉함의 조화가 좋기는 하지만 그 점은 사실 계란 노른자의 역할인 것 같아서였다. 이 알쏭달쏭함은 뚝딱 한 그릇을 비운 뒤 포만감을 느끼며 음식점에서 나올 때까지도 계속됐다.

스쳐 지나가는 꼬마 아이 손에 들린 고기만두를 홀끔거리면서 은하는 다시 한번 방금 먹은 짜장면이 이 동네의 길거리 음식을 몽땅 포기할 만큼 존재감을 지닌 한 그릇이었는지 반추했다. 아쉬움에 머리를 긁적이던 그때 눈에 띈 것이 노점에서 파는 포춘쿠키였다.

어릴 적에 외국 소설을 읽다가 접하고 어떤 모양인지 궁금했던 포춘쿠키를 실제로 마주친 것이다. 연갈색의 조그마한 캐스터네츠를 연상시키는 포춘쿠키는 가격도 저렴했다. 하나에 6백 원, 두 개는 천 원. 은하는 망설임 없이 두 개를 구입했다. 그 안에 든 메시지는 산책을 마치고 집에 돌아가서 확인해볼 요량이었으므로 행여 깨질까 봐 에코백 안쪽에 넣었다. 그러고는 자유공원 방면으로 난 계단 쪽으로 걸음을 옮겼다.

상당한 높이까지 계단이 이어져 있기는 하지만 보기보다도 몇 배나 가파르게 느껴지는 것은 평소의 운동 부족과 배가 부른 것, 어느 쪽의 혐의가 더 짙은 것일까. 헉헉대며 산책로와 이어지는 계단의 3분의 2 지점까지 오른 은하는 잠시 숨을 돌리기로 하고 걸어온 방향을 향해 돌아섰다. 그러자 마른 나뭇가지와 조금 전에 지나온 거리 풍경 너머 멀리로 인천항이 보였다. 공원 정상에 오르기도 전에, 이렇게 금방 바다를 볼 수 있다니. 지난 한 주 동안 인천에 이사 왔다는 사실을 이토록 생생하게 실감했던 순간이 없는 것 같았다. 느긋해진 은하는 가까운 벤치에 앉았다. 그러자 반가운 발견이 한 가지 늘었다. 벤치가 놓인 산책로의 양옆을 촘촘하게 둘러싼 나무들이 벚나무라는 사실을 알아챈 것이다. 봄이 되면 길게 뻗은 가지에 피어난 벚꽃이 터널을 만들고 바람이 불면 꽃비가 내릴 터였다. 그 핑계로 민주에게 인천에 놀러 오라고 해봐야겠다고 은하는 생각했다.

　몇 달 전의 일이었다. 은하가 "인천은 살기에 어떨까?"라고 혼잣말하듯 물었을 때 "왜 하필 인천이야?" 하고 되묻던 민주의 어투는 날카로웠다.

　"그렇게 별로야?"

　"솔직히 지금 같아서는 추천 못 하지."

　"무슨 일이 있었어? 나 애들 시험 준비하느라 요새 뉴스를 좀 못 봤거든."

　"좀 된 일이긴 한데. 내가 얘기 안 했었나? 인천에도 퀴어 페스티벌 한대서 갔었거든. 그때 반대 세력 쪽 기세가 살벌

했어. 시청 광장에서도 많이 보긴 했지만 느낌이 또 다르더라고. 악에 받친 느낌이라고 해야 되나. 막, 니들 다시는 인천 땅에 발도 들이지 말라고, 여기서는 이러는 거 용납 못 한다고 그러면서 어린 학생들한테도 고함치고 삿대질하고 그러는데, 눈빛에 살기가 어려 있는 거야. 나도 식은땀 나던데 십대 애들이 얼마나 무서웠겠니. 그래서 정이 좀 떨어졌지. 뭐 인천이 감리교가 맨 처음 들어온 곳이라서 어쩔 수 없다, 보수적일 수밖에 없다, 그러는 사람들도 있던데, 난 그런 말들을 때마다 귀가 다 썩는 거 같아. 어떤 편견이 강화될 법한 맥락을 살피는 거랑, 어쩔 수 없다는 말로 치워버리는 거는 완전 다른 얘기지 않니? 누구 좋으라고 그런 얘기를 하냐고. 아이고, 속 터져 정말."

"그야 그렇지." 은하가 동의했다. "그날 고생 많았겠다."

"응. 거기에서 나오고 나니까 진이 빠져서 뭐라도 좀 먹어야겠는데 그 근방 가게에 들어가기가 좀 그런 거야. 나도 싸잡아서 인천에 거부감 가지고 싶지는 않은데 당장 그날은 기분이 그렇더라고. 그래서 굳이 우리 동네까지 와서 먹다 보니까 어땠겠어? 빈속에 들이부은 거잖아. 그래서 미영 언니가 맥주 몇 잔에 뻗어버려서 데려다주느라고 죽을 뻔했어. 나 그러고 몸살 났었잖아."

"미영 언니? 너 그 언니랑 다시 만나?"

"아이고, 미영 언니가 지금은 뭐 만나는 사람 없겠니? 그날은 언니 여친 바빠서 혼자 간다고 하길래 같이 간 거야. 원래 그런 말이 있거든. 구여친 한 명쯤 마주치고 그래야, 아, 내가 퀴어 페스티벌에 왔구나 하는 거라고."

그 농담을 들은 은하는 묘한 기분이 되었다. 삼십대 중반이 다 된 지금도 은하에게는 전여친뿐 아니라 전남친이라고 부를 만한 사람이 한 명도 없기 때문이었다. 그나마 '연애'에 가까운 관계를 가져본 것도 이미 10년쯤 지난 시점이었으며, 상대가 적극적으로 대시해서 몇 차례 데이트를 한 기억이 전부였다. 은하를 보면 주체할 수 없이 상기된 얼굴로 긴장한 티가 역력하던 그의 표정은 몇 번 만나지 않아 시들해지더니 "저만 은하 씨가 좋은가 봐요" 하는 한마디를 끝으로 연락이 끊겼었다.

그 일로 은하가 느낀 감정은 서운함보다는 은근한 죄책감에 가까웠다. 자신에게 먼저 호감을 보인 사람이라고 해서 함부로 대하거나 쌀쌀맞게 군 적이 없는데도 그랬다. 한번은 부싯돌이 빠져서 헛돌기만 하고 불이 붙지 않는 라이터를 흔들며 신경질 내는 민주의 모습을 보면서 자신이 그 라이터 같다는 생각을 한 적도 있었다. 감정을 불꽃처럼 타오르게 하는 결정적인 뭔가가 결여된 존재인 것만 같아서였다.

지금껏 그런 사정을 털어놓은 상대는 민주뿐이었다. 민주는 은하의 고백을 듣고 "아니 무성애자면 그냥 무성애자인 거지. 네가 왜 불량 라이터야" 하며 어이없다는 듯 웃었다.

굳이 사물에 비유하자면 은하는 금세 타올랐다가 꺼져버리는 라이터라기보다 주변에 은은한 빛을 나누어 주는 가로등 같은 사람이라고 민주는 말했다. 컴컴한 길을 떨며 걸어본 적이 있다면 누구나 가로등의 존재 자체가 얼마나 감사한 것인지 명확하게 안다고도 덧붙였다. 그러고는 괜한 죄책감이나 불안감이 들거든 읽어보라며 몇 권의 책을 빌려주었다.

"그러고 보니까 오늘 네 책 가지고 나온다는 걸 깜빡했다. 이사 전에 돌려줘야 되는데. 나 실은, 인천으로 이사 갈지도 몰라. 아니, 갈 거 같아." 은하는 말을 꺼내는 그 순간에 비로소 결심이 서는 것만 같았지만, 민주는 고개를 갸웃하더니 "아이고, 또 말만 그런다" 하고 대꾸했다.

민주가 의심의 눈초리를 보내는 이유를 은하도 모르지 않았다. 각박한 서울살이를 어떻게든 버티겠다는 의지를 가진 민주와 달리 은하는 공연 업계도 떠나온 마당에 자신이 서울에서 살아야 할 필요를 모르겠다고 자주 언급했던 것이다. 함께 짧은 여행을 할 때면 그곳이 서울보다 살기 좋아 보인다고 말하고 부동산 시세를 검색해보는 일은 이미 습관이 되어 있었다.

"우리 외가가 동인천에 있거든. 큰 이모는 쭉 거기 사셨고, 막내 이모가 작년에 사별하고서 사촌들 데리고 오셨어. 나도 동인천 가서 살까 하고."

"너 친척들이랑 별로 친하지도 않잖아. 그럴 거면 나랑 살자니까. 집세 나눠 내면 원룸에서도 해방되고 같이 스트레칭도 하고 좀 좋아?"

"그게, 실은 작은 이모네 이사한 집 가서 보더니 엄마가 좀 흔들린다고 할까 부러워하는 게 보여서, 그럼 이 기회에 나랑 새 출발 하자고 그래봤지. 집값을 좀 살펴보니까 내가 어떻게든 우리 둘 살 집 보증금은 마련할 수 있겠더라고. 그럼 아예 학원 그만두고 그 집에서 공부방을 여는 것도 가능하겠다 싶어서."

"세상에, 그럼 뭐야. 이번에는 너희 엄마 진짜 이혼하시는 거야?"

민주의 질문에 은하는 고개를 저었다. 엄마가 이혼을 언급하자 아빠는 이번에야말로 새사람으로 거듭나겠다는 각서를 써주었다고 했다. 텃세 부리는 노인들만 우글거리는 촌구석에 자신만 버려두고 떠나면 자살하는 수밖에는 없다는 협박도 따라붙은 모양이었다. 그러니 어쩔 수 없는 일 아니냐고, 산 사람을 죽일 수야 없지 않느냐고 엄마는 말했다. 아빠가 엄마에게 귀촌을 강요할 때는 지상낙원처럼 일컫던 곳이 촌구석으로 강등된 것을 제외하면 모든 게 익숙한 패턴이었다. 엄마의 입에서 "결국은 내가 죽어야 끝이 난다"라는 말이 새어 나왔을 때 은하는 발밑이 꺼지는 듯했다. 제발 그런 말씀 마시라고 하기 위해 온 힘을 쥐어짜야만 했다.

나까지 엄마를 밀어붙여서는 안 되리라는 마음과 오빠처럼 엄마를 외면해버려서는 안 된다는 다짐을 거듭 되뇌며 몇 시간씩 무기력하게 늘어져 있을 때면 은하는 차라리 자기가 엄마보다 아빠를 닮은 사람이었다면 어땠을까 하는 생각을 했다. 만약 그랬다면 아빠의 협박에 맞서 진짜 죽을 마음도 없는 주제에 쇼한다고 이죽거리고, 아빠가 고함을 치면 더 큰 목소리로 성내며 엄마에게서 떼어낼 수 있었을지도 모르는 일이라고. 그런 가족 이야기를 털어놓은 상대 역시 지금껏 민주뿐이었다.

"일단 나 먼저 이사하려고. 내가 가서 편하게 있는 거 보면 나중에 엄마 마음도 변할지도 모르고."

"설마 가서 어머니를 기다리려고 이사하는 건 아니지?" 민주가 덧붙일 말을 애써 참는 듯 입술을 달싹거렸다.

"간 김에 기다려본다는 거지, 기다리려고 가는 건 아니야. 진짜야. 사실 지금 제일 기대하는 거는 스피커. 그 동네로 이사 가면 거실에 제대로 된 스피커 세팅할 공간이 나겠더라고. 그게 내 버킷 리스트였잖아. 동네도 괜찮아 보여. 너는 다른 동네 가서 바람 쐬는 거 좋아하니까 놀러 오라고 하면 먹히겠지 싶었는데, 인천이 그런 비호감을 샀는 줄은 몰랐네. 그건 좀 아깝다."

그러자 민주는 조금 전까지 울분을 쏟아내던 태도를 180도 바꿨다. 우선 수도권 중에서 집세 걱정이 덜한 곳이라니 그게 얼마나 큰 강점이냐고 목소리를 높였다. 최초의 개항지이니 만큼 근대 문화유산 볼거리가 많은 데다 레트로 콘셉트로 재단장한 카페나 문화 공간 들이 속속들이 생기는 것 같더라는 말도 했다. 그런가 하면 한국식 짜장면과 쫄면의 발상지이자 냉면 맛집도 많다며 가게 이름을 줄줄 읊었다.

"동인천역 근방에 헌책방 골목도 있잖아. 거기서 『토지』의 박경리 작가님도 직접 책방 운영하셨었대."

숨 쉴 틈도 없이 정보를 쏟아내는 민주의 모습에 은하는 웃음이 터지고 말았다. 민주 또한 은하를 따라 웃으면서도 민망한지 자꾸 왜 웃느냐고 물었다.

"아니, 사회학과 석사는 태세 전환을 해도 정보 주면서 참 고급스럽게 하는구나 싶어서."

"아이고, 고급지기는요, 이모님들 모여 사시고 너도 살러 가는 줄도 모르고 실례가 컸습니다요. 쇤네가 사정도 모르고 깝쳤습니다요." 장난스러운 어투로 굽실거리던 민주가 말했다. "전에 빌려준 그 책은 그럼 이사 선물로 줄게. 허겁

지겹 읽을 책이 아니니까 두고두고 읽어봐."

　배를 꺼뜨릴 겸 산책로를 빙 둘러 걸은 뒤에 은하는 미리 조사해두었던 카페로 향했다. 자유공원에서 5분 거리의 카페는 샛노란 간판이 눈에 띄었고, 전면과 후면이 모두 넓은 통유리 창으로 이루어져 개방감이 돋보였다. 단, 먹어볼 셈으로 점찍어두었던 레어치즈케이크는 이미 모두 팔려 나간 후였다. 은하는 새삼 남들이 쉴 때 나도 같이 쉬고 있구나, 하고 실감하며 2층으로 향하는 계단을 올랐다.

　학교로 보이는 건물, 주택 들 사이로 우뚝 솟은 하얀 십자가 너머 인천항이 다시금 모습을 드러냈다. 이번에는 시야의 끄트머리에 살짝 걸쳐 있는 형태가 아니라 탁 트인 모습이었다. 은하는 통유리 창 앞으로 가서 그 모습을 사진에 담았다. 하루에 몇 번이고 바다를 볼 수 있다는 사실에 절로 마음에 여유가 생기는 듯했다.

　옆 테이블에서 창밖 풍경을 찍는 찰칵거리는 소리에 눈이 떠졌을 때, 까무룩 잠이 든 것이 언제부터였는지 은하는 알지 못했다. 다만 목이 뻐근하고 창밖을 비추는 햇볕이 한결 은근해진 것을 보면 상당한 시간이 흐른 것 같았다. 은하는 식은 커피 한 모금을 들이켜 입안을 축이면서 이런 소음 속에 용케도 잠이 들었구나 싶어 쓴웃음을 지었다. 카페의 테이블을 차지한 사람들은 한 주 동안 쌓인 스트레스를 전부 말로 털어놓아야겠다는 듯 맹렬하게 잡담을 이어가고 있었다. 여유 있게 공간을 즐기고 디저트 메뉴도 음미하며 카페 놀이를 하려면 확실히 평일에 쉬는 게 나았다. 가끔 병원이나 은행에 볼일이 있을 때도 그랬다.

커피 잔을 마저 비우면서 은하는 고작 그 정도의 장점을 하나하나 손에 꼽으며 5년 내내 주말에 못 쉬고 일하던 나는 얼마나 부리기 쉬운 사람이었을까, 하는 생각을 했다. 학부모의 사소한 클레임을 전할 때도 고압적으로 굴다가 시험 기간만 되면 애걸하다시피 매달리던 원장의 얼굴도 떠올랐다. "은하 선생님도 잘 알잖아, 여기서 10분이면 목동 가는데, 우리가 그 동네 상대로 버티려면 한 타임이라도 더 봐주는 수밖에 더 있어? 여기서 애들 더 줄면 우리 진짜 문 닫아야 돼." 협박에 가까운 말에 고개를 주억거리다 보면 못 하겠다는 말을 도저히 입 밖에 낼 수 없었다. 그래도 그렇지 고작 월요일 하루 쉬고, 그 하루조차 시험 기간에는 사수하지 못한 채 일하던 지난날. 저녁 식사는 김밥과 햄버거로 때우면서 어떻게 5년이나 버텼는지 모를 일이었다.

아니, 실은 모르지 않았다. 사교육 업계에서 일하기 전에 몸담았던 공연 업계가 육체적으로 몇 배나 고되고, 보수도 더 낮았던 탓이다. 근무 시간이 늘어나는 상황에 대해 이해를 구하는 기색을 보이는 관리자조차 없었기 때문이다. 체질이 바뀔 정도로 몸을 혹사한 후 경력 하나 없이 학원에 자리를 잡으면서 불편과 불합리를 만날 때마다 전에 비하면 이쯤이야, 하며 속으로 삭이는 버릇이 들었던 것이다.

은하는 다음 주말에 사촌들을 만나면 사회생활을 시작하며 겪은 업계의 노동 환경을 기준으로 두고 일터를 평가하는 일의 맹점에 대해 전해주어야겠다고 마음먹었다. 그러자 괜한 잔소리로 들릴까 하는 걱정이 따라붙었다. 실내에 흐르는 음악이 바뀐 시점은 바로 그때였다.

끝내주는 비트라고 은하는 생각했다. 우연히 듣게 될 때마다 매번 그렇게 여겼다. 하지만 곡의 가사로 인해 한 번도 그 비트를 온전히 즐겨본 적이 없었다. 적나라하게 부를 과시하고, 욕설을 내뱉고, 약물과 섹스에 관해 언급하는 수위를 최대치로 끌어 올린 가사를 듣다 보면 복잡한 기분이 들었다. 이런 가사를 쓰고 부르는 사람은 자신과는 전혀 다른 차원에서 사는 새로운 인류가 아닐까 싶기도 했다. 마치 수치심 따위는 느껴본 적 없으며, 누구와 맺은 관계에서도 상처받지 않고, 그 어떤 행위를 해도 감염이나 염증의 위험을 피해가는 슈퍼 파워를 가지고 있기라도 한 것 같다고.

하지만 큰 힘에는 큰 책임이 따른다던데, 하고 되뇌며 은하는 카페를 나설 채비를 했다. 먼저 지도를 확인한 뒤 음원

앱을 열었다. 걸으면서 들을 음악은 방금 전에 들은 곡과 정반대의 에너지를 가진 곡이었으면 했다. 그래서 오랜만에 로린 힐의 앨범을 골라 「두 왑」을 재생했다.

지도에서 봤을 때 신포시장까지 가는 길은 채 10분도 걸리지 않았고, 은하는 그곳에서 닭강정을 사가지고 일찍 집으로 가서 쉴 계획이었다. 그러나 지도에 따라 대로에서 골목길로 꺾어 들어가야 하는 시점에 길이 막혀 있었다. 카페 앞까지 돌아와서 처음부터 다시 길을 찾아보았으나 한 번 더 실패한 끝에 은하는 마주 오는 행인에게 길을 물어물어 시장을 찾아갔다.

그렇게 닿은 신포시장의 닭강정집 앞으로는 긴 줄이 늘어서 있었다. 그 지점에서 은하는 줄 끝으로 향하기를 포기하게 됐다. 입소문을 듣고 닭강정을 사러 왔을 뿐, 실상 아직 배가 고프지는 않았기 때문이다. 그 순간 불현듯 떠오른 것이 동인천역 근방 헌책방 골목을 이야기하던 민주의 목소리였다. 인천에서 보내는 첫번째 주말에 자기 자신에게 책 한 권을 선물하는 것도 괜찮을 것 같았다. 은하는 오랜만에 전통시장에 와서 빈손으로 나가는 섭섭한 마음을 달래기 위해 공갈빵 하나를 사고서 걸음을 옮겼다.

그러나 그로부터 한 시간 뒤에 은하는 다시 어느 카페의 창가 자리에 앉아 있었다.

얇아서 가볍게 씹히는 공갈빵을 먹는 동안 동인천역 앞까지 가는 데는 문제가 없었다. 그러고 나서 역사로 들어가 지하상가에 발을 들인 게 패착이었다. 미로 같은 지하상가 안을 20분쯤 헤매고 나자 방향 감각이 흐려지는 것만 같았다. 은하는 도로 역사를 나왔고, 휴대폰의 배터리가 3퍼센트밖에 남지 않은 것을 보자 그만 의욕을 잃어버렸다. 인천에 있는 명소라면 꼭 오늘 가지 않아도 얼마든지 기회가 있다는 생각도 들었다.

신포동 번화가 방향으로 바삐 걸음을 옮기던 은하를 잡아세운 것은 딸기의 유혹이었다. 큼지막하게 그려진 딸기에이드가 돋보이는 입간판을 보자마자 은하는 빨려 들어가듯 카페의 문을 열었다.

메뉴판을 살피지도 않고 주문한 딸기에이드가 나오자마자 은하는 단숨에 절반을 비웠다. 톡 쏘는 탄산감이 좋았다. 달콤함 뒤에 은은한 로즈마리향이 감도는 것도 마음에 들었다.

한숨 돌린 은하는 실내를 둘러보았다. 창가에 앉아서 소곤거리는 커플과 구석 자리에서 코바늘뜨기에 몰두하고 있는 사람까지 오브제로 보일 만큼 아늑한 공간은 여러모로 먼저 방문한 카페와 대조적이었다. 화이트 톤에 통유리 창

으로 개방감이 돋보이던 그곳에는 라운지 뮤직과 힙합의 비
트가 깔렸지만, 작은 창에 잔을 받친 코스터까지 우드 톤으
로 통일돼 있는 이곳에는 드뷔시의 피아노 선율이 흐르고
있었다. 은하는 바 카운터 옆의 벽면을 차지하고 있는 가판
대형 책장 앞으로 가보았다. 책장의 한가운데에는,

> 한 평 서점 〈성지서림〉
> 주인장 추천 도서를 판매합니다.

라는 안내가 있었다. 그 아래 붙어 있는 낡은 지역 신문 기사
는 방금 안내문에서 본 것과 같은 이름을 가진 성지서림의
주인 내외를 인터뷰한 것이었다. 인천 토박이라는 부부는
미소 지은 얼굴의 눈매와 입매가 남매처럼 닮아 있었다. 인
터뷰 말미에서 그들은 차이나타운을 언급했다. 젊은 시절에
즐겨 찾던 차이나타운의 중국집에 발길이 뜸해지기도 했었
지만, 좀더 세월이 흐르자 어린 자녀들이 가보고 싶어 해서
다시 가게 되더라면서, 그처럼 대를 잇는 추억의 장소로 자
리매김하는 책방을 만들고 지켜나가는 것이 두 사람의 소망
이라고 적혀 있었다.

  서점은 사라지고 책장 하나만 남았으므로 부부의 꿈은 끝
내 이뤄지지 못했다. 그러나 이루지 못한 꿈일지언정 완전히

사라진 것은 아니었다. 인천을 배경으로 한 소설로 『경애의 마음』 『눈 깜짝할 사이 서른셋』 『괭이부리말 아이들』이 놓인 맨 위 칸을 비롯하여 시집과 교양 과학서, 여행 에세이까지 진열된 책이 두루두루 마음에 들어서 은하는 한 평 서점의 책장을 통째로 이사한 집에 옮겨놓고 싶은 기분이었다.

고심 끝에 은하는 책장 맨 아래 칸에서 인천 지역을 집중 탐구한 독립잡지를 골랐다. 그리고 계산을 하기 위해 카운터 앞으로 갔을 때 또래로 보이는 카페의 오너에게 카드를 건네며 기묘한 기분에 휩싸였다. 분명 처음 오는 장소에서 처음 만나는 사람이건만 앉아 있는 자세하며 누군가 휘갈겨 쓴 듯한 방정식이 적힌 회색 티셔츠까지 낯익은 느낌이 들어서였다. 지금껏 "우리, 전에 만난 적이 있던가요?" 하며 말을 건네는 상황은 괜한 수작임이 분명하다고 여겨왔던 자신이 편협했던 것인지도 모른다고 반성했다. 그러다 카드를 돌려받으며 눈이 마주친 순간에 그런 느낌이 든 연유를 깨닫게 되었다.

"저기 기사 사진이 부모님이신가 봐요. 아버님이랑 엄청 닮으셨네요."

"진짜요? 평소에는 엄마랑 닮았다는 얘기를 더 많이 들었거든요." 오너가 가볍게 손뼉을 치며 말했다. "저희 집 처음 오셨죠? 이 근처 사세요?"

"이번에 이사 왔어요."

"어머, 저도요. 완전히 다른 차원에서 살다가 얼마 전에 건너왔어요."

그녀는 잠시 말을 고르는 듯했지만 이내 기사 속의 부부를 번갈아 연상케 하는 미소를 지으며 "아무튼, 두 배로 반갑습니다. 자주 오세요" 하더니 은하가 고른 잡지에 엽서 한 장을 끼워 주었다. 인천의 백 년 전 모습이 담긴 흑백사진으로 만든 엽서였다.

자리에 와서 잡지를 넘겨 보던 은하는 역사적 명소를 망라한 기사를 보며 민주를 떠올렸다. 기사의 초입에 1930년대 인천의 방직 공장에서 여성 노동자 2천여 명이 참여하는 대규모 노동 쟁의가 일어났다는 사실을 짤막하게 소개하며, 여성노동운동의 시발점이 된 곳이 바로 이곳 인천이라고 명시했기 때문이었다. 민주에게는 벚꽃길보다 이 같은 이야기가 훨씬 더 흥미를 끌 터였다.

민주에게 그 사실을 전하기에 앞서 은하는 한 가지 궁금증이 들었다. 올해도 인천에서 퀴어 페스티벌이 열리려나, 하는 점이었다. 만약 그렇다면 민주와 그녀의 옛 연인 사이에 끼어서 슬쩍 한번 함께 나가볼까 싶었다. 대신 두 사람이 여기까지 온다면 인천 최고의 냉면집에 데려가겠다는 공약을 걸 수 있도록 사전 검증을 해둘 셈이었다. 그러기 위해서라도 집 근방에서 지인들을 만드는 게 좋겠다고 은하는 생각했다. 혼자 가면 수육과 만두까지 맛볼 수가 없으니까. 게다가 금방 냉면이 당기는 계절이 올 테니까.

그와 같은 소식을 전하기 위해 휴대폰을 들었을 때 마음이 통한 듯 민주에게서 메시지가 와 있었다.

세상에, 이것 좀 봐!

이런 일을 겪고 나면 다시는 이전처럼 못 살 것 같아.

은하는 아래에 링크된 주소를 클릭했지만 영상이 열리기도 전에 휴대폰의 전원이 꺼지고 말았다. 배터리가 방전된 탓이었다. 민주는 무엇을 보고 그토록 놀란 것일까. 은하는 카페의 오너에게 충전을 부탁해야겠다고 생각했고, 자리에서 일어나기 전에 에코백의 안주머니를 뒤졌다. 그러고 그녀에게 휴대폰을 맡기며 오늘 산 포춘쿠키 하나를 건넸다. 지금은 사라진 서점의 소망을 간직한 카페에 오래도록 행운이 깃들기를 기원하면서.

XXXXXXXXXXXXXXXXX

출근길의 지하철 역사에서 영영 심장이 멈출 뻔한 A 씨의 나이는 삼십대 중반에 불과했다. 불행 중 다행으로 그녀와 같은 역에서 내린 사람 중에는 응급실 근무 경력을 가진 간호사가 있었다. 구급대원들이 도착하기까지 걸린 시간은 골든타임에 임박한 5분. 그동안 신속한 심폐 소생술이 이루어지지 않았더라면 장애가 남거나 자칫 목숨을 잃었을 수도 있었다고 기사는 적고 있었다.

출퇴근할 때마다 이용하는 역에서 자신과 고작 한 살 차이밖에 나지 않는 사람이 심정지를 일으켰다는 사실은 민주의 마음에 파문을 일으켰다. 출근이 20~30분만 늦었더라면 실제로 현장을 지켜보게 됐을지도 모르는 일이었다. 민주는 자신에게도 그런 일이 일어날 수 있을 것 같아서 충격을 받았다며 은하와 성지에게 기사 링크를 첨부한 메시지를 보냈다. 이제부터 건강에 더욱 신경을 쓰자고, 운동할 시간을 내고, 유산균과 비타민도 챙겨 먹자고 사뭇 진지하게 전했다. 셋이 모인 대화창에는 몇 가지 건강 정보가 오갔다. 민주는 특히 은하가 추천한 폼롤러에 관심이 갔다.

바로 그때, 소회의실 밖으로 마케팅 본부장의 고성이 비어져 나왔다. 잠시 뒤 쇳소리가 섞인 그의 목소리가 한 번 더 회의실 벽을 넘었을 때, 민주는 몇 달 전에 입사한 신입 마케터가 혼나고 있다는 사실을 알 수 있었다. 또 시작했군. 민주는 고개를 절레절레 저으며 데스크톱 화면 구석에 채도를 낮추어 켜두고 있었던 대화창을 껐다.

탁한 안색에 자세가 구부정하여 일견 소심한 인상을 풍기는 본부장은 회의실이나 회식 장소에서 자기 부하 직원들만 모아두고 있을 때는 영락없는 폭군이 되었다. 마케팅팀 소속인 민주의 동기는 본부장이 소리만 지르는 게 아니라 삿대질을 하고 폭언도 서슴지 않는다고 귀띔했다. "임원들한테 당한 굴욕을 우리한테 푸는 거지. 한번 찍혔다 하면 끝을 본다니까." 동기는 그렇게 말하고는 무슨 수를 써도 이직을 할 거라며 이를 갈았다.

민주는 점심시간에 주문한 알탕을 기다리는 동안 다시 대화창을 열고 그 사이에 친구들이 나눈 대화를 대강 훑어보았다. 몇 가지 화제가 지나간 뒤 맨 마지막은 겨울 바다가 보고 싶다며 올해 송년회는 바다가 보이는 곳에서 하자는 이야기가 적혀 있었다.

그때까지만 해도 민주는 둘의 계획이 실제로 이루어지리라고 조금도 기대하지 않았다. 지난해 겨울에도, 올여름 휴가철에도 번번이 모일 날짜를 잡아보자는 얘기가 나왔지만 은하의 아이가 열이 나거나 성지의 촬영 스케줄이 바뀌어서 무산되었던 것이다. 결국은 흐지부지될 게 빤한 약속을 정하는 데 진을 빼고 싶지 않아서 한발 물러선 민주와 달리 성지는 적극성을 보였다. 이튿날에는 전화까지 걸어서 민주를 졸랐다. "이번이 아니면 다음번에 언제 만날 수 있을지 몰라서 그래. 직접 만나서 할 말도 있고." 그러고도 날짜와 장소를 맞추는 일이 여의치 않아서 결국은 성지의 출국 전날 인천공항과 가까운 호텔에 모여 하룻밤을 보내는 일정이 낙점되었다.

서해의 일몰을 감상하기 좋다던 호텔은 과연 침대와 면한 한쪽 벽 전체가 통유리 창으로 되어 있었다. 은하는 객실 안으로 들어오자마자 창가로 달려가 커튼을 걷더니 경치를 좀 보라며 함박웃음을 지었다. 민주는 호텔까지 오는 길에 이미 꽤 지쳤으므로 패딩을 벗자마자 침대 위에 누웠다. 그러

곤 스르륵 잠이 들어 한 시간 뒤에 겨우 깼다. 오랜만에 낮잠
을 자고 일어났건만 브래지어를 한 채 잠든 탓인지 속이 답
답하면서 뻐근한 느낌이 들었다. 민주가 명치께를 두드리자
맥주 캔을 든 은하가 괜찮냐고 물었다.

"나 요즘 가끔 아침에도 이래. 설마 심장 같은 데 문제가
있는 건 아니겠지?" 민주가 말했다. "너희들은 혹시 그럴 때
없어?"

은하는 곤란함을 얼버무리는 미소를 지었다. "건강 검진
결과에서는 별 이상 없었고?"

성지는 "나 짐 정리 좀 할게!" 하더니 트렁크를 펼쳤다. 그
녀는 이번 출국이 촬영과 무관한 것이라면서도 어느 나라에
무엇을 하러 가는지는 자초지종부터 천천히 얘기하겠다며
말을 아꼈다.

"검진에서는 별문제 없었는데 그래도 겁나. 내년에는 심
폐소생술 배우러 갈까 봐." 민주는 침대 위에 다리를 뻗고
앉은 은하 곁으로 가서 "가까이 살면 같이 배우러 가도 좋을
텐데 그치?" 하고 동의를 구했다. 순식간에 맥주 한 캔을 비
운 은하는 양 볼에 은은한 홍조를 띤 채 조그맣게 트림을 했
다. 표정을 보아하니 내 말을 안 듣고 있었구나 싶어서 민주
는 김이 샜다. 아니나 다를까 은하는 오랜만에 마셔서 그런
지 벌써 취하는 것 같다고 했다.

"쌍둥이 낳고 첫 외박이잖아. 더 마셔. 큰 캔으로." 성지가 너스레를 떨었다. "하나 가져다줘? 이따가 조개찜 먹을 배만 남겨둬."

"조개찜집 어딘데? 사진 있어?" 은하가 반색했다.

성지는 휴대폰을 가지고 오더니 맛집 사진보다 먼저 보여줄 사진이 생각났다고 했다. 잠시 뒤에 성지가 내민 휴대폰 화면을 본 민주는 사진 속 상황을 단박에 이해하지 못했지만 은하는 달랐다. 그녀는 전에도 이 사진을 본 적 있다며 소리 내 웃었다.

휴대폰을 넘겨받은 민주는 스크롤을 올려서 사진의 제목과 설명을 본 후에야 그게 어떤 상황을 담은 것인지 이해했다. 어둠 속에서 고양이가 주인의 몸 위에 올라타 쇄골 아래를 앞발로 내리누르며 잠든 얼굴을 바라보고 있었다. 어떤 사람이 밤마다 가슴이 짓눌리는 통증과 더불어 누군가 자신을 지켜보고 있는 듯한 섬뜩한 가위눌림에 시달렸는데 알고 보니 키우고 있던 고양이의 소행이었던 것이다. 눈만 뜨면 알았을 텐데 되게 겁 많은 사람이었던 모양이라며 성지가 키득댔다.

"난 고양이 안 키우니까 고양이 탓도 아닌데 도대체 왜 이러지." 민주가 한숨을 쉬자 은하가 느릿느릿 물었다. "과로 아냐? 요새 일주일에 몇 시간쯤 일해?"

민주가 근무 시간을 계산하는 사이에 둘은 또 다른 고양이 사진에 마음을 빼앗긴 듯했다. 은하는 아이보리빛 몸에 코끝과 두 귀는 새까만 고양이를 가리키며 귀엽다고 앓는 소리를 냈다. 둘을 지나쳐 소파 위에 모로 누운 민주는 텔레비전이라도 틀어볼까 하는 생각을 하면서 그대로 누워만 있었다. 이윽고 리모컨에 손을 뻗었을 때였다. 노을이 지기 시작했다며 성지가 민주를 불렀다. 가겠다는 대답을 하고서도 움직일 기미가 없자 성지가 다시 재촉하며 "네 얘기 안 들어줘서 삐졌구나?" 하고 물었다. 민주는 어릴 적부터 자기가 가장 싫어하는 물음이 바로 그 질문이었다는 생각을 했다. 그렇게 명명되는 순간 자신의 마음이 작고 모난 틀 안에 쑤셔 넣어지는 것만 같았기 때문이었다. 속이 부글거려 대꾸하지 않았더니 이번에는 은하가 비틀거리며 다가와 해가 구름에 가려지기 직전이라며 민주의 손을 잡아끌었다.

저무는 해는 은하의 말대로 민주가 몸을 일으키자 기다렸다는 듯 구름 사이로 모습을 감췄다. 그러자 수평선 가까이에 드리워진 짙고 기다란 구름의 테두리가 황금빛 띠로 감싸인 듯한 모습이 되었다. 창 앞에 붙어 서서 일몰 영상을 찍고 있던 성지는 쭉 촬영해두었으니 괜찮다는 듯 왼손으로 자기 휴대폰 화면을, 다음 순간에는 먼 하늘을 지나는 비행기를 가리켰다.

감탄사를 내뱉으며 만면에 미소를 짓는 은하의 모습에 민주는 은하가 몇 해 전 어머니를 여의었을 때의 모습을 떠올리게 되었다. 조문객을 맞이하며 제대로 인사조차 건네지 못하던, 민주와 성지마저 단박에 알아보지 못하는 것 같았던 텅 빈 눈빛을. 안부를 묻는 일에도 용기를 내야 했고, 결국은 아무런 도움도 되지 못했던 그 가혹한 시기가 이제는 어느 정도 지나갔다는 사실이 느껴져 코끝이 찡했다.

　새로 가져온 맥주 캔을 쥔 채 소리 내어 웃는 은하의 옆얼굴을 보면서 민주는 다시 한번 진심으로 안도했다. 다만 한 가지 마음에 걸리는 것이 있었다. 겨울 바다의 풍경을 즐기는 두 친구를 보면서 만사에 심드렁한 자신의 마음 상태가 더욱 명확하게 감지되는 것이었다.

　눈앞에 펼쳐진 풍경은 물론 근사했지만, 살면서 숱하게 보아왔던 바다와 다를 바 없어 보였다. 성지가 알아봤다는 맛집도 SNS에 널린 곳 중 하나일 게 뻔하다 싶어서 달리 기대가 되지 않았다. 뭐랄까, 결국 그래봤자 밥 한 끼가 아닌가, 싶었던 것이다. 언젠가부터 민주는 만사에 그런 식이었다. 이미 백 년쯤 산 기분이었다. 설렘과 행복을 감지하는 영역이 죄 닳아서 없어져버린 것만 같았다.

　한 시간 뒤에 조개찜을 먹을 때도 그랬다. 은하는 맛있는 것을 먹을 때가 제일 행복하다고 연거푸 말했고, 성지도 맞장구쳤다. 식사 후에 칼바람을 뚫고 디저트 숍에 갔지만 오늘이 그곳의 휴일이라는 사실을 확인하고서도 둘은 마냥 즐거워 보였다. 마트에 들러 술과 안주를 집어 드는 동안에도 흥이 나지 않는 사람은 자신뿐이라는 사실을 민주는 또렷하게 느꼈다. 홀로 남겨진 듯한 기분이었는데, 자신만 남겨진 그곳이 어디인지조차 짐작이 가지 않았다.

객실에 돌아왔을 때, 은하는 욕실로 직행했고 성지는 코트를 입은 채로 소파 위에 몸을 던지더니 텔레비전을 틀었다. 코트를 벗으라고 잔소리를 하려던 민주는 채널 서핑을 멈춘 시점에 나오는 영화 예고편을 보고는 할 말을 잃고 말았다. 얼핏 봐도 마블 시네마틱 유니버스에서 코스튬과 세트를 베껴 온 게 빤히 보이는 조악한 만듦새로 인해 우주의 존립을 논하는 비장한 대사가 우스꽝스러워 보이는 지경이었던 것이다.

"차미나는 저기서 물리학자로 나오는 거 아니었어? 스판덱스 슈트는 뭣 하러 입혔나 모르겠다." 민주가 지적하자 성지가 기지개를 켜며 대꾸했다. "그래도 천만 넘게 들걸? 추세가 그런가 보더라. 이러니저러니 해도 역시 미나 쟤는 되는 거 보는 안목이 있다니까."

차미나가 이 영화를 선택함으로 인해 〈사막의 연인〉 리부트 프로젝트 제작이 흐지부지되었고, 본인의 역할도 날아갔다고 한숨 쉬던 게 얼마 전의 일이건만. 남의 일처럼 덤덤히 천만 관객을 운운하는 성지를 보고 민주는 고개를 갸웃했다.

"너 한동안 불경 읽는다더니 득도했니? 보살님인 줄."

"관세음보살 뜻이 있지, 사람들이 간절히 기도하는 내용을 하나씩 들으면 시간이 지체되니까 그 내용을 단숨에 눈으로 본다고 해서 볼 관(觀) 자 써서 그렇게 부르는 거라더라. 감각의 지평을 뛰어넘는 거지. 그 얘기 듣는데 진짜 슈퍼파워가 있다면 그런 걸까 싶더라고."

"아이고, 얘 이러다 아주 머리 깎고 절에 들어가겠네." 민주가 중얼거리자 먼저 씻고 나온 은하가 "절이라고?" 하며 되물었다. 성지는 은하에게도 관세음보살의 뜻을 알려주었지만 자기는 어디까지나 무교라고 강조한 후에 텔레비전을 껐다. 그러고는 은하에게 겨울밤에 어울리는 차분해지는 음악을 틀어달라고 부탁하더니 벌떡 일어나서 상을 차리기 시작했다. 은하는 블루투스 스피커의 신호부터 잡으며 그럼 자기는 관세음보살님에게 미리미리 빌어두어야겠다고 말했다.

"다시 태어나면 음악 하면서 살 수 있게 해달라고 말이야."

성지가 막 배우를 꿈꾸기 시작하고, 민주는 여전히 장래에 하고 싶은 일을 막연하게만 느끼던 시기인 십대 때에도 은하는 이미 그렇게 가정하며 말했다. 다음 생이 주어진다면 뭐든지 음악과 관련된 일을 해볼 거라고. 실질적 가장 노릇을 하는 어머니의 짐을 덜어드리기 위해 반드시 안정적인 직업을 택해야 했기 때문이었다. 그러다 우연히 접한 어느 소설에서 작은 약국을 운영하며 종일 자신이 원하는 음악을 듣는 등장인물의 이미지에 매료되어 약사라는 직업에 관심을 가지게 되었다. 그러나 취향에 맞는 음악을 실컷 들으며 안정적인 수입을 벌어들일 꿈을 꾼 것과 달리 실제로 약사가 된 후 근무했던 대형 약국들은 하나같이 배경 음악 따위가 흐를 여유가 없는 곳이었다. 귀촌하여 독립한 지금도 약국에 제대로 된 스피커를 설치할 여건은 되지 않았지만 은하는 그럭저럭 만족한다고 했다. 언젠가 쌍둥이가 품을 떠나면 남는 방에 음악 감상실을 마련할 거라면서 그때 꼭 놀러 오라는 다짐도 받았다. 그 시점은 아득하게 먼일로만 느껴졌다. 그런데도 다음 생을 기약하는 것보다는 나으리라는 생각에 민주는 쓴웃음을 삼키며 와인 잔을 가지고 왔다.

성지는 오늘을 위해서 미리 주문해서 가져왔다는 와인을 개봉한 뒤에도 한동안 큐브 치즈의 포장을 하나씩 벗기고만 있었다. 민주가 "보살님, 어디에 뭐 하러 가는지 이제 그만 얘기해줘. 뭔데 이렇게 뜸을 들여?" 하고 따지자 은하가 자기도 궁금하다며 거들었다.

"캐나다에 가. 답사 차원에서." 성지는 가벼이 숨을 몰아

쉰 후에 말을 이었다. "아직 확실한 건 아닌데 일단 가서 지내보다가 나랑 잘 맞는 거 같으면 눌러앉을지도 몰라."

"눌러앉다니, 이민을 간다는 거야?" 민주가 물었다. "연기는? 관두고?"

"응." 성지가 어느새 빈 와인 잔을 내밀자 은하가 채워주었다. 민주는 어안이 벙벙해서 언제 그런 결심을 하게 되었느냐고 물었다.

"고민한 지는 한참 됐지."

성지는 지난해 첩보 스릴러영화에서 신스틸러로 이름을 알렸던 한 배우의 이름을 대더니 누군지 알겠느냐고 물었다. 민주는 처음 듣는 이름이라고 여겼지만 성지가 사진을 보여주자 대번에 누구인지 기억이 났다. 피비린내 나게 잔인한 대사를 충청도와 전라도 방언을 섞은 듯한 어투로 우물우물 내뱉는 모습에 민주 역시 그녀가 등장하는 장면마다 웃음을 터뜨렸었다.

성지는 주말 예능에 얼굴을 내비치고 굵직한 광고에 등장하는 그녀의 모습을 보면서 20년 가까이 무명이었던 선배의 선전에 감격했다. 그러고는 얼마 지나지 않아 주목을 받은 이후에도 차기작에서 연달아 이십대 주인공의 엄마 역할을 맡게 된 모습을 보고 그만 맥이 풀려버렸다. 10년 안에 자신에게 닥칠 미래가 어떤 모습인지 짐작이 되고도 남더라고 했다.

기운에게서 오랜만에 연락이 온 것은 성지가 미래에 대한 기대를 잃은 바로 그즈음이었다. 한때 슈퍼스타였지만 악질적인 전 소속사와 10년 가까이 법률 공방을 치른 후 연예계를 떠난 그는 그곳에서 디저트 카페를 운영하고 있다고 했다. 둘은 한동안 메시지와 통화를 주고받으며 사귀기 시작했고, 올해는 그가 한국에 두 번이나 와서 성지를 만나고 갔다고도 했다.

"나랑 입맛이 딱 맞고, 농담 코드는 원래 맞았어. 사진 보니까 동네도 살기 좋아 보이길래 가서 좀 보려고. 그 사람 가족들하고 인사도 하고."

아무리 그래도 너무 급작스러운 소식이 아닌가 싶었지만 다음 순간 민주는 자신이 급작스레 알게 된 것일 뿐 성지는 이미 오랫동안 고려한 일일 거라는 데 생각이 미쳤다. 어쨌거나 무척 헛헛한 기분이 들었다. 성지는 일단 가서 주변 환경을 살피겠다고 했지만 아마 결심을 무르지 않으리라는 예감이 들었던 것이다. 은하는 덤덤한 얼굴로 자기 잔을 채우더니 살다 보면 그런 때가 있는 것 같다고 했다. 여기저기 금이 간 채 조금씩 기울어지던 성벽이 한순간에 와르르 무너져버린 것 같은 순간, 모든 것을 원점에서 다시 시작할 수밖에 없는 순간이.

은하에게 있어 그런 시기는 어머니가 폐암 선고를 받은 때였다. 며칠간은 눈물을 흘리며 지금까지의 삶을 반성하는 듯싶었지만 여전히 베란다에서 담배를 피우는 아버지와 어머니를 떨어뜨리고 편안한 환경에서 여생을 보내도록 하겠다는 의지가 없었더라면 은하는 귀촌할 결심을 하지 않았을 것이다. 은하와 함께 살 수 있다면 어디라도 따라가겠다는 철희와 결혼하고, 함께 어머니의 임종을 지키고, 아이를 가지는 일도 아마 일어나지 않았을 것이다. 은하는 돌이켜보면 어디서부터가 자신이 원한 일이고 어디서부터가 자신도 모르게 벌어진 일인지 명확하게 가를 수 없다고 했다. 다만 한 가지 확언할 수 있는 것은 두 딸의 잠든 얼굴을 바라보노라면 하루를, 그리고 이어지는 새로운 하루를 살아갈 힘을 얻을 수 있다는 것뿐이라고 말했다.

성지는 조금 홀가분해진 얼굴로 쌍둥이의 건강을 위해 건배하자며 와인 잔을 내밀었다. 세 사람은 각자 손에 든 잔을 부딪쳤다. 한 해가 저물어가고 있었고 민주는 한 살을 더 먹는 일에 심란해져 와인을 한 모금을 꿀꺽 들이켰다. 그러곤 달콤함이 거의 느껴지지 않는 드라이한 와인의 맛에 깜짝 놀랐다. 민주의 반응을 본 성지는 케이크와 함께 먹었으면 느낌이 전혀 달랐을 거라며 디저트 숍에서 공친 일을 아쉬워했다. 샛노란 간판으로 유명한 그곳의 케이크를 딱 한 입

맛본 적이 있는데, 이건 올해의 발견이다 싶어 너희들에게
도 알려주고 싶었다면서.

민주는 자신에게도 올해의 발견이라고 할 만한 것이 있을
지 기억을 더듬어보았다. 굳이 따진다면 올 한 해도 직장에
서 버티면서 새로 알게 된 것이 한 가지 있기는 했다. 단순히
기분 전환이 필요한 우울감과 의료적 도움을 받아야 할 우
울증의 차이라고 할까, 그 경계에 대해서 나름의 기준을 가
지게 된 것이다.

"정말? 그럼 어떤 상태부터가 우울증인데?" 성지가 물
었다.

"이렇게 친구들이랑 와인 한잔하다가 힘들었던 얘기가
나왔어, 그러다 눈물까지 흘렸다 쳐봐, 그거야 뭐 그럴 수
있잖아."

"그럴 때 있지." 은하가 동의했다.

"근데 야근하다가 저녁 먹으러 순댓국밥집에 갔어, 거기
서 동료랑 그냥 스몰 토크를 하면서 섞박지를 씹다가 말고
갑자기 눈물이 터지는 거야, 우는 본인도 놀라면서 왜 우는
지 설명을 못 하겠다고 그래. 오늘은 본부장한테 깨지지도
않았는데 아무 맥락 없이 왜 눈물이 나는지, 자기도 모르겠
다면서 운다고. 내가 왜 이러지, 왜 이러지 하면서 그치지를
못해. 그런 상태면 위험한 거더라고."

격한 감정의 발현은 눈물과는 다른 형태를 띨 수도 있다. 다만 선후 맥락이 없고 스스로 제어가 되지 않는 상태라면 시급히 병원을 찾아야 한다고 민주는 주장했다. 자기 잔을 채우려던 성지가 동작을 멈춘 채 한 손에 와인 병을 들고서 "그거 네 얘기야? 야, 우리한테 말을 하지" 하고 안쓰러운 눈빛을 보냈다. 민주는 고개를 저었다.

"내 얘기 아니고, 주변에 임상이 넘쳐서 정리가 된 거야. 내가 말 안 했나? 마케팅 본부장이 진짜 악질 빌런이라고."

낙후된 브랜드 이미지와 업계 최저 연봉에서 오는 박탈감을 무난한 업무 강도와 비교적 무탈한 사내 분위기로 상쇄하던 회사에 등장한 최 본부장의 존재는 누구도 예상치 못한 시련이었다. 그는 임원들의 비위를 맞추는 데 차마 눈 뜨고 보기 힘들 만큼 비굴하게 굴었다. 한편 자신의 부하 직원들에게는 격한 감정 기복을 그대로 드러내며 폭언과 비아냥을 일삼았다. 특히 한번 눈 밖에 난 몇몇을 향해서는 근태부터 보고서의 문장부호 하나까지 사사건건 트집을 잡았다. 처음부터 노골적으로 면박을 주는 경우도 있었지만 몇 주 전까지만 하더라도 동문이라며 치켜세우던 직원을 별안간 벌레 보듯 하며 은근히 따돌리는 분위기를 조성하는 식으로 사태가 급변하는 일도 왕왕 벌어졌다. 민주의 동기는 혹여 다음 타깃이 될까 봐서 납작 엎드려 자기 한 몸 보전하기 급

급한 자기 팀의 분위기를 '찍소리도 못 한다' 그 자체라고 정리했다.

마케팅팀에서는 끝내 퇴사를 선택한 사람, 대체 인력으로 뽑혔다가 한 달을 겨우 채우고 도망간 사람, 공황장애를 얻고 병가를 쓰게 된 사람이 차례로 나왔다. 그 과정을 가까이에서 지켜보면서 민주는 마치 사망자와 부상자가 속출하는 재난 현장을 지근거리에서 바라보는 것만 같다고 느꼈다. 그러다 보니 언젠가부터 우울증의 경계를 짐작할 수 있게 된 것이었다.

은하는 민주의 얘기를 듣고 나니 첫 직장에서 자신을 괴롭히던 상사 얼굴이 떠오른다며 발치에 있던 빈 맥주 캔을 들어 우그러뜨렸다. 은하의 첫 직장과 첫번째 상사가 화제에 오른 것은 아주 오랜만의 일이었다. 사회초년생이었던 은하는 오직 둘이 있을 때만 성적인 농담을 던지고 다른 사람들 앞에서는 시침을 뚝 뗀 얼굴을 하는 그를 어떻게 상대해야 할지 몰라 쩔쩔매다 결국 직장을 옮겼다. "그만두고도 한참 꿈에 나왔는데 그러고 보니까 요새는 안 나오네." 은하는 새삼 그 사실을 깨달았다고 중얼거리더니 쌍둥이에게 영상 통화가 걸려왔다며 침대 쪽으로 향했다.

민주는 지금껏 자신이 목격하고, 전해 듣고, 뉴스에서 접한 온갖 모욕과 은밀한 괴롭힘을 하나씩 떠올려보았다. 민주는 늘 그런 일들이 구체적으로 언제 어떻게 시작하는 것인지 궁금증을 품었다. 어떤 식으로 촉발되는지 정확하게 파악한다면 민첩하게 피해 갈 수도 있을지 모른다는 기대 때문이었다. 그러나 여전히 시작점은 알지 못했다. 다만 대부분 피해자가 사라진 후에 일단락된다는 사실만을 알게 되었을 뿐이었다.

영상 통화를 마친 은하는 어느새 휴대폰을 손에 쥔 채 낮게 코를 골고 있었다. 민주가 은하에게 이불을 덮어주고 오자 성지는 새 와인을 가지고 오면서 조명을 줄였다.

"우리 서로 나이 들어서도 위험해 보이면 꼭 얘기해주자. 얼른 정신과에 가보라고. 아니 직접 손 붙잡고 데려가주자."

"친구 정신과 데려가자고 캐나다에서부터 오기는 쉽지 않을걸?"

성지 입에서 아, 하는 탄식이 흘러나왔다. 그러면서 성지는 자신이 미나만큼 인기가 있었거나, 신스틸러로 각광을 받았던 선배만큼 연기력에 자신이 있었다면, 둘 중 어느 한쪽만 되었다면 이민을 고려할 일은 없었을 거라고 했다. 그러니까 더 버텨봤자 의미가 없을 거라고, 가기를 잘한 것이리라고 말했다. 술잔을 비우며 성지가 그 이야기를 몇 번이고 거듭했으므로 민주는 적당히 고개만 끄덕였다. 조금씩 술기운이 돌자 성지의 목소리가 귓가에서 흩어졌고 시선은 바다 쪽으로 미끄러졌다. 따스한 객실 내부와 밤바다 사이를 가르고 있는 것은 고작 유리창 하나뿐인 것처럼 보였다. 책장을 넘기듯 창을 살그머니 밀어 넘기면 먹빛 바닷속으로 빨려 들어갈 것만 같다고, 당장 그런 일이 일어나도 조금도 이상하지 않은 것 같다고 민주는 생각했다.

셋 중에 맨 먼저 잠들었던 만큼 은하는 이튿날 아침에 기운이 넘쳤다. 반대로 성지는 숙취를 호소하며 더 자겠다고 했다. 마음 같아서는 민주도 조식을 건너뛰고 싶었지만 은하 혼자 가도록 두기 뭣해서 함께 조식당으로 향했다. 은하는 갓 구운 빵을 접시 위에 가득 담아 왔다. 그 앞에서 민주는 잔치국수를 먹는 둥 마는 둥 하며 은하가 입고 있는 회색 티셔츠에 적힌 방정식에 시선을 던졌다. 급히 휘갈겨 쓴 듯한 필체가 낯익었지만 언제 어디에서 본 것인지는 은하가 식사를 마칠 때까지도 떠오르지 않았다.

욕실에는 민주가 맨 먼저 들어갔다. 커다란 거울 앞에서 머리를 빗자 귓바퀴 근방의 새치가 평소보다 또렷하게 눈에 들어왔다. 어느새 새치 염색을 한 지 3주가 지난 모양이었다. 샤워를 마치고 욕실에서 나오면서 민주는 사는 일이란 새치를 염색하는 일과 별다를 바 없겠다는 생각을 했다. 지겨운 반복에 갇힌 채 사태가 점점 더 악화될 가능성만을 남겨두고 있다는 점에서 닮아 있기 때문이었다.

"아, 나도 씻어야 되는데." 성지가 여전히 침대에 누워서 퉁퉁 부은 얼굴로 말했다.

민주는 성지 옆에 걸터앉아 창밖 풍경에 시선을 던졌다. 눈앞에 펼쳐져 있는 바다의 모습이 어젯밤과는 달라 보였는데, 어디가 어떻게 다른가 하는 점에 대해서는 깊이 생각하고 싶지 않았다. 그때, 은하가 민주의 손등을 덥석 쥐었다.

"공항에 성지 배웅하고 가자. 짐도 무거워 보이는데."

은하는 성지가 실제로 한국 생활을 정리하고 떠나는 날에 할 인사를 미리 해두는 것처럼 출국장으로 향하는 성지를 향해 오랫동안 손을 흔들며 인사를 건넸다. 그 모습에 쓸쓸해진 민주는 이제 그만 커피를 마시러 가자고 은하를 잡아끌었다. 그때 민주의 시야에 맞은편에서 다가오는 하얀 안내 로봇이 들어왔다. 성인의 어깨높이 정도 크기인 로봇은 전면에 타원형 화면이 붙어 있는 몸체와 원형 화면이 붙은 얼굴로 구성돼 있었으며 얼굴 쪽 화면의 중앙에는 방긋 웃는 눈망울이 떠올라 있었다. 서너 살가량의 꼬마 둘이 로봇의 뒤를 쫓았다. 둘은 아동복 카탈로그에서 빠져나온 것처럼 모자와 상하의까지 파스텔 톤으로 맞춰 입은 모습이었다. 은하는 아장거리는 걸음으로 로봇의 뒤를 쫓아가는 꼬마들에게 시선을 두고 걷다가 자칫하면 앞에서 오는 사람과 부딪칠 뻔했다.

카페에서 조각 케이크에 포크를 찔러 넣으며 은하는 방금 전에 본, 로봇을 뒤따르던 두 아이에 대해 얘기했다. 민주는 은하가 단지 곱게 차려입고 종종거리는 꼬마들이 귀여워서 시선을 빼앗겼으리라고 여겼다. 하지만 아니었다. 은하는 그 순간에 아직 일어나지 않은 일에 대한 죄책감을 느꼈다고 했다.

"나중에 우리 딸내미들은 로봇하고도 경쟁해서 살아남아야 하나 싶은 생각이 들어서. 정말 그런 세상에 애들을 낳아놓은 거면 귀촌을 하는 게 아니라 악착같이 돈 더 주는 데 있었어야 되나 싶어."

민주는 잠시 말문이 막혔다. 쌍둥이인 데다 임신성 당뇨로 그토록 고생을 하고서 낳아준 것도 모자라 먼 미래에 일어날지도 모르는 일에 대해서까지 헤아리며 죄책감을 느끼다니. 부모의 입장이 되어본 적 없는 민주에게는 가히 충격적인 소회였다.

"미안." 은하가 말했다. "잘 놀고 가는 길에 내가 괜히 우울한 얘기 꺼냈지."

"아이고, 뭐 우울할 것까지야."

"너는 옆에 있는 사람 일도 자기 일처럼 걱정해주느라 갇이 우울해지고 그러니까."

"내가?"

민주의 반문에 은하가 고개를 끄덕였다. 의아함이 번진 민주의 얼굴을 본 은하는 몇 가지 예를 들었다. 은하의 기억 속에 등장하는 자신의 모습이 낯설어서 민주는 고개를 갸웃 거렸다. 내가 정말 그렇게 따뜻한 사람인가. 글쎄, 민주는 은하의 의견에 선뜻 동의할 수 없었다. 이를테면 최 본부장에게 찍힌 신입 마케터를 대하는 태도만 해도 그랬다. 그녀는 첫 직장에서 기본적인 업무 체계와 절차를 배우지 못한 채 중고 신입으로 들어와서 허둥댄 탓에 단단히 미운털이 박혔고, 본부장은 언성을 높이는 것도 지친다는 듯 최근 들어서는 그녀를 투명인간 취급하기 시작했다. 그로 인해 그녀가 팀 내에서 고립되는 상황을 비교적 가까이에서 지켜보는 동안 민주는 한 번도 알은체를 한 적이 없었다. 비슷한 경험을 가지고 있었으므로 그녀가 느낄 막막함의 깊이를 잘 알고 있음에도 그랬다. 이달 들어서 그녀의 탁상 달력의 날짜 위에 X 자가 등장했을 때도 결국 못 버티고 관두는 모양이라고 짐작했을 뿐이었다.

"네 추억이 너무 미화된 거 같다."

그 말에 은하는 고개를 저었지만, 민주도 물러설 생각이 없었다. 은하가 과거의 좋은 기억만 간직하고 있는 게 분명했다. 혹은, 그 시절로부터 민주 자신이 너무 달라져버렸거나.

그해 연말에 신입 마케터의 책상 근처를 지날 때마다 민주는 탁상 달력 위에 예의 X 자가 늘어나는 모습을 시선에 담고, 재빨리 고개 돌리기를 반복했다. 송년회 날 또한 마찬가지였다.

그날 민주는 오랜만에 술자리에 끝까지 남았고 다른 부서 사람들과 어울려 3차까지 갔다. 마케팅 부서 소속 동기는 2차 내내 최 본부장이 퇴직 후 출간하겠다고 마음먹고 있는 리더십 분야 자기계발서의 구상에 관해 들어주어야 했다며 분통을 터뜨렸다.

"책을 왜 낸다는 줄 알아? MZ 세대한테 인사이트를 열어주기 위해서래. 그게 자기가 할 수 있는 사회 환원이고 소명이래. 와 진짜 살려줘! 나무 살려줘!"

동기는 몸서리를 쳤고 그러다 민주와 눈이 마주치자 담배를 피우러 가자는 사인을 보냈다. 담배를 줄이는 중이었던 민주는 잠시 망설였지만 결국 그녀를 따라나섰다. 오랜만에 멘톨 담배를 입에 물자 달콤하고 시원한 기운이 입술 근방을 감돌았다. 코트를 걸치고 나오지 않은 동기는 두 발을 동동 구르며 라이터를 건넸다. 그러고는 도로 라이터를 건네려는 민주의 손을 물리더니 앞으로는 라이터를 잘 챙겨 다

138

니라고 했다.

"뭐야, 헤드헌터한테 다시 연락 온 거야?" 민주가 물었다.

"응, 어제." 혹여 근방에 아는 얼굴이 다가오고 있지는 않은지 살피기 위해 동기가 민주의 어깨 너머를 살폈다. "아직은 아무한테도 얘기하면 안 돼."

"아이고, 말이라고. 그런데 앞으로 나는 그럼 누구랑 담배 피워야 되나."

동기는 마지막 한 모금을 빨아들이며 사죄하듯 두 손을 모아 보였다. 그러면서 세상일은 참 알 수가 없다고 했다. 민주도 공감했다. 이 회사에 뼈를 묻는 게 목표라던 동기는 허겁지겁 이직하고, 입사하던 때의 목표가 실업 급여를 받을 수 있을 때까지만 근무 일수를 채우는 것이었던 자신이 남았으니. 실업 급여를 받는 단 몇 개월만이라도 돈벌이를 하지 않고 집중해보고 싶은 일이 있었던 그 시절이 민주는 까마득히 멀게 느껴졌다. 한편으로는 누구도 강요한 적 없지만 결국은 포기한 일을 떠올리는 일이 여전히 미약하나마 고통스럽다는 사실이 새삼스러웠다. 민주는 작아진 담배꽁초의 마지막 한 모금을 빨아들인 후 동기에게 너는 어디에 가서도 잘할 거라며 어깨를 두드려주었다. 그러고는 동기가 턱까지 덜덜 떠는 것을 보면서도 남은 기회가 적으니 별수없다며 담배 한 개비를 더 입에 물었다.

해가 바뀌자 X 자로 채워진 달력은 버려졌으나 신입의 얼굴은 변함없이 어두웠다. 그녀의 기죽은 얼굴, 쭈뼛거리는 어투에 민주는 신경이 쓰였다. 그러면서도 아마 은하의 얘기를 듣고 나서 더 의식이 되는 것이리라 생각하며 지켜보기만 했다. 결국 그녀가 회사를 떠나기 전까지 제대로 대화를 나눈 일은 단 한 번뿐이었다.

수은주는 영상을 가리켰으나 바람이 매섭던 2월 중순의 어느 목요일, 점심시간이 끝날 무렵이었다. 근방에서 인턴으로 일하고 있는 대학 후배에게 생면 파스타를 사 먹인 뒤 새삼 돈 버는 일의 보람을 느끼며 회사로 향하던 민주는 건물 안으로 들어가려던 참에 신입을 발견했다. 그녀는 건물 옆으로 늘어선 낡은 벤치에 구부정한 자세로 걸터앉아 플라스틱 컵에 든 커피를 마시고 있었다. 투명한 잔 안으로 얼음이 비쳐 보였다. 민주는 보기만 해도 아랫배까지 차가워지는 느낌이었다. 속으로 과연 이십대는 다르구나, 하고 생각했다.

"점심은 먹고 왔어요?"

민주가 묻자 신입은 "아, 네. 대충요" 하고 얼버무리더니 가방 옆에 있던 커피를 집어 들었다. "저, 과장님, 커피 드실래요?"

"이거 나 줘도 돼요?"

"여기 근처에 새로 생긴 카페에서 한 잔 사면 한 잔 더 준다고 해서 받았거든요. 괜찮으시면, 드세요."

자기 팀에서는 딱히 커피를 나눠 줄 만한 사람이 없느냐고 물어보기도 뭣해서 민주는 그녀가 건네는 차디찬 커피를 받았다. 신입은 곤란한 부탁이라도 하는 사람처럼 아랫입술을 살짝 깨물더니 "송 과장님한테 말씀 들었어요. 감사하다는 말씀, 드리고 싶었어요" 하고 고개를 숙였다. 민주가 "뭐가요?"라고 되묻자 "송년회 때 저 생각해서 이런저런 말씀 해주셨다는 얘기 들었어요"라는 대답이 돌아왔다.

담배를 피우다 말고 "아직도 정해진 마당에 그 팀 막내한테 신경 좀 써주지 그래" 하고 한마디를 건넨 것뿐이었으므로 민주는 겸연쩍었다. 옷깃을 파고드는 강풍에 떨며 커피 한 모금을 빨아 넘기자 독주를 넘길 때처럼 입안을 거쳐 식도를 통과하는 냉기의 이동 경로가 시시각각 느껴졌다. 흠칫 몸을 떠는 민주를 보며 신입이 다시 아랫입술을 깨물었다.

"따뜻한 거로 샀으면 좋았을걸. 죄송해요, 한겨울에."

"이 맛에 마시는 거죠. 옛말에도 있잖아요. 얼죽아, 얼어죽어도 아이스 아메리카노라고."

민주는 너스레를 떨었다. 신입은 희미하게 웃으며 빨개진 손끝으로 눈썹 끝을 긁적이더니 "센스는 돈 주고도 못 산다던데 아마 제가 이렇게 센스가 없어서……"라고 말끝을 얼버무리며 하얀 입김이 나는 한숨을 쉬었다.

"그래서 최 본이 못살게 구는 것 같아요? 설마. 그냥 한번 찍히면 답 없이 그 지랄인 거잖아요. 알죠?"

"네. 초반에 박힌 이미지를 만회하는 게 쉽지가 않네요."

"처음에나 좀 헤맸지 잘하고 있는데요, 뭘. 송 과장 나가고 나서 그 일까지 다 떠맡아서 하는 거 모를 것 같아요? 최 본이나 그렇지, 다 알아요. 우리 회사에 그거 모르는 사람 없어요. 그건 내가 보장할게요."

빌딩과 빌딩 사이를 훑고 지나가는 거센 바람이 을씨년스러운 소리를 냈다. 신입 마케터가 고개까지 숙이며 감사하다고 말하자 민주는 있는 사실을 말한 것뿐이라고 강조했다. 그러고는 보란 듯이 빨대를 물고 차가운 커피를 쭉 빨아올렸다.

에로즈 셀라비

다섯번째 브이로그에서 성지는 서촌 근방의 다양한 서점을 순례한 뒤 티룸에서 세 종류의 차를 시음하는 코스를 즐겼다. 앙증맞아 보일 정도로 작고 섬세한 다기에는 하나같이 손잡이가 달려 있지 않아서 언뜻 불편해 보였지만 두 손으로 감싸 안듯 쥐고 마시게 되므로 차의 온기를 더욱 풍부하게 느낄 수 있다는 사실을 금세 알게 되었다. "몸 구석구석까지 따뜻해지는 기분이에요." 진심으로 미소를 짓는 촬영은 퍽 오랜만이었다. 콘텐츠 자체도 무난한 편이라고 자평했으나 업로드한 이튿날 연락해온 미나의 의견은 달랐다. 채널의 구독자 수로 보나, 조회 수로 보나, 댓글의 양으로 보나 이 상태로는 안 하니만 못하다는 거였다. 그러면서 구체적으로 어떤 목표를 가지고 유튜브 채널을 열었느냐고 따져 물었다.

목표라면 더도 말고 다섯 글자로 정리할 수 있었다.

이미지 쇄신.

올해 초에 종영된 종편 미니 시리즈에서는 사사건건 여자 주인공을 무시하고 갈구는 직장 선배 역할을, 지난달에 공개된 웹드라마에서는 남주의 전여친으로 변호사라는 직업을 활용해 여주의 과거를 캐고 다니는 역할을 맡았던 성지였다. 여주의 애정 전선, 혹은 삶 자체를 훼방 놓는 일에 '목표'를 둔 캐릭터를 전전한 지 5년째. 작은 역할이나마 연기할 기회가 주어지는 데 감사해하던 기억도 희미해진 터였다. 현재 고정 패널로 참여하는 방송은 케이블방송의 시청률 0.4퍼센트짜리 예능 하나뿐인데, 그 자리마저 오래 지킬 수 있을 것 같지는 않았다. 이미지 쇄신을 위해 뭐라도 해야겠다는 조급증이 일었고, 내지르듯 유튜브 채널을 개설한 것이었다.

"기왕 할 거면 브이로그 하나당 뷰 10만은 넘겨야지." 미나가 잘라 말했다. "어차피 언니 나 보러 발리에 한 번은 올 거잖아. 여행기를 찍어서 올려봐. 그럼 좀 나을 거야."

성지가 즉답을 회피하는 와중에도 미나는 적당한 독채 숙소를 구하는 것은 자기에게 맡기라는 둥, 로컬 추천 맛집도 뽑아두겠다는 둥 구체적인 계획을 읊기 시작했다. 10년 전과 하나도 바뀐 게 없다는 생각이 들어 성지는 웃음이 나왔다. 그때도 성지는 팀의 리더로서 뭐라도 해야 한다는 초조함에 일을 벌여만 놓았고, 막내였던 미나는 주저하며 부담스러워했지만 일단 투입된 일에는 분명한 목적성을 가지고 성과를 내려고 했던 것이다. 그들이 속했던 4인조 걸그룹이 짧게나마 스포트라이트를 받았던 계기는 우연의 입김이 빚어낸 것이었는데, 그 순간을 붙잡은 것 역시 미나였다. 비중이 작은 데다 얄미운 배역이나마 일이 주어지는 게 따지고 보면 다 미나 덕분이라는 사실을 성지는 누구보다 잘 알고 있었다.

그날 저녁, 은하의 집으로 향하는 차 안에서 미나의 제안을 떠올리고 있던 성지는 목적지에 도착하여 차에서 내리기에 앞서 습관처럼 유튜브 채널의 댓글을 확인했다. 한나절 동안 추가된 댓글 중 맨 마지막은 '옆 광 장난 없네. 먹방 하면 존나 광대만 보임'이라며 외모를 지적하는 내용이었다. 하지만 그 바로 위에는 그룹 시절부터 항상 응원하고 있다는 이야기와 함께 더 많은 일상의 모습을 기대하겠다는 내용이 적혀 있었다. 댓글 몇 개를 더 읽었다. 그러자 발리행을 실행에 옮길 결심이 섰다. 그 생각에 골몰하느라 은하에게 줄 선물과 생일 케이크를 차에 두고 나온 탓에 주차장 끝까지 가서 다시금 자가용 앞으로 되돌아와야 했다.

성지가 벨을 눌렀을 때 현관문을 열어준 것은 철희였다.

"넌 여자들끼리 모일 때도 꼭 끼더라? 나 보고 싶어서 왔냐?" 성지가 싱글싱글 웃으며 말하자 철희는 "대박. 역시 알고 있었구나! 나 요새 자나 깨나 누나 생각만 해" 하며 짐을 받아 들었다. 그의 옷깃에서 나는 아로마 향은 숲 한가운데 자리한 부티크 호텔에 들어서는 순간을 연상시켰다.

싱크대 앞에 선 은하는 성지에게 인사를 건넨 후 샛노란 상자 안에서 케이크를 꺼냈다. 민주는 한 손에 와인 잔을 든 채 냉장고에 비스듬히 기대서 있었다. 왔구나, 하고 미소 짓는 얼굴에 기운이 하나도 없어 보였다. 야근과 철야에 시달리고 있다는 사실은 민주의 형편없이 구겨진 면바지만 봐도 알 수 있었다. 그 위에 걸친 회색 티셔츠는 한가운데 휘갈겨 쓴 듯한 방정식이 적힌 것이었는데 숫자와 부등호 사이로 흐릿하게 커피 얼룩이 남아 있었다. 철희가 눈짓으로 민주를 가리키며 입 모양으로 '무슨 일 있어?' 하고 물었고, 성지는 괜히 건드리지 말라고 내버려두라는 의미로 고개를 저었다.

민주는 은하가 차린 음식을 먹는 둥 마는 둥 했다. 성지가 술잔을 채워줄까 물어도 고개를 저을 뿐이었다. 곧 다시 회사에 돌아가봐야 한다고 했다.

"민주야, 나 다음 달에 미나 보러 발리 갈 건데 같이 안 갈

래? 일요일에도 못 쉬고 이렇게 갈리는데 너도 연말에 그 정
도는 당겨줘야지."

　성지는 발리에서 요가 지도자 과정을 밟고 있는 미나가
독채로 이루어진 괜찮은 숙소를 알아봐주기로 했다고 밝혔
다. 그러자 민주보다 은하가 먼저 관심을 보이며 발리에 전
부터 꼭 한번 가보고 싶었던 레코드 숍 겸 바가 있다고 말했
다. 디제이로 활동하고 있는 은하는 요즘 인도네시아와 말
레이시아를 중심으로 동남아시아 각국의 디스코와 횡크(록
을 기반으로 한 장르인 펑크punk와 소울, 재즈, 알앤비가 결합
한 횡크funk의 발음을 구분해달라고 은하는 늘 강조했다) 장
르의 레코드를 사 모으고 있었다. 발리는 대학 신입생 때 엄
마를 따라 가본 적이 있었지만 그때는 동남아 음악의 매력
을 모르던 시절이어서 리조트 안에만 있었다고, 다시 가보
고 싶은 곳이 많다고 은하는 덧붙였다.

　"발리 전통 음악도 되게 매력 있어. 한번 들어볼래?"

　은하가 재생시킨 것은 성지에게 음악이라기보다 ASMR
에 가깝게 들렸다. 멜로디가 있는 듯 없는 듯, 실로폰을 가볍
게 두드려 나는 소리를 목관으로 한 번 더 거른 듯 나직하고
부드러운 울림이 이어졌다. 5분만 듣고 있으면 솔솔 잠이 올
것 같았다. 이런 음악을 두고 '가믈란gamelan'이라고 부른다
고 은하가 설명했다.

"누나는 이런 걸 다 어떻게 알아?"

"이건 그냥 얻어걸린 거야. 리조트 레스토랑에서 계속 이런 음악이 나왔었거든."

철희는 느릿느릿 고개를 끄덕이더니 음악에 집중하겠다는 듯 살며시 두 눈을 감았다. 저거 벌써 또 취했구만. 성지는 그렇게 생각하는 한편, 유난히 긴 철희의 속눈썹을 마음껏 감상했다.

곡이 끝나갈 때쯤 눈을 뜬 철희는 씩 웃더니 자기도 발리에 따라가면 안 되느냐고 졸랐다. 미나에게 잔소리를 들었을 때만 하더라도 이런 요행이 찾아올 줄 예상하지 못했던 성지는 짐짓 귀찮은 표정을 지어 보였다. 표정 연기를 연마한 보람을 느끼며 머릿속으로는 벌써 철희의 동행을 두고 미나에게 어떻게 양해를 구해야 하나, 하는 생각을 하고 있었다. 그러는 바람에 은하가 "어머, 민주야, 왜 그래" 하고 말할 때까지 바로 옆에 앉은 민주가 눈물을 흘리고 있다는 사실을 깨닫지 못했다. 성지는 티슈부터 찾았다. 민주는 자기를 신경 쓰지 말라는 듯 왼손을 저으면서 고개를 반대편으로 돌렸다. 은하가 물티슈를 손에 쥐여주며 요새 회사에서 많이 힘드냐고 묻자 모르겠다며 훌쩍이기만 했다.

"최악은 지나간 거 같은데 왜 이러는지 나도 모르겠어. 제일 힘든 시기는 지나갔는데, 미치겠네 정말."

민주는 자기는 괜찮다며 하던 얘기를 마저 하라고 했다. 그러는 와중에도 눈물이 멈추지 않았다. 은하가 어깨를 감싸 안으며 바깥바람이라도 좀 쐬고 오자고 말하자 민주는 가볍이 한숨을 쉬더니 겉옷을 챙겼다. 이만 돌아가려는 눈치에 성지도 배웅하려고 일어섰다. 그때 은하가 둘이서 할 말이 있다는 듯 눈짓을 보냈다.

두 사람이 나가고 나자 철희는 얼음 한 알을 사탕처럼 물더니 가볍게 한숨을 쉬었다.

"외주라고 해도 피디는 갑 아니야? 저 누나 보면, 교양 방송 피디가 세상 서러운 직업 같아."

"야, 이 중생아, 일은 미친 듯이 떠맡아서 24시간 갈리는데 승진은 계속 밀리면 피디고 나발이고 눈물이 안 나겠니."

"하긴. 아, 민주 누나도 무슨 수를 내야 될 것 같은데."

성지는 습관적으로 고개를 끄덕였지만 뾰족한 방법이 어디에 있나, 싶었다. 남의 일처럼 여겨서가 아니라 사정을 너무 잘 알아서 그랬다. 어린 시절 자신이 동경하던 업계에서 일할 수 있는 소수가 되었으나, 그 안에서 두각을 드러내는 데까지는 도달하지 못한 채 가늘고 길게 버티고 있는 것은 피차일반이었으니까. 그러니 필사적으로 발버둥 치는 시기와 그게 다 삽질이었나 싶어 비관적으로 가라앉는 시기가 번갈아가며 온다. 그런다고 아예 업계를 뜨기에는 늦은 것 같고, 그보다는 명백한 패배자가 되는 것처럼 느껴진다는 게 더 문제였다. 뒤처졌다는 사실을 직시하고 새로 출발할 만한 배짱이 있었다면 철희 말대로 진작 무슨 수를 내도 냈을 것이다. 그게 없으니 어쩔 수 없이, 일단은 버티고 또 버티는 것이다.

성지도 얼음 하나를 물었다. 우울한 생각을 떨치기 위해 어깨를 쭉 펴고 "아무튼 빨리 낑겨서 올 생각 하지 마" 하고 말했다.

"놀러 가겠다는 게 아니야. 누나 이미지 변신하고 싶잖아. 분명히 도움이 된다니까? 실은, 내가 확실해지면 말하려고 여태 얘기 안 했는데, 나 잡지 창간팀에 들어 있는 거 알지?"

"알지, 그럼. 관심이 없어서 그렇지."

"들어봐, 응? 들어봐. 잡지 제목 내가 지었어. '에로즈 셀라비' 괜찮지 않아?"

애교 섞인 음성으로 철희가 말했다. 그는 성지가 자신의 부탁을 거절할 리 없다는 것을 잘 알고 있을 터였다. 그럼에도 부탁해야 하는 일에는 여전히 예의 바르게 부탁하고, 사과할 일이 생기면 제대로 사과했다. 우쭐해서 불쑥 선을 넘지 않는 센스는 그의 긴 속눈썹이나 공들여 고르고 레이어링하는 향수 취향만큼이나 매력적이었다. 다만 그가 새로 벌인다는 일은 지금껏 그래왔듯이 취지는 좋지만 상업적 성과를 낼 리 없어 보였으므로, 성지는 그의 목소리가 안 들리는 곳으로 가야겠다며 개인 접시를 들고 일어났다. "아이, 배우님 어디 가요." 성지를 향해 팔을 뻗은 철희의 손길에 접시가 뒤집히면서 딱 한 입 맛본 생크림케이크는 질퍽한 소리를 내며 바닥에 떨어졌다. 원래의 형체를 잃은 케이크를 보며 성지는 비명을 질렀다.

"야! 나 오늘 이거 먹으려고 두 시간 반 운동하고 왔다고!"

철희는 두 손을 모아 비는 시늉을 했지만 자기 몫의 케이크를 이미 먹은 후였으므로 달리 만회할 수 있는 방도가 없었다. 성지는 그에게 입을 꾹 닫고 바닥에 묻은 크림을 닦으라고 일렀다. 은하가 집으로 돌아온 것은 철희가 마침내 미끈거리는 기름기를 말끔하게 없앴다고 말한 직후였다.

"여기 얘가 뭐 좀 흘렸는데 이제 괜찮을 거야." 성지가 은하를 바라보며 말했다. "민주 말이야, 회사 일 말고 혹시 무슨 일이 더 생긴 건 아니지?"

"응. 계속 그거지 뭐. 그래서 상담 선생님 추천해주고 왔어."

"너 요새 상담받아?"

"아니. 옛날에 재수할 때. 엄마가 하도 가보라고 해서." 은하가 말하자 철희가 "민 선생님! 맞아. 나도 누나한테 소개

받았잖아" 하고 알은체를 했다.

그 시절에는 심리 상담이라는 것을 외국 영화에서나 봤는데. 역시 사업가 어머니는 보살핌의 스케일이 다르다고 성지가 감탄하자 은하는 "사실 난 그때 별로 상담받을 필요는 없었던 것 같은데 말이야" 하고는 자신과 성지의 잔을 채웠다.

"그럼 어머니가 오버하신 거야?" 성지가 고개를 갸웃하며 물었다.

"음, 뭐라고 설명을 하면 좋을까. 굳이 지금 나한테 별로 필요하지 않은 걸 엄마가 꼭 하라고 밀어붙이는 게 있으면 말이야. 보통 그건 엄마가 내 나이대에 해보고 싶었거나, 받아보고 싶었던 거더라고. 그래서 나한테라도 꼭 해주고 싶은 거구나, 하고 생각하게 됐지. 어쨌든 감사한 일이지 뭐."

철희는 은하 곁으로 와서 앉더니 은하처럼 속이 깊은 사람은 본 적이 없다고 말했다. 그러더니 조금 전에 성지에게 전한 계획을 다시금 전하면서 자신도 함께 발리에 가야 하는 이유를 역설했다.

철희는 예고 방송반 시절부터 은하를 따랐다. 방송반 특유의 엄격한 규율에서 자유로운 유일한 선배라는 이유에서였다. 그는 은하가 듣는 음악이라면 재즈와 펑크, 얼터너티브 록, 월드 뮤직까지 따라 들었고, 은하가 추천하는 영화라면 빼놓지 않고 챙겨 봤다. 게다가 이십대 중반에 자취를 시작한 은하가 집 안에 프로젝터를 설치하고 디브이디플레이어까지 들이자 디브이디를 함께 보자는 명목으로 은하의 집에 수시로 들락거렸다.

성지에게 그 무렵은 자신이 속한 그룹의 수명이 사실상 끝났다는 사실을 받아들이지 못하고 방황하던 때였다. 툭하면 은하네 집으로 가서 신세 한탄을 했고, 시간이 지나서는 철희에게도 쏟아냈다. 느긋하고 온화한 성격의 철희가 제법 이상형에 가까웠기 때문에 이러다 나중에 후회할지 모른다는 자각이 있었건만 도저히 멈출 수가 없었다. 잊지 못할 흑역사를 몇 번쯤 갱신했는데 그중 하루는 의도치 않게 철희의 인생에 상당한 영향을 끼치는 결과를 낳기도 했다.

여느 때처럼 철희가 인생 영화라며 디브이디를 가져온 날이었다. 은하의 침대에서 뒹굴거리던 성지는 영화가 시작하고 나서 20분 후에 합류했지만 3분도 지나지 않아 내용에 흥미를 잃었다. 여자 주인공의 아버지 역할인 줄 알았던 중년의 화가가 남자 주인공이라는 사실을 깨닫고 김이 새기도 했거니와 채도가 낮은 화면이 쉴 새 없이 흔들렸던 것이다. 프랑스 영화냐고 묻자 철희는 프랑스, 덴마크, 영국에서 합작한 작품이라고 소곤거렸다. 아이고, 그러시겠지. 영화를 보는 둥 마는 둥하며 저녁에는 뭘 먹어야 잇몸이 아프지 않고 칼로리는 적으면서 맛은 있을까, 하고 고민하는 사이에 훤칠한 미소년이 화면 한가운데로 걸어 나왔다. 이래야지, 하고 성지가 자세를 바로잡으려는 순간 여자 주인공을 바라보는 그의 눈빛이 광기로 번들거렸다. 순간 성지는 영화의 결말을 짐작할 수 있었다. 누구 하나 죽거나 강간당하거나 아님 둘 다일 게 빤했다. 그렇게 여기면서도 자리를 지킨 이유는 단 하나였다. 디브이디 케이스에 유수의 영화제를 석권했다고 적혀 있었으므로 예상을 뛰어넘는 전개가 펼쳐질 수도 있겠다 싶었던 것이다.

안타깝게도 영화는 성지가 짐작한 데서 한 치도 벗어나지 않는 결말을 맞이했다. 파국을 그려내는 배우들의 연기에는 과연 에너지가 넘쳤다. 그러나 세계관이 허름하다는 생각을 지울 수 없었으므로 세계적인 영화제들에 적잖이 실망했다. 미슐랭 별이 빛나는 레스토랑에서 식사하는 줄 알고 나간 약속이건만, 허름한 식당의 행주 자국이 덜 마른 테이블 앞으로 안내된 기분이었다.

"뭐야, 머리 아프게 카메라는 그렇게 흔들어대더니 결국 주인공 여자만 그렇게 죽었다는 거야?" 성지가 몸을 뒤틀며 기지개를 켰다. "저런 걸 연기하는 배우들도 참 개고생이다."

"그렇게 별로였나……"

철희는 머쓱해하며 잠시 말을 고르더니 바로 지금, 이 세대의 절망을 날것 그대로 보여주려면 어쩔 수 없는 게 아니냐고 되물었다.

"야, 뭐가 이 세대의 절망이야.『씨네21』좀 읽었냐?『키노』좀 봤어?" 성지는 코웃음 쳤다. "남자 주인공이 우리 세대로 보이디? 우리 아빠보다도 늙었던데. 정수리가 훤하더라."

"아니, 나이가 중요한 게 아니라……"

"나한테 중요한 걸 왜 네가 정하냐고!"

하, 하고 한숨을 몰아쉬었지만 철희는 그때도 욱해서 선을 넘지는 않았다. 반면에 당시에 성지는 본래 자신의 성격보다 모나게 구는 날이 많았다. 그룹 활동은 막을 내리고 있었으나 순수하고 해맑은 막내 멤버 미나와 대비되도록 설정한, 시크한 맏언니 캐릭터에서 완전히 벗어나지 못한 상태였다. 제대로 먹지 못해 예민했던 탓도 무시할 수 없었다. 초조함이 발동해서 이십대 중반이 가까워져 오는데 교정을 하느라 고생이었던 것이다. 잇몸이 욱신거리고 술도 마실 수 없었던 터라 살면서 그때처럼 예민했던 적이 없다고 해도 과언이 아니었다. 돌이켜 생각해보면 철희에게 "애당초, 니가 무슨 절망을 알아? 너 돈 벌어봤어? 진짜 사회생활도 한 번 안 해본 게 무슨 절망을 얘기하냐고" 하며 으름장을 놓았던 자신의 모습은 흑역사 그 자체였다.

철희는 다시금 영화가 보여준 진실함에 대해 강변했다. 여자 주인공의 캐릭터만 하더라도 그렇지 않느냐면서. 부모의 이혼으로 붕괴된 가정이 내면에 새긴 결핍감과 자기 파괴적 충동을 처절하도록 가감 없이 그려내지 않았는가, 하고. 그는 자신의 의견이 성지에게 받아들여지지 않자 은하의 의견을 물었다.

"그런 설정이 자주 나오는 걸 보면 우리 엄마가 왜 나 때문에 이혼 못 하겠다고 버텼는지 이해가 될 때가 있어. 내가 저런 정서불안이 될까 봐 걱정됐나 봐."

"아…… 누나 부모님 이혼하셨구나." 철희는 어쩔 줄 몰라했다. "미안해, 몰랐어 누나."

"내가 말을 안 했으니까 알 수가 없지 뭐. 옛날에 아빠가 사고 칠 때마다 엄마가 그랬거든. 나랑 오빠를 아빠 없는 자식 만들 수 없으니까 어쩔 수 없이 참고 사는 거라고. 난 그 말이 되게 싫었어. 그럼, 엄마는 나 때문에 어쩔 수 없이 불행하게 산다는 거잖아. 내가 없었으면 엄마가 더 일찍 편해졌을 것 같아서 미안하기도 했고."

"얘 중학교 때 소원이 엄마가 이혼하는 거였어." 성지가 거들었다.

"응. 고등학교 때 소원 성취했지."

은하는 빙긋 웃더니 일어나서 배달 음식 정보를 모아둔

책자를 가지고 왔다. 은하와 성지는 보쌈 족발 세트를 골랐다. 철희는 그날 저녁에 족발과 막국수를 먹는 동안 다소 멍해 보이더니, 식사를 마치고 다른 영화를 한 편 더 보는 동안에도, 10년이 지난 지금까지도 종종 그날 은하가 한 말을 떠올린다고 했다.

태도가 곧 핵심이자 본질이라는 것을 은하에게서 배웠다는 둥 있어 보이는 말을 차용할 때도 있었다. 이유야 어찌 됐든 그때를 자주 떠올리는 이유야 빤했다. 철희는 바로 그날, 자기 연민에 휘둘리지 않는 차분하고 단단한 은하의 모습에 반해버린 것이다. 성지는 그 사실을 잘 알고 있었고 때로는 가벼운 질투가 일었으나 그 이상의 감정을 느낀 적은 많지 않았다. 은하가 원체 남자에게 관심이 없다는 것도 질투의 싹을 자르는 한 가지 이유였다. 혹시 여자에게 끌리는 것은 아닐까 궁금해한 적도 있었지만 그런 것 같지도 않았다. 삼십대 중반이 되도록 연애에 심드렁한 것을 보면 언젠가 지나가는 말로 "생각해봤는데, 난 무성애자인 것 같아"라던 말이 진심인 모양이었다. 누군가를 끈적끈적한 눈으로 보지도 않고 꼬인 구석도 없는 모습으로, 때로는 따듯한 차나 달콤한 디저트를 권하듯 생전 처음 들어보는 음악을 권하면서 은하는 늘 성지 곁에 있어주었다.

여섯번째 브이로그를 올리고 나서 성지는 고정적인 일거리 중 딱 하나 남은 예능에서 잘렸다. 민주가 어떻게 지내는지 연락해볼까 싶어 휴대폰을 들었을 때 해당 프로그램의 작가에게 메시지가 와 있는 것을 보았고, 불길하다 싶었고, 해고 통지라고 말하기도 뭣한 입에 발린 몇 마디의 문장으로 안녕이었다. 지금껏 숱하게 겪은 일이었지만 실시간으로 자존감이 곤두박질치는 기분이 드는 것까지는 막을 수 없었다. 철희에게서 전화가 걸려왔으나 받을 기력이 없었다. 뭘 해도 자기 파괴적인 방향으로 치달을 것만 같아서 이를 악물고 뛰러 나갔다.

공복에 한 시간 반을 달리고 온 성지는 단백질 셰이크를 만드는 동안 냉동실에 얼려둔 케이크의 유혹을 뿌리치기 위해 몇 번이고 도리질을 쳤다. 스스로 면죄부를 줄 만큼 스트레스를 받은 날 평소 제한하는 고칼로리 음식에 마구 손을 뻗어 폭주했던 경험과 이후 운동량을 대폭 늘려야 했던 몇 주간 이어지던 괴로움을 떠올렸다. 턱이 두 겹이라며 조롱조로 달리던 악플도 머릿속을 스쳤다. 그리하여 기꺼이 닝닝한 셰이크를 삼키는데 철희에게서 다시 전화가 왔다. 무시했더니 몇 초 뒤에 여러 개의 메시지가 연달아 휴대폰 액정 화면 위에 떠올랐다.

철희는 성지 더러 덮어놓고 관심 없다고 하기 전에 『에로즈 셀라비』창간 프로젝트에 영감을 준 이 영상을 꼭 한 번만 봐달라고 청했다. 미국 공영라디오방송에 한국 밴드가 최초로 출연하여 펼친 라이브라고 설명한 뒤 '이걸 보고 나면 이제 당신도 진정한 문화인'이라고도 덧붙였다.

그럼 난 그래서 잘렸나, 문화인이 아니라서? 성지는 맥없이 웃었고 자기가 쫓겨난 프로그램에 새로 투입되는 게 누구인지 알아보고 싶은 마음을 억누르기 위해 관심을 돌릴 대상이 필요했으므로 옜다, 하는 심정으로 철희가 보낸 링크를 클릭했다.

15분짜리 영상이었다. 철희는 '씽씽밴드'라는 이름을 가진 그들을 국악인이라고 했는데 첫인상은 '국악'이 주는 이미지와는 멀어도 한참 멀어 보였다. 조회 수는 이미 450만이 넘어 있었다.

레코드로 꽉 찬 벽장이 기역 자 모양으로 감싸고 있는 작은 스튜디오 내부는 의도적으로 엔트로피를 끌어 올린 듯 잡동사니로 발 디딜 틈 없는 모습이었다. 노래하는 이는 세 명이었는데 그중 가운데 선 남자는 짙은 와인색 폭탄 머리 가발과 미러 선글라스를 쓰고 움직일 때마다 사방으로 빛을 퉁겨내는 금빛 의상과 액세서리를 두른 모습이었다. 디오르 향수 광고 속 샤를리즈 테론이 걸칠 법한 화려한 차림이라고 성지는 생각했다.

그의 왼쪽에 선 훤칠한 키의 남성은 좀더 전형적인 크로스 드레서 콘셉트였다. 그는 소매가 없는 미니 드레스를 입고 목에는 까만 나비넥타이가 달린 초커를 두르고 있었다. 은빛이 도는 백발의 단발 가발에 짙은 눈화장은 물론, 입술과 볼에도 은빛 광택이 돌도록 연출했다. 검고 반짝이는 클러치를 한쪽 옆구리와 팔 사이에 긴 채 한들한들 그루브를 타는 모습이 어찌나 시선을 끄는지, 맨 오른편에 선 여성 멤버가 입은 과감한 슬릿의 점프 슈트와 새빨간 입술이 담백해 보일 정도였다.

첫번째 곡인 민요 메들리가 순식간에 지나가고 두번째 곡이 시작되자 메인 보컬과 백 보컬 역할을 바꿔 여성 멤버가 가운데 마이크 앞에 섰다. 그녀의 폭발적인 성량에 성지는 두 눈이 휘둥그레졌다. 마치 몸 안에 '소리'라는 것이 꽉 차 있다가 더는 견디지 못해서 비어져 나오는 듯 박력 있고 개운한 목소리였다. 국악에 조예가 없는 사람도 단박에 사로잡는 기량과 요란한 스타일링, 거기에 흠잡을 데 없는 무대 매너가 어우러져 성지 또한 영상을 여러 번 반복해서 보았다. 어느새 한 시간이 훌쩍 지나 있었고, 성지는 철희의 작전이 성공했음을 인정할 수밖에 없었다. 그가 기획하고 있다는 작업에 대해 차근히 한 번 더 들어보는 것 정도는 괜찮겠다 싶었던 것이다. 다음 순간에는 그 일과 기분 전환을 하는 것을 일체화할 방도가 떠올랐다.

'이따 드라이브할 건데 옆자리에서 조잘거리고 싶으면 나와보든가' 하고 메시지를 보내자마자 철희에게 답이 왔다. 성지는 선심을 쓰듯 그럼 자기가 데리러 가겠다고 했다.

철희가 일하는 포토 스튜디오 근처에 도착한 것은 그로부터 대략 세 시간 후였다. 철희는 뛰다시피 빠른 걸음으로 길을 건너오더니 차 문을 열고 한쪽 다리를 뻗는 일과 거의 동시에 "그럴 줄 알았어. 누나가 알아봐줄 줄 알았다니까!"라는 말을 쏟아내며 조수석에 앉았다.

"날이 갈수록 립서비스만 늘어가고."

성지가 의례적으로 타박하자 철희는 습관적으로 활짝 웃었다. "어디로 갈래? 아, 내가 운전할까?"

"아니, 나 운전하는 거 좋아하잖아. 스케줄 때문에 이동하는 건 지루하거든? 근데 이따금씩 밤에 강변북로 타면서 음악 꽝꽝 듣는 건 좋더라. 「보헤미안 랩소디」 같은 거 틀어놓고 소리소리 지른다니까. 누가 보면 미친 여잔가 할 거야."

"드라이브하면서 자기 차에서 노래 좀 부르는 게 어때서." 철희의 목소리가 한 톤 높아졌다. "항상 의심해봐야 돼. 진짜 이상한 건지, 이상하다고 하는 사람이 괜히 트집 잡는 건지."

"그런 시각으로 젠더에 대한 고정관념을 깨부수는 잡지를 만드시고 있다?"

"그렇지, 그게 포인트지."

"네가 언제부터 그렇게 젠더 이슈에 관심이 많았냐?"

"얼마 안 됐지 뭐."

철희는 시원하게 인정한 후에 그 얼마 안 되는 시간과 관심이 자신의 시각을 근본적으로 바꾸어놓았다고 말했다.

"우리 몇 년 전에 잠깐 은하 누나한테 디제잉 배웠을 때, 누나가 그랬잖아. 음악을 어떻게 연결하고 이어갈지, 방향성을 계속 고민하다 보니까, 음악을 듣는 기준 자체가 전이랑 달라졌다고."

"그랬나? 내가 보통 분기에 한 번은 명언을 하니까 아마 맞을 거야."

"그럼, 그럼. 그런데 난 그때는 그 말이 확 다가오지는 않았거든. 그런데 이번에 잡지 만드는 데 참여하면서 뭔지 좀 알 것 같더라고."

철희는 이번 프로젝트를 함께하는 멤버들과의 인연이 2년 전에 시작됐다고 했다. 지인의 소개로 '로컬'에 방점을 찍고 소도시를 집중적으로 조명하는 잡지의 사진 촬영에 도움을 주게 된 것이 첫 만남의 계기였다. 그 잡지는 두 권이 나오고 본격적으로 철희가 합류를 고민하던 시기에 그만 발행이 중단되고 말았다고 했다. 폐간을 합의한 멤버들이 헛헛함을 달래기 위해 4차까지 이어간 술자리에서 에디터 중 한 명이 상당히 드라마틱하게, 다른 한 명은 묻어가는 분위기 속에 슬쩍 커밍아웃을 하는 일이 벌어졌다. 기존의 멤버 중 한 명은 그 사실에 충격을 받고 이후 그들과 거리를 두었다. 반면에 그때까지 자신에게도 알게 모르게 성소수자들에 대한 편견이 있다고 여겨왔던 철희는 막상 알고 지내던 사람들의 고백을 들으니 그다지 거부감이 들지 않는다는 사실을 깨닫게 됐다. 그날 이후 두 사람과의 관계가 더욱 돈독해진 것 같기도 했다. 그뿐만 아니라 성정체성에 대한 담론을 넘어 젠더 자체에 관한 고정관념을 허무는 잡지를 만들어보자며 의기투합한 후에는 누구 못지않게 아이디어가 넘친다고 했다.

이를테면 잡지 제목을 두고 의견이 오갈 때 철희는 그때까지 물망에 오른 단어가 하나같이 제목감이 되지 못한다고 확신했다. 그러다 은하의 소개로 우연히 씽씽밴드의 영상을 접하고, 새까만 단발머리 가발에 목에는 초커를 두른 남성 소리꾼을 보고는 뒤샹의 '에로즈 셀라비'를 떠올린 것이다.

주변인들의 커밍아웃 에피소드를 제외하면 전부 이전에 성지에게 설명한 이야기였지만 철희는 마치 처음 전하는 것처럼 신이 나서 말하며 지하층으로 향하는 바의 문을 열어주었다.

성지는 출입문 가까이 앉은 손님과 대화를 나누고 있는 바텐더와 눈인사를 나누고 맨 안쪽으로 자리를 잡았다. 첫 잔은 갓파더로 정했다. 철희는 준벽을 골랐는데 할 말이 많아서 취하면 안 된다며 바텐더에게 알코올을 약하게 해달라고 재차 강조했다.

"그러고 보니까 「준벽」, 그 영화도 네가 빌려 와서 봤었니?"

"아니, 그건 은하 누나 추천작. 누나가 그 영화 보고 울었던가?"

성지가 고개를 끄덕였다. 에이미 애덤스의 연기는 늘 경탄을 자아냈다. 출연작을 빠짐없이 챙겨 보는 동안 최고로 꼽는 작품이 「컨택트」로 갱신된 지금도 「준벽」을 보며 압도된 기억은 생생했다. 영화 속에서 그녀는 시종일관 말간 얼굴로 해사한 미소를 짓고 있었다. 그 미소는 마치 얇고 투명한 막처럼 보였다. 환하게 웃는 얼굴 너머 인물의 내면에 일렁이는 열망의 형태를, 그녀가 아직 단념하지 않은 것과 간절히 바라는 것이 무엇인지를 그대로 내비치고 있었던 것이다. 사람은 저렇게 웃을 수도 있구나, 바로 이런 게 연기구나, 하고 성지는 감동했다. 연기에 인생을 걸어볼 기회를 놓치지 않겠다는 벅찬 결심에 하염없이 눈물을 흘리기도 했다.

평생 잊지 못할 그 순간을 떠올리며 성지는 묵직한 잔을 들어 칵테일 한 모금을 넘겼다. 납작하게 설계된 배역 탓만 하다가 커리어를 끝장낼 수는 없었다. 아랫입술을 천천히 훑으며 뭐라도 해야 한다고 되뇌었다.

"오늘 누나 기분이 별론 거 같은데 다음에 얘기할까?" 철희가 성지의 눈치를 보았다.

"아니야, 해. 오늘은 좀 거국적인 얘기가 땡기니까."

"에로즈 셀라비가 바로 그런 존재야! 백 년을 앞선 인물이거든."

철물점에서 구입한 소변기에 "샘"이라는 이름을 붙여 전시한 현대 미술의 선구자 마르셀 뒤샹. 그는 무려 1920년대에 에로즈 셀라비라는 이름의 여성 자아를 만들어 활동했다고 철희는 설명했다. 뒤샹은 자신의 몇몇 작품을 에로즈 셀라비의 이름으로 서명했으며, 여장한 모습을 사진으로 남겨두기도 했다. 인터넷상에서 만 레이가 촬영한 사진 두 장을 쉽게 찾아볼 수 있다. 뒤샹은 기하학적인 패턴의 모자를 쓰고 풍성한 퍼 소재 깃을 양손으로 감싸 쥔 포즈를 취한 채 촉촉한 시선으로 렌즈 너머를 응시한다. 또 다른 사진은 검은 단발 가발을 착용하고 목에는 반짝이는 두 줄의 초커를 두르고 있었다.

에로즈 셀라비.

그 이름을 철희는 몇 번이나 소리 내 발음해본 뒤에 당장 멤버들에게 연락을 넣었다. 제목이 정해지고 나서 표지의 방향성도 잡혔다. 어떤 방식으로든 자신이 가지고 있는 성역할에 대한 고정관념을 허무는 모습을 담은 컷을 싣고 화보에서 더욱 확장된 이미지를 보여주는 게 그들의 계획이었다.

"어감은 괜찮네. 그런데 난 이런 얘기 들으면 옛날에 학교에서 연군지정 배울 때 생각나더라."

"연군지정?"

"응. 뭐, 사대부가 여성 화자의 심정에 이입해서 군주에 대한 충정을 표현했다던 그거. 아니 단체로 빙의라도 됐냐고. 그런 작품이 그렇게 널린 것만 봐도 사대부 본인들 마음에 그런 구석이 있었던 거 아니야? 꼭 그렇게 이름을 따로, 쓰고 자아를 바꾸고, 굳이 그럴 필요가 있나 하는 거지. 여자건 남자건 입고 싶은 옷 입고, 하고 싶은 거 하면 되잖아."

철희는 성지 쪽으로 상체를 기울이며 박수를 쳤다. "그런 거, 누나. 그런 얘기를 각 잡고 해보자고. 하는 김에 제1호 표지도 빛내주시고!"

바텐더가 입은 슈트를 보면서 성지는 한 번쯤 제대로 슈트를 차려입고 화보 촬영을 해보고 싶었다는 사실을 떠올렸다. 실은 검은 슈트를 입고 나란히 걷는 케이트 블란쳇과 에밀리 블런트, 저우쉰의 화보를 보면서 부럽다 못해 가슴이 아플 지경이었던 것이다. 「오션스 8」의 마지막 장면에서 마티니 잔을 든 샌드라 불럭은 또 어떻고. 나도 슈트 잘 어울리는데, 하고 한숨 쉰 적이 셀 수 없었다. 하지만 전문 스태프의 도움을 받지 않고 화보 사진 경험이 없는 철희에게 직접 촬영과 보정을 맡기는 것은 참사에 가까운 결과로 이어질지도 몰랐다.

한 가지 확실한 것은 두 눈을 반짝이며 멋있겠지, 하고 묻는 철희가 이 작업의 과정 자체를 무척 즐기고 있다는 것이었다. 몇 달 전만 해도 배우로서 미래가 안 보인다고 걱정하는 성지 앞에서 자기야말로 현생은 망했다고, 그저 취업용 프로필 사진이나 잘 찍고 보정해서 돈이나 벌겠다며 징징거리던 모습은 온데간데없었다.

철희는 아직 프로젝트를 소셜 펀딩 사이트에 업로드하기 전이라 비밀이지만 성지에게만 살짝 공개한다며 확정된 몇몇 기사가 적힌 목차 가안을 보여주었다.

"이거 봐, 우리 에디터가 인터뷰이 섭외할 때 이렇게 영혼을 갈아 넣었어."

밀착 취재, 여성 법의학자의 하루.
언피시한 표현과 해석을 넘어, 오늘의 명리학.
브로맨스와 알리바이—모이라 요원을 위한 변명.
서른일곱 동갑내기 부부가 함께 쓰는 다섯 살 딸과 세

살 아들의 성역할 배제 육아 일기.

"나도 영혼을 갈아서 누나 찍어줄게. 그러니까 나도 발리
에……"

"영혼이야 아무 데서나 갈면 되는 걸 너도 참 속셈이 빤하
다." 성지가 팔짱을 끼며 놀리듯 말했다. "혹시나 우리 미나
도 얻어걸릴까 하는 거 아냐. 걘 이제 연예인 안 한대잖아.
꿈 깨."

"누나, 꿈만 꿔서 일이 돼? 기적을 믿어야지."

한쪽 눈을 찡긋거리는 철희를 보며 성지는 자기도 모르게
피식 웃었다. 소속사는 어차피 계약 기간을 채운다는 명목
으로만 남아 방목하고 있고, 취지가 좋은 것은 말할 것도 없
고, 처음으로 슈트를 입은 화보만 건져도 그게 어딘가 싶기
는 했다. 그런 생각들이 한 번에 밀려온다는 것은 다름 아니
라 취기가 돈다는 사실을 의미했으므로 성지는 오늘 밤에는
아무것도 결정하지 않겠다고 밝혔다. 다만, 일에서 잘린 오
늘 밤에 애매하게 취해서 울적한 기분으로 잠들고 싶지 않
다는 사실은 분명히 했다. 그리하여 성지는 장소를 은하가
하이파이 사운드의 진수를 보여준다며 추천한 내자동의 뮤
직바로 옮겨 귀를 호강시켰다. 나중에는 졸음에 못 이긴 철
희가 하품을 할 때마다 눈물이 맺혔는데 그 모습이 어찌나

웃기던지 성지 역시 눈물이 날 만큼 웃었다.

기분 전환에는 아쉬움이 없었으나 공복을 느끼며 잠들어서인지 그날 밤 성지는 가족들과 식탁 앞에 둘러앉아 있는 꿈을 꿨다. 꿈속에서 남동생이 자꾸 동시에 성지와 같은 음식에 젓가락을 뻗을 때마다 사방에서 "너는 장녀가 돼가지고……" 하고 면박을 주는 목소리가 들려왔다. 이튿날 눈을 떴을 때도 생생한 그 기억은 확실히 성지가 『에로즈 셀라비』에 참여하게끔 한 원동력이 되었다. 얼마 뒤 소셜 펀딩의 링크를 전달받은 성지는 그대로 복사하여 남동생에게 보냈다. 마음 같아서는 부모님과 할머니, 할아버지에게도 보내서 집에 한 권씩 들여놓으라고 하고 싶지만 화보를 보고 놀랄까 봐 참는다면서 네가 여러 권 사라고, 한 서른 권쯤 사서 주변에도 뿌리라고 성지는 종용했다.

막상 발리로 떠나는 날이 되자 성지는 스타일리스트도 매니저도 없이 촬영을 떠나는 데 대한 긴장감과 설렘을 동시에 느꼈다. 한 가지 의아한 것은 은하의 얼굴에 수심이 가득하다는 것이었다. 은하는 어딘지 모르게 초조한 얼굴로 끊임없이 휴대폰을 확인했고 기내에 들어선 뒤에도 이륙 직전까지 통화를 시도하느라 여념이 없었다. 성지가 여러 번 무슨 일이 있느냐고 물어도 기운 없는 미소로 고개를 저을 뿐이었다.

"무슨 일인데 그래. 나 모르게 누구 만나? 넌 남자고 여자고 관심 없다며. 뭐냐고."

성지가 다그쳤다. 은하는 기운 없이 고개를 젓더니 잠을 청하려는 듯 눈을 감았다. 그러다 기내식까지 먹지 않겠다고 말해서 성지를 놀라게 했다. 은하는 평소에는 집순이에 끼니 챙기는 것을 귀찮아하는 편이었지만 여행에서만큼은 앞장서서 일정을 짜고 기내식과 조식에 탐닉하는 타입이었다. 하물며 자기 입으로 '매일이 흑역사였던' 재수 시절에 함께 제주도 여행을 떠났을 때 "이대로 추락해버리면, 어떻게 될까?" 하고 무게를 잡다 말고도 모닝빵에 버터를 바르던 은하가 아니던가. 성지는 도저히 참을 수 없다는 듯 무슨 일인지 털어놓으라고 은하를 채근했다.

"괜히 여행 전에 내가 엄마는 보러 가가지고……" 은하가 깊은 한숨을 내쉬었다.

"어머니 회사에 무슨 일 났어?"

놀란 성지의 말이 끝나기도 전에 은하가 고개를 저었다.

"내 얼굴에 침 뱉기 같아서 말 안 하려고 했는데……"

한결 마음이 놓인 성지는 "야, 우리 사이에!"라고 하며 팔꿈치로 은하의 팔을 쿡쿡 찔렀다. 내친김에 모닝빵에 버터를 남김없이 발라 얼굴 앞으로 가져가자 은하는 마지못한

172

다는 듯이 입을 벌렸다. 꿀꺽 빵을 삼킨 후에는 "이 맛있는 걸……" 하며 헛웃음을 지었다.

"우리 엄마는 아마 이 맛을 모를 거야. 아무리 잘하는 집가도 식전 빵 자체에 손을 거의 안 대거든. 버터도 마찬가지고. 먹는 즐거움은 잠깐이고 건강 관리가 우선이래. 그렇게 빈틈없는 분이 어떻게 그런 아저씨 수작에 넘어가는지 몰라."

"어떤 타입이길래?"

"결국은 우리 아빠랑 별다를 것도 없는 사람. 처음에만 멀쩡하고, 젠틀해 보이고 그런 사람 있잖아."

"작정하고 꼬실 때는 다 맞춰줄 것처럼 공들이다가, 넘어왔다 싶으면 본성이 나온다는 거구나." 성지가 대꾸했다. "너희 어머니는 반대시고. 처음에는 벽 치다가 다음에는 이 남자가 날 이래도 받아줄까 테스트하고, 그러다 마음 열면 아마 막 퍼 주시겠지."

"너도 주변에 그런 사람 있나 보다."

"왜 없겠어. 여자 연예인들한테도 그런 사람 많이 붙지. 남들은 사랑꾼인 줄 아는 남편 빚, 남친 빚 갚아주면서 사는 동료야 널렸어."

은하의 한숨이 더 깊어졌다. "엄마 또 아빠 같은 남자 만날 거냐고, 제발 정신 차리라고 그랬더니 그럼 엄마는 남은 평생 혼자 살아야 되냐고 하는 거야. 자기 인생이니까 알아서 한대. 그만 간섭하래."

"엄마랑 딸이 하는 멘트가 바뀐 거 같은데."

"그런 지 한참 됐어."

게다가 어머니의 신경이 분산된 틈을 비집고 오빠가 개설한 트위터 계정을 좀 보라며 은하는 성지에게 휴대폰 화면을 내밀었다. 만족스러운 저녁 식사에 관한 소감 아래에 최고급 파인 다이닝 레스토랑의 이름을 태그하고, 해 질 녘의 하늘은 그가 홀로 쓰는 사무실의 탁월한 뷰를 내비치는 것처럼 누구나 공감할 만한 일상의 조각과 대다수가 손에 넣기 요원한 것들을 섞어 전시하는 게시물들은 새로울 것 없어 보였다. 문제는 그가 사람들의 관심을 끌면서도 친근감 있는 대상으로 보이는 데 더해 타고난 재치와 날카로운 식견을 가진 사람처럼 보이고자 하는 욕망까지 있다는 점이었다. 모 경제지의 기획 기사를 리트윗 하며 덧붙인 코멘트를 읽고 성지는 휴대폰을 내동댕이치고 싶은 심정이었다.

"이걸 지금 말이라고……" 성지는 마음을 진정하기 위해 손등으로 자기 얼굴을 짚어보았다. "이게 기업 임원이 할 소리야? 19세기 농장주 입에서 나올 소리지."

은하는 자신이 걱정하는 게 바로 그 점이며, 요즘 가장 두려운 말이 '오너 리스크'라고 했다. 아직 오빠는 중역 중 한 명이기는 하지만 오너의 아들이므로 사고를 치면 마찬가지로 여겨질 것 아니냐면서. 그런 판국인데 어머니는 은하의 간섭에 스트레스 받는다며 은하가 보낸 메시지도 읽지 않고 있다는 것이었다.

성지는 은하의 어머니를 마지막으로 뵀을 때를 떠올렸다. 은하가 아직 집에서 독립해 나오기 전이었고, 한겨울 밤이었다. 11시경에 퇴근한 어머니는 "하루가 길다, 길어" 하며 소파에 무너지듯 앉아서 성지와 은하가 수다 떠는 모습을 몇 분쯤 물끄러미 바라본 후 자리에서 일어나 슈트 재킷을 탁탁 털었다. 5분 이상은 낭비할 수 없다는 듯 절도 있는 몸짓이었다. 저런 게 절제력이구나 싶어서 감탄했던 성지는 은하가 자기 어머니는 아마 서너 시간 후에 일어나 새벽 운동을 시작할 거라는 말을 듣고 혀를 내둘렀다.

성지는 슈퍼 우먼이란 바로 저런 모습인가 하고 감탄하게 했던 은하의 어머니가 연애에 있어서만큼은 외동딸을 불안하게 할 만큼 대책이 없다는 사실에 놀랐다. 그보다 더 놀라운 사실은 지금껏 연애에는 일절 관심을 보이지 않았던 은하가 어머니의 연애에 개입할 정도의 안목을 가지고 있다는 점이었다. 은하는 "남의 연애 구경만 하는 건 원래 나도 좋아해" 하고 강조했다. 휴일이면 종일 방에서 뒹굴면서 보는 웹툰과 웹소설 중에 절반은 러브 라인이 중요한 작품이고,

스트레스가 쌓였을 때는 한바탕 자극적인 BL을 읽는 게 자신의 길티 플레저인데 몰랐냐면서. 전에는 팬픽도 두루 섭렵했었는데 요새는 사람들이 툭하면 '망붕'에 빠져서 행복회로를 돌리느라 전처럼 볼륨감 있는 작품이 덜 나오는 게 안타까울 뿐이라며 은하는 개탄했다.

발리에서 맞이한 첫날 초저녁부터 얼마나 잠이 쏟아지던지 성지는 숙소로 찾아온 미나와 화이트와인 딱 한 잔을 마신 뒤에 침대에 고꾸라졌다. 그 덕에 이튿날에는 동이 터오는 무렵에 제일 먼저 잠에서 깼다. 일출을 볼 수 있으리라는 생각에 서둘러 숙소 밖으로 나온 성지를 맞은 것은 대지를 향해 조금씩 새어 나오는 부드러운 햇살과 꽃길이었다. 숙소를 둘러싼 담 왼편으로 곧게 뻗은 산책로에 어린아이 주먹만 한 꽃송이가 분분히 떨어져 있었다. 목련처럼 도톰한 꽃잎은 주로 개나리 빛깔이었는데 길 한편에는 맑은 연보라색 꽃송이도 섞여 있었다. 마치 초원의 요정들이 성지의 산책을 예감하고 마련해둔 특별한 선물 같은 풍경이었다.

성지는 꽃송이를 밟지 않기 위해 조심스레 발걸음을 옮기면서 지난해 여행 정보 프로그램을 통해 괌에 갔을 때를 떠올렸다. 분위기를 띄우기 위해 뭐라도 해야 한다는 압박감을 느끼고 있었던 터에 꽃송이가 눈에 띄기에 한쪽 귓바퀴에 꽂고 "이 꽃은 이럴 때 쓰는 거 아닌가요?" 하며 훌라댄스를 추는 시늉을 했다. 메인 진행자인 남자 아나운서가 명색이 걸그룹 출신이 그렇게 몸이 뻣뻣할 수 있느냐며 면박을 주더니 옆에서 보면 더 엉망진창이라며 깔깔댔다.

얼른 옆으로 돌아서 한 번 더 꿀렁거리던 성지는 때마침 남자 아나운서의 입가에 모기가 날아들자 놓치지 않고 손바닥을 들어 날쌔게 그의 입을 때렸다. 찰싹! 하는 찰진 소리. "아니 사람이 미워도 말로 해요 말로!" 하며 뒷걸음질 치는 아나운서의 호들갑에 폭소가 터졌다. 성지는 모기를 보고 자기도 모르게 손이 나갔다며 난처한 척했지만, 속으로는 최소한의 역할은 했다는 안도감을 느꼈다.

그날 현지 가이드에게 꽃의 이름과 꽃말을 들었었는데. 이름이 뭐였더라. 성지는 모기를 쫓기 위해 손을 휘저으면서 기억을 더듬었다. 멀리 보이는 산등성이 위에 해가 반쯤 걸쳐 있었다. 그 모습을 사진에 담는데, 지난번 만남에서 하염없이 눈물을 흘리던 민주 생각이 났다.

숙소로 돌아가자 혼자 나갈 때는 항상 삼각대를 가지고 나가라며 미나가 주의를 주었다. 변함없이 휴대폰 화면을 쏘아보고 있던 은하는 힘겹게 소파에서 몸을 일으키더니 "뭐 했어?" 하고 물었다.

"산책하고, 민주랑 통화하고, 조식도 먹었지."

"조식 본관 레스토랑에서 먹겠다고 신청해놨는데? 혼자 먹고 왔다고?" 미나가 말했다.

"나 말고, 이 동네 모기들이. 통화하는 동안 엄청 뜯겼어." 성지가 종아리를 가리키며 말하자 미나가 연고를 챙겨 왔다며 가방을 열었다.

20분 뒤, 일행이 조식을 먹는 동안에 레스토랑 안에서는 가믈란이 흘러나왔다. 창 너머 보이는 풀에는 플라밍고 모양의 큼직한 튜브가 이른 오전의 햇살을 받으며 둥실둥실 떠 있었다. 아침으로 커피 한 잔과 세 종류의 과일을 먹으며 성지는 한가로운 기분을 만끽했다.

반면 은하는 식사를 마치자마자 한시바삐 나가자고 철희를 재촉했다. 철희는 외출 준비를 서두르겠다고 대답했지만 먼저 예의 씽씽밴드가 등장하는 영상부터 재생했다. 방에서는 와이파이가 잘 잡히지 않아 거실에 틀어놓았기 때문에 "왜 생겼나 왜 생겼나 요다지 곱게도 왜 생겼나 무쇠풀무 돌풀무 사람의 간장을 다 녹인다" 하며 성지도 몇몇 부분의 가사를 외울 지경이 됐다. 미나 또한 화면에 시선을 떼지 못했다. 그러자 철희가 한 손에 든 왁스 통의 뚜껑을 열지도 않은 채로 이분들이 세계 무대를 누빈 분들이라는 둥, 한 분은 경기민요 무형문화재 이수자라는 둥 신나서 설명하느라 시간을 지체하는 통에 나갈 준비를 마친 은하가 눈치를 주었다.

힌두교 사원과 폭포, 원숭이 숲 등을 관광하고 벼르던 레코드 숍 겸 바에 가려면 서둘러야 한다는 것이었다. 은하는 오늘 일정을 다 함께 즐겼으면 했지만, 성지는 부드럽게 거절했다. 간밤에 일찍 잠든 시간이 아까울 만큼 미나와 나누어야 할 이야기가 아직 잔뜩 쌓여 있기 때문이었다.

"근데 언니 이 안에서 수다만 떨면 오늘도 영상 하나도 못 건질 텐데?" 개인 풀장 앞에 위치한 방갈로에 엎드려 누운 성지를 보고 미나가 주의를 주었다.

"풀에 발 담그고 빈탕 맥주 한 병 마시면 되지. 점심에 맛있는 거 먹고. 이따가 노을 찍고."

그러자 미나도 못 이기는 척 성지 옆에 모로 눕더니 아침부터 배불리 먹고 누울 수 있는 게 최고의 행복이라고 말했다.

아이돌 시절에 두 사람은 멤버 중에서도 유독 집중적으로 다이어트 압박을 받았다. 팀의 마스코트였던 미나는 상체에 쉽게 살이 붙는 체질이었기 때문에, 성지는 큰 키와 또렷한 얼굴 윤곽이 주는 인상을 상쇄하기 위해 가녀린 몸매가 필수라는 이유 때문이었다. 숙소 생활을 하던 시절에는 거의 매일 아침마다 매니저 앞에서 몸무게를 쟀다. 지금 은퇴 후에 원 없이 운동하고 마음껏 먹으면서 근육량이 늘어난 미나는 그때에 비하면 10킬로그램쯤 늘었다고 했다.

"그보다 더 쪘을지도 몰라. 요새는 어쩌다 한 번만 재서."

미나가 싱긋 웃었다. 몸무게가 정상 체중에 가까워진 것뿐만 아니라 혈색도 좋아졌다고 성지는 생각했다. 두 종의 컨실러를 섞어 발라가며 가려야만 했던 다크서클이 희미해져 있었다.

수다를 떨면서 모기를 쫓느라 대화가 중단되기를 여러 번, 성지가 해충 방지 로션을 가지고 방갈로로 왔을 때였다. 모로 누워 있는 미나의 발치에 까만 벌레가 기어가고 있었다. 송충이와 닮았지만 처음 보는 벌레였다. 성지는 인상을 잔뜩 찌푸린 채 걸음을 멈추고 미나를 자리에서 일으켰다. 미나는 한 뼘밖에 떨어져 있지 않은 곳에서 기어가는 벌레를 보고 놀라 몸을 움츠렸지만 살충제를 찾는 성지를 말렸다. 그러곤 벌레가 방갈로 밖으로 벗어날 때까지 기다리자고 했다.

"난 가끔 안 풀리는 일이 있으면 이상하게 그때 생각이 나, 언니. 내가 나방을 너무 잔인하게 죽여서 벌받는 거 아닌가, 가끔씩 그런 생각이 들더라고."

미나가 조심스레 방갈로 밖으로 나오며 하는 말을 듣고 성지는 적잖이 놀랐다. 그 나방의 침입에 관해서라면 여태까지 그저 신에게 감사하다는 마음뿐이기 때문이었다.

그 일이 일어난 것은 그들이 소속된 팀이 막 2집 앨범을 낸 직후였다. 신곡 반응이 미미해서 모두 신경이 곤두서 있던 그때, 성지에게 관찰 예능 프로그램 섭외가 들어왔다. 여러 걸그룹 멤버를 한 명씩 뽑아 열 명이 한데 어울리는 콘셉트를 잡은 제작진이 한 명쯤은 아이돌 같지 않은 '센 언니' 포지션을 맡을 사람을 요했던 것이다. 하지만 소속사에서는 성지 대신 미나를 밀었다.

미나는 성지에게 미안해했음은 물론, 촬영을 앞두고 위염이 도질 만큼 스트레스를 받았지만 두 달 가까이 거의 분량이 없다시피 했다. 원래 리액션이 민첩한 편은 되지 못했던데다 콘셉트도 강원도에서 온 순수 소녀여서 눈에 띌 만한 그림을 만드는 게 요원했다. 그러다 산장에서 촬영된 에피소드에서 드디어 기회가 왔다. 숙소 벽에 손바닥만 한 나방이 붙어 있었는데 모든 멤버가 겁에 질려 있기만 했던 것이다. 자신도 겁이 났지만 강원도에서 온 콘셉트라는 점이 의식됐던 미나는 신문지를 말아 쥐고 나방에게 다가갔다. 거진 참새만 한 크기라 겁에 질린 채 눈물을 줄줄 흘리면서도 특유의 책임감으로 신문지를 휘둘렀으나 통통한 나방은 그리 쉽게 죽지 않았다.

"죽어줘! 제발 죽어줘!" 제대로 쳐다보지도 못한 채로 애원하며 나방을 사정없이 후려치는 장면은 귀여우면서도 폭소를 유발하는 모습으로 상당한 화제가 됐다. 미나 단독이었지만 단발성 광고도 몇 건 잡았다. 소위 '듣보잡 아이돌'에서 벗어나 인지도 턱걸이를 하게 된 것은 그러니까 순전히 제때 그곳에 들어와준 나방과 울며불며 나방을 때려잡은 미나 덕이었다. 그날의 기회를 잡지 못했더라면 성지는 정산을 한 번도 받지 못한 채 연예계 생활을 마무리 지었을 터였다. 그 일에 대해 미나가 죄책감을 가지고 있다는 사실이 신기할 따름이었다.

"죄책감까지는 아니고 그냥 좀 찝찝해서 그러지 뭐" 하면서 미나는 풀숲을 향해 부지런히 배를 밀고 나아가는 검은 벌레에 슬쩍 시선을 던졌다.

그날 오후에 둘은 스미냑 해변으로 향했다. 더 이상 지체했다가는 오늘 하루를 날리겠다며 채근한 미나는 목적지에 도착하자마자 풍경부터 카메라에 담자며 서둘렀다. 몇 번이나 같은 길을 걷도록 하는 통에 성지는 결국 "차 감독, 이제 그만 찍고 놀자" 하고 졸라야 했다.

미나가 추천한 곳은 먼바다가 내려다보이는 비치 클럽이었다. 가로가 넓은 건물 앞의 야외석에는 볕을 가려주는 파라솔 아래 캔디 컬러의 빈백이 일정한 간격을 두고 늘어서 있었다. 성지는 미나가 시키는 대로 하늘색 빈백 위에 걸터앉아 포즈를 잡았다가 촬영을 마치자마자 상체를 쭉 뻗고 드러눕다시피 몸을 묻었다. 그러다 망고가 든 칵테일이 나오자 투명한 하늘빛을 배경으로 샛노란 칵테일이 든 잔을 찍었다. 이 사진은 인스타에 브이로그를 예고하는 문구와 함께 올릴 셈이었다.

"제대로 찍었어? 줘봐." 미나가 오른손을 내밀었다.

"네, 감독님." 성지가 웃었다. "이런 분이 진짜 연예인 안 하고 버틸 수 있으려나 몰라?"

"물론이지!" 미나는 누운 자세에서 시야에 걸리도록 오른발을 들어 올렸다. "머리카락 한 올부터 발톱까지 편한 대로 둘 수 있는 게 얼마나 좋은 줄 알아?"

"까먹었지. 전생처럼 오래된 일인데." 성지가 대답했다. "그래도 너무 일찍 접었다고 나중에 네가 후회할까 봐 그래."

"그럴 때는 전에 받은 악플 떠올리면 돼."

성지는 대꾸할 말을 찾지 못했다. 숙소 냉장고의 냉동실 첫번째 칸에 들어 있던 쇠숟가락 두 개가 떠올랐던 것이다. 미나는 울고 잔 이튿날이면 붓기를 가라앉히기 위해 살얼음이 낀 숟가락을 눈두덩이 위에 올리곤 했다. 그럴 때마다 성지는 애초에 클릭을 하지 말라고, 무시하라고 타일렀다.

ㅆ 글자로 이루어진 욕설이 싱겁게 느껴질 만큼 집요한 성적 모욕과 고어적 협박이 난무하는 악플을 굳이 왜 읽고 상처받는 것인지 답답했다. 때로는 "너 비호감 아니라니까. 언니 말을 못 믿어? 같은 멤버 말보다 악플러들 얘기가 더

중요하니?" 하며 윽박지르기도 했다. 도처에 버젓이 쌓여 있는 오물을 무시하라고 다그치느니 응원하는 댓글을 한 번 더 읽어주었더라면 어땠을까, 하는 생각이 든 것은 미나가 팀을 떠나고도 한참 후의 일이었다.

"아깝다." 성지가 휴대폰 화면을 미나 쪽으로 기울이며 말했다. "이 사진 보여주면서 한번 꼬셔보려고 했는데. 우리 이런 거 한 번도 못 찍어봤잖아."

화면에 담긴 것은 「오션스 8」의 스틸 컷으로 매니시한 차림에 건조한 표정으로 나란히 서서 비눗방울 총을 쏘는 케이트 블란쳇과 샌드라 불럭의 모습이었다. 미나는 그런 꿍꿍이가 있었느냐며 가볍게 눈을 흘기더니 자리에서 일어나려는 듯 가방을 집었다.

"사람들이 욕해. 난 이제 그런 핏도 안 나온다고."

"뭐래, 너 지금이 리즈거든!"

성지는 그렇게 대꾸하고 미나의 어깨를 짚고 일어났다. 그러고는 빠른 걸음으로 먼저 건물 안에 있는 계산대 앞으로 향했다. 미나도 질세라 따라왔지만 성지가 간발의 차로 앞섰다. 계산을 치르고 돌아 나오는 길에 성지는 빈 야외 테이블의 한구석을 차지하고 있는 손바닥만 한 바구니를 발견하고 멈춰 섰다. 바구니 안은 색색의 꽃잎으로 채워져 있으며, 꽃잎 위에는 자그마한 크래커가 놓여 있었다.

"이게 뭐야?"

"신한테 바치는 거래. 제사상을 초미니로 만들어서 매일 매일 바치는 느낌인가 보더라. 그래서 음식이 빠지지 않고 들어간대."

동그란 크래커에는 개미가 꼬여 있었다. 거대한 화산을 품고 있는 섬인 만큼 이곳 사람들은 하루도 거르지 않고 신에게 매달려야 마음이 놓였을까, 하고 성지는 짐작해보았다.

한번 존재를 의식하게 되자 초미니 제단은 미나가 추천한 사테 맛집으로 이동하는 길에도, 숙소에 들어오는 길에도 계속 눈에 띄었다. 정성 들인 음식이 아니라 앙증맞은 과자를 바치는 소소한 규모로 곳곳에서 매일 반복된다는 점이 성지에게는 신선하게 다가왔다. 만약 10년 전이라면 성지는 그 작은 제단 앞에 서서 제발 살아남을 수 있게 해달라고 빌었을 터였다. 지금은 달랐다. 간절히 원하는 것은 훨씬 더 구체적인 형태가 되었다. 여주인공을 향해 악을 쓰는 역할이 아니라 자기 목표를 향해 움직이는 역을 맡는 것. 숙소 입구 옆에 놓인 작은 제단 앞에 선 성지는 앞으로 다가올 10년 동안 그 목표를 바라보며 움직이리라고 다짐했다.

이튿날, 일행은 이른 아침에 또다시 스미냑 해변으로 향했다. 성지는 짧은 단발머리 전체를 귀 뒤로 빗어 넘기고 포마드 왁스로 고정한 스타일에 가는 세로줄 무늬가 있는 시어서커 재질의 슈트를 입고 촬영을 시작했다. 두번째 의상은 좀더 전형적으로 포멀한 느낌을 주는 슬림핏 검은 슈트에 하얀 셔츠, 보타이 차림이었다.

멀리 수평선을 등지고 선 성지는 카메라를 내려다보기도, 쏘아보기도 했다. 소매를 걷고 검지를 입에 대어 쉿, 하는 포즈와 함께 비밀을 품은 듯한 눈빛을 지어 보인 다음에는 재킷 열어 한쪽 허리에 손을 얹고 비스듬히 서기도 했다. 주머니에 손끝을 꽂고 건들대는 표정을 짓더니 이내 보타이를 풀어서 늘어뜨렸다. 그런 다음에는 자연스러운 미소를 지으며 카메라 건너편을 응시했다. 미나는 성지의 브이로그를 위한 영상을 담았고 중간중간 큼지막한 퍼프로 성지의 이마와 콧잔등을 두드려주고 물을 챙겨주는 등 분주했다. 왼손으로 양산을 받치고 서서 일행의 짐이 담긴 가방을 지키는 은하는 오른손으로 어머니와 끊임없이 메시지를 주고받느라 바빴고, 1차로 해변 촬영을 마무리한 뒤에는 입맛이 없다며 식사를 건너뛰고 먼저 숙소에 가 있겠다고 말했다.

성지가 숙소에 돌아온 것은 그로부터 두 시간쯤 지난 시점이었다. 은하는 거실 소파에 모로 누워서 일행을 향해 손을 흔들어주었다.

"어디 보자……" 성지가 은하의 얼굴을 살폈다. "졌지만 잘 싸웠다 느낌인데?"

"돌아가면 전쟁 시작이야. 오빠가 엄마한테 따끔하게 혼
난 모양이니까 분명 나한테 난리 치겠지." 은하가 자리에서
벌떡 일어났다. "어쨌든 엄마도 그 아저씨한테 깨기는 깼더
라고. 기사한테 막 대하는 거 보고 놀랐대."

"아무리 봐도 엄마랑 딸이 바뀐 것 같단 말이야." 성지가
키득거리더니 포장해 온 미고랭을 내밀었다. "이제 배도 고
프지?"

식탁 앞에 앉은 은하는 성지가 건넨 젓가락을 집자마자
입안 가득 에그누들을 밀어 넣고 만족스러운 미소를 지었
다. 다 먹을 때까지 몇 번이나 거듭하여 기가 막힌 맛이라며
칭찬을 아끼지 않았다.

"차 막혀서 다 불었구만, 아주 온 세상이 다 아름다워 보
이나 보다." 성지가 말했다.

"그래서 그런가?" 미고랭을 금세 해치운 은하가 샤워를
하고 나온 미나를 가리키며 말했다. "이 블라우스는 스칼릿
오하라가 입은 드레스 느낌 나지 않니?"

"누구요?"

미나가 되물었다. 그녀는 하의로 낡고 조금 헐렁한 듯한
핫팬츠를 입고 있었지만 그 위에는 붉은 꽃잎처럼 하늘거리
는 러플이 어깨 아래를 감싸고 있는 오프 숄더 블라우스를

걸치고 있었다. 성지가 옆에서 「바람과 함께 사라지다」의 주인공이라고 설명한 뒤에 휴대폰으로 영화의 포스터를 찾아서 보여주었다. 그러자 미나는 돌연 진지한 얼굴이 되더니 휴대폰 화면을 뚫어져라 바라보았다.

"얘 왜 이러니." 성지가 고개를 갸웃거렸다. "눈에서 레이저 나오는데?"

"언니." 미나가 오른손으로 성지의 어깨를 붙잡으며 입을 열었다. "지금 하는 얘기는 기왕 찍는 거면 제대로 임팩트가 있어야 될 것 같아서 하는 것뿐이야. 내가 다시 연예계로 돌아갈 일은 절대 없어."

"그러니까 무슨 얘기를 하려고 이러냐고."

성지의 물음에 미나는 방금 떠올린 아이디어를 말했다. 철희는 미나의 말이 끝나기도 전에 냅다 환호성을 질렀고, 성지는 "하여튼 누가 널 말리겠니" 하며 너털웃음을 지었다. 둘은 함께 달려들어서 미나의 머리 모양을 잡았다. 메이크업은 최소화하되 입술은 시선을 압도할 만큼 짙은 붉은색으로 칠했다.

불꽃을 연상시키는 원작 포스터의 붉은 배경은 초록 잎이 우거진 배경으로 대치됐다. 성지와 미나는 그 앞의 계단 위에 스칼릿 오하라와 레트 버틀러를 연상시키는 차림으로 섰지만, 포즈는 정반대로 취했다. 검은 슈트를 입은 성지는 블라우스 위로 드러난 미나의 어깨 위에 양팔을 두르며 매달리듯 안겼고 미나는 지그시 성지를 내려다보았다. 두 사람의 코끝은 당장이라도 닿을 듯 가까웠다. 셔터가 몇 번 울린 뒤에 자세를 바꾼 미나는 오른손으로 성지의 목덜미를 감쌌다.

"너무 능숙한 거 아니야?"라고 소곤거리는 성지에게 "집중해" 하고 이르는 미나의 표정에는 흔들림이 없었다. 그녀는 당장이라도 입술이 맞닿을 것만 같은 거리에서 애정과 욕망이 소용돌이치는 시선으로 성지를 내려다보고 있었다.

"이런 절경을 나 혼자 보다니."

홀로 그늘에 앉아서 맥주를 마시고 있던 은하가 말했다. 은하는 자기 눈앞에 펼쳐진 광경을 담은 사진 한 장을 민주에게 전송한 뒤에 무드를 고조시키는 데 도움이 될 만한 배경음악을 골랐다. 트랙 리스트에 저넬 모네이의 곡을 담고 1990년대 초반의 마돈나의 노래들도 넣었다. 끝내 히트하지는 못했지만 추억을 담고 있는, 성지와 미나가 함께 불렀던 곡들도 빼놓을 수 없었다. 그러던 은하의 입에서 별안간 짜증스러운 신음이 비어져 나온 것은 휴대폰 화면 위로 오빠가 보낸 메시지가 뜬 순간이었다.

"무슨 일 있어?" 철희가 시선은 뷰 파인더에 그대로 둔 채 물었다.

"농장주 항의가 거세. 가면 또 한동안 집안이 시끄럽겠다."

은하는 고개를 절레절레 젓더니 음악의 볼륨을 높이고 휴대폰을 내려놓았다. 성지는 다음 포즈를 위해 미나와 잠시 떨어져 선 후 슈트 재킷을 벗고 셔츠의 단추 두 개를 풀었다. 다시금 성지에게 바싹 다가온 미나가 오른팔을 허리에 감자 성지가 상체를 뒤로 꺾었다. 흔히 '공주님 안기'라고 일컫는 포즈처럼 보이도록 연출하기 위해서였다. 하체를 밀착하고 있었지만 상체를 있는 힘껏 기울인 터라 성지는 좀처럼 마음이 놓이지 않았다.

"나 뒤로 넘어갈 것 같은데."

"언니. 내가 마지막으로, 진짜 마지막으로 이걸 찍을 줄 알고 그렇게 운동을 했나 봐." 미나가 그윽한 눈빛으로 성지를 내려다보며 부드럽게 속삭였다. "걱정 말고, 날 믿어봐."

거절의 축제

10여 년 만의 재회가 이루어지기 다섯 시간 전에 은하는 한창 멸치 국물을 내고 있었다. 점심으로 잔치국수를 먹기 위해서였다. 쌉싸름한 맛이 돌도록 진하게 우린 국물을 선호하는 터라 면 사리와 애호박 고명을 준비하고 김 가루까지 꺼낸 후에도 육수를 불에서 내리지 않고 텔레비전부터 켰다. 영화라도 한 편 보고 싶은 기분이었으므로 「라라랜드」가 방영되고 있는 채널을 찾고서 쾌재를 불렀지만, 이미 영화의 후반을 넘긴 시점이었다. 다른 채널에서는 〈사막의 연인〉 리메이크 영화가 나왔는데 능글거리며 눈썹에 힘을 주는 이기운의 모습에 질려 다시 채널을 돌리게 됐다. 결국 낙점된 것은 막 시작한 영화 소개 프로그램이었다.

특집 코너에서는 한국 영화 속 여성 첩보원의 계보가 소개되었다. 맨 먼저 화면에 등장한 것은 영화 매체가 흑백에서 컬러로 전환되던 시기에 등장한 첩보원 '히아신스'였다. "나는 그 누구도 믿지 않아요"라고 속삭이며 칵테일 잔을 비우는 그녀의 얼굴, 겨울 바다를 향해 뛰어들기 직전에 먼 하늘을 응시하는 시선이 어쩐지 낯이 익었다. 과연 어떤 배우의 젊은 시절인지 추측하며 고개를 갸웃거리던 은하는 한서린 감정 연기로 익숙한 중견 배우 선우정심의 30년 전 모습이라는 자막을 읽고 감탄사를 내뱉었다.

히아신스에 이어 1990년대 여성 첩보원 캐릭터의 활약이 펼쳐지는 동안 완성한 잔치국수의 국물 맛은 완벽했고, 면의 양은 언제나 그렇듯 조금 넘쳤다. 대접 가득 든 국수를 천천히 비우는 사이 미인계와 와이어 액션이 번갈아가며 등장했다. 슬슬 지루해진 은하는 채널을 바꾸려고 리모컨을 들었지만 바로 그 순간, 그대로 동작을 멈추게 되었다. 화면 속에 등장한 배우가 전에 알던 사람 같아서였다.

새까만 단발에 권태와 장난기가 동시에 읽히는 묘한 표정, 마구 휘갈겨 쓴 듯한 방정식이 적힌 낡은 티셔츠를 입은 그녀의 모습을 마주하는 것이 처음은 아니었다. 영화 포스터를 통해 한동안 자주 보았던 것이다. 그때마다 어딘지 모르게 낯이 익다고 여겼던 그녀를 영상으로 접하자 비로소 직접 알고 지내던 사람 같다는 생각이 들었다. "입 닥쳐!"라는 대사를 내뱉는 목소리를 듣고 나서는 의구심이 확신으로 바뀌었다. 은하는 그녀의 이름을 단박에 떠올리지는 못했다. 그러나 대학 신입생 시절에 짧게나마 몸담았던 연극 동아리에서 만난 동기가 분명했다. 어릴 적부터 배우를 꿈꿨다고 밝히며 겸연쩍은 듯 웃던 얼굴, 발성 연습을 하는 그녀를 흘깃거리며 '군계일학'이라고 일컫던 남자 동기들의 모습도 차례로 떠올랐다.

화면 속 영화 평론가는 그녀가 맡은 역을 올 한 해 영화 속에 등장한 인물 중 최고의 신스틸러로 꼽았다. 스판덱스 슈트를 입고 폼 잡는 히어로들 사이에서 늘어진 티셔츠 차림으로 농담을 던지며 세상을 구하는 새로운 영웅의 모습을, 오랜 무명의 설움 끝에 빛을 보게 된 성지의 연기를 놓치지 말라며 연신 찬사를 보냈다.

맞아, 성지였어. 평론가 덕에 속이 시원해진 은하는 쥐고 있던 리모컨을 내려놓고 쌉싸름한 멸치 국물을 들이켰다. 실직 후 평일 낮부터 잔치국수를 끓여 먹으며 텔레비전 앞에 앉은 덕에 옛 지인의 성공을 목격하다니, 괜스레 웃음이 났다. 평론가가 여기서부터는 이 영화의 스포일러라며 주의를 주었을 때였다. 숙모에게서 전화가 걸려왔다.

은하는 호흡을 가다듬고 휴대폰을 든 후에 최대한 짧게

통화를 마쳤다. 그동안 프로그램은 끝나 있었고 점심상을 치우자마자 싱크대 상부 장에 있는 그릇들을 전부 꺼내어 정리하는 일에 돌입했다. 더부룩하다 못해 얹힌 것처럼 속이 불편해서 소화제를 먹은 뒤에도 일손을 멈추지 않았다.

상부에 이어 하부 장 속까지 청소를 마쳤을 때쯤, 이번에는 엄마에게 전화가 왔다. 버릇처럼 사무실에 있느냐고 묻는 엄마의 질문에 은하는 그렇다고 대답했다. 처음부터 거짓말을 하려던 것은 아니었고, 다만 어른들의 요구에 일 핑계를 대고 빠져나가는 게 가장 수월할 것 같아서였다.

"너 처음 서울 올라가서 삼촌 댁에 신세 진 것도 있는데 엔간하면 시간 비워봐. 응? 가족들끼리 밥 한 끼 먹자는 거니까, 몇 시간만 내줘."

어머니가 한 번 더 다짐을 받자 은하는 일단 알겠다고 대답하고 통화를 마쳤다. 그러고 나서 자신이 싱크대 발 매트 위에 앉아 있다는 사실을 깨달았지만 일어날 기력이 나지 않아 그 채로 20분쯤 더 시간을 흘려보냈다.

오후에 펫시터 알바가 잡혀 있지 않았더라면, 아이보리 빛 몸에 코끝과 두 귀는 새까만 고양이 나타샤와 온몸이 미숫가루처럼 부드러운 빛깔인 믹스견 푹푹이를 만나러 가지 않았더라면 영영 발 매트 위에 주저앉아 있었을지도 모르는 일이라고 은하는 생각했다. 나타샤의 화장실을 청소해주고,

고지혈증을 관리하고 있는 푹푹이를 위해 삶은 브로콜리를 잘게 찢어 먹인 다음 산책을 나섰을 때야 비로소 심장박동이 평소와 같이 돌아온 것 같기도 했다. 그 덕에 민주와의 저녁 약속도 취소하지 않을 수 있었건만, 약속 시각을 얼마 남기지 않은 시점에 민주 쪽에서 조금 늦겠다며 양해를 구하는 연락이 왔다. 게다가 민주는 지금 자기가 만나고 있는 사람이 가서 은하를 기다리고 있을 테니 원래 약속한 시각에 맞춰 나오면 된다는 언뜻 이해되지 않는 이야기를 덧붙였다.

"너 말고 누구? 나 오늘 모르는 사람 만날 만한 컨디션이 아닌데……"

"모르는 사람을 보낼 리가. 성지 기억하지? 성지가 너 꼭 보고 싶대서."

약속 장소로 향하는 지하철을 기다리는 동안 은하는 전 직장에서 있었던 불쾌한 기억이 거듭 떠올라 몇 번이고 이마에 밴 식은땀을 훔쳐야 했다. 한동안 자주 그랬던 것처럼 누군가 명치께를 움켜쥐고 있는 듯한 갑갑함도 느껴졌다. 민주의 충고대로 퇴사를 한 이후에도 한동안 정신과 상담을 받아두었더라면 좋았을 거라고 은하는 반성했다. 그러나 당시에는 상담하러 가는 날 아침부터 내도록 지금처럼 안절부절못하고 전날 밤에는 악몽에 시달리는 경우까지 있었던 터라 도저히 그럴 기운을 내지 못했다.

지하철에 오른 은하는 우선 성지를 만나는 일만 생각하기로 마음을 다잡았다. 별안간 유명해진 옛 지인과 만나는 경험은 난생처음이었고, 그녀가 어째서 자신을 만나고 싶어하는지는 알 수 없었지만, 최소한 불쾌한 만남이 될 리는 없지 않느냐고 자신을 안심시켰다. 내친김에 성지의 이름을 검색해보았다. 엄지와 검지를 몇 번 움직인 것만으로 은하는 10년 넘는 시간 동안 연극 무대에 서온 성지가 두번째 영화에서 맡은 작은 배역을 통해 다양한 매체와 인터뷰를 하고, 예능과 토크쇼에 출연하는 스타가 되었다는 사실을 알게 되었다.

민주가 일러준 술집 겸 밥집은 들어서자마자 시간을 역행한 듯한 착각을 일으키는 곳이었다. 침침한 조명, 푹신하지만 군데군데 꺼지고 벗겨진 흔적이 있는 소파가 놓인 부스형 좌석, 난삽한 낙서로 어지러운 벽까지 대학 시절에 성행하던 주점의 풍경을 연상시켰기 때문이다. 실내에는 마돈나의 옛 히트곡이 흘러나오고 있었다. 두리번거리는 은하를 먼저 찾은 성지가 손을 번쩍 들었고, 은하는 손을 흔드는 것과 고개를 숙여 인사하는 것 중 하나를 선택하는 판단에 앞서 몸이 먼저 움직이는 바람에 두 가지 동작을 동시에 취하고는 겸연쩍은 얼굴로 "대학교 앞에는 아직도 이런 데가 있구나. 오랜만이네" 하고 중얼거렸다.

"맞아, 우리 그때 이런 술집 많이 왔었잖아. 탕 하나 시켜 놓고 밥도 먹고 술도 먹고." 성지가 맞장구쳤다. "얼마 만이니, 그동안 어떻게 지냈어?"

"나야 뭐, 회사 다니다가 요즘은 잠깐 쉬어. 너는 요새 활약이 엄청나던데?"

"엄청나기는 뭘, 무명 배우에서 이제 무명 뗀 거야."

"영화 평론가가 올해 최고의 신스틸러라고 하던데? 그 영화에서 네가 입고 나온 티셔츠에 적혀 있는 방정식, 거기 무슨 의미가 있는지 사람들이 되게 궁금해한다면서?" 은하가 방금 전에 검색한 내용을 떠올리며 묻자 성지는 조금의 망설임도 없이 "응. 그 안에 차원을 넘나들 수 있는 우주의 비밀이 담겨 있거든" 하고 말했다.

"와, 우주의 비밀이 쓰여져 있는 줄은 몰랐네." 은하가 웃었다.

"그것만 잘 풀면 언제든 다른 차원으로 점프할 수가 있거든. 영화 보면 내가 무슨 말 하는지 짐작 갈 거야. 보고서 주변에도 홍보 좀 많이 해줘."

"그럼, 꼭 볼게."

성지는 열이라도 나는 사람처럼 오른손 손등으로 자신의 이마와 볼을 짚어보더니 울먹임이 섞인 목소리로 고맙다고 말했다. 실은 하루하루가 꿈만 같아서 현실감이 없다고 했다. 주변의 누구에게나 편하게 자신의 출연작을 보러 오라고 말할 수 있는 일, 잘 봤다는 감상을 듣는 일, 축하의 말을 듣는 일 모두 배우 생활을 한 이래 처음 겪는다면서. 최초로 나간 인터뷰 기사에서 십수 년간 연극계에서 탄탄한 입지를 쌓았다고 소개된 탓에 그렇게 알려지고 있지만 실은 그런 게 아니었다고도 덧붙였다. 연극계에서도 두각을 드러내는 배우였던 적은 없었고, 잠 못 이루는 밤이면 이십대 때 왔던 딱 한 번의 기회를 놓친 일을 말 그대로 끝없이 곱씹으며 후회했는데, 더는 그 생각에 얽매여 있지 않을 수 있게 된 것 같다고 말했다.

"그때 내가 로맨틱코미디 드라마에 거의 출연할 뻔했거든. 주인공도 아니고 2050년에서 현대로 온 캐릭터라는 설정도 영 안 와닿고 해서 심드렁했어. 그만 드라마 나가자고 휴학하느니 체호프 연극을 제대로 배워야지 싶어서 복학을 택했는데, 그 드라마가 얼마나 히트를 쳤던지. 진짜 두고두고 후회하는 것도 지겨웠거든? 그러다 얼마 전에 깨달은 거야. 아, 나 이제 더 이상 그 생각 안 하는구나, 하고." 성지가 한 번 더 자기 손으로 이마를 짚어보았다. "그리고 있지, 나 연극 동아리에서 보고 싶었던 사람은 민주랑 너밖에 없었어. 사실 어제 민주랑 밤새 얘기하다가 거기서 잤거든. 그런

데 민주가 저녁에 너랑 약속 있다고 하길래 내가 막 졸랐지, 전화해보라고. 내가 말이 너무 많았지? 요새 좀 하이 해서 자꾸 이래. 미안해. 그래도 내가 너한테 신세 진 게 좀 많아야지."

신세라는 말에 은하는 의아해했다. 성지가 은하의 표정을 보고 기억 안 나느냐며 이르기를 자신이 동아리에 처음 들어왔을 때 맨 먼저 말을 걸어준 사람이 은하였고, 선배들이 소위 '집합'을 시켰을 때 반항하느라 빠진 성지가 동기들 사이에서 은근한 따돌림을 당하던 때에 상대해준 사람은 오직 은하와 민주뿐이었다고 했다. 틈만 나면 공연을 보러 다니느라 빈털터리가 되었을 때 밥도 몇 번이나 사주었다고 했지만, 은하로서는 그랬던 것 같기도 하고 아닌 것 같기도 했다. 성지는 신세를 진 자신의 기억을 믿으라면서 처음으로 과외 아르바이트를 잡았을 때 드디어 크게 한턱낼 셈이었건만, 그때는 네가 갑자기 동아리 활동을 그만두더라는 이야기를 하다가 말고 은하의 안색이 나빠 보인다며 말을 멈췄다. 그러자 은하는 점심 먹은 게 얹힌 것 같다는 사실을 밝혔다.

성지는 상비약으로 가지고 다닌다는 소화제를 건네고 나서 "손 좀 줘봐"라더니 기다리지 않고 옆으로 와서 앉았다. 엄지와 검지 사이의 혈 자리를 꾹꾹 누르는 성지의 손길에 은하는 절로 억, 하는 소리가 나서 잠자코 있었다. 성지는 지압을 5분쯤 하더니 손바닥으로 리드미컬하게 은하의 등을 두드리고 쓸어내렸으며, 마지막으로는 개운하게 한잔하라며 탄산수를 주문해주었다. 어느새 그녀의 이마와 콧잔등에는 땀이 맺혀 있었다.

"이렇게 지압하는 거 민주한테 배운 거야. 지금도 아니라고는 못 하지만 내가 그때는 무대 울렁증이 더 심했거든. 그래서 체해가지고 끅끅거릴 때마다 민주가 이렇게 해줬었어. 1학년 때는 단역밖에 못 했는데도 그 난리였으니. 실은 나도 몇 달 지나서 거기 그만뒀잖아."

"왜?" 은하가 물었다.

"내가 그때 딱 이런 가게에서, 선배 새끼 얼굴에 물을 뿌렸거든."

갑자기 이야기의 장르가 바뀐 탓에 은하는 마시던 탄산수를 뿜을 뻔했다.

"어우, 진정해 애. 물 먹고 체하면 그건 약도 없대. 내가 다 그럴 만해서 그랬다고."

성지는 어디나 신입생을 노리는 놈들이 있지 않느냐고 말문을 열더니 대학교 연극 동아리에도 마찬가지였다고 했다. 첫 공연 리허설 뒤풀이 자리에서 한 선배가 취한 척하며 자꾸 몸을 밀착하기에 일부러 발을 밟아가며 자리를 옮겼건만, 어느새 또 옆자리로 오더라는 거였다. 그러더니 아예 잠들어 기대는 시늉을 하며 얼굴을 목덜미에 파묻고는 껴안더라고 했다. "선배님, 무거워요" 하고 몸을 빼보려 했지만 미동도 않고 자는 척을 하더라며 성지는 치를 떨었다.

"자고 있었을 리가 있니? 그래서 내가 그 새끼 귀에다가 대고, 야! 안 자는 거 아니까 일어나! 하고 소리를 빽 질렀지."

"어머, 그래서 어떻게 됐어?"

"꼴에 연기자라고 그 와중에도 진짜로 나 때문에 잠 깬 척 연기하더라. 그러자마자 바로 프레임 전환하는 거지. 좀 기댔다고 선배를 야라고 부르냐면서, 신입생들 기강이 해이하다느니, 내일 전체 집합을 시켜야겠다느니 그러더라고. 꼴 같지 않아서 그 새끼 얼굴에 물 끼얹고 거기서 나와버렸어."

"대단하다, 너."

"아니야, 그리고 욱해서 동아리 나온 거는 나중에 좀 후회했어. 민주 말대로, 더러운 꼴 안 보겠다고 내가 나오지 말고 그 새끼를 내보냈어야 하는데, 싫어서."

은하 입에서 다시금 대단하다는 말이 나왔다. 자신에게 함부로 군 사람에게 즉각적으로 대항한 일이며, 자신이 겪은 일을 덤덤하게 꺼내놓을 수 있다는 점에서 절로 감탄이 나왔던 것이다. 결과적으로는 내게도 사건이라고 부를 법한 일이 일어나지 않았건만 나는 지금껏 어째서 누구에게도 그때 있었던 일을 말하지 못했을까. 은하는 여전히 알 수 없었다. 한 가지 분명한 것은 이 순간 성지에게라면 그 일에 관해 털어놓을 수 있을 것만 같은 마음이 든다는 것뿐이었다.

탄산수가 담긴 잔을 쥔 오른손이 떨려서 왼손으로 감싸 잡고 잔을 들어서 목을 축였다. 그런 다음 은하는 자신이 겪었던 일에 관해 이야기하기 시작했다.

그 일은 스무 살에 대학 진학을 계기로 외삼촌 댁에 얹혀 살던 때 일어났다. 그때를 생각하면 은하는 맨 먼저 거실에 있는 소파가 떠올랐다.

널따란 소파에는 네 명이 나란히 앉을 수 있었다. 숙모와 삼촌, 사촌 동생까지 삼촌네 가족이 모두 모였을 때도 오른쪽 끝의 한 자리가 남는 점에 은하는 감사했다. 그렇지 않으면 일요일 저녁처럼 삼촌네 가족이 전부 모여 있을 때 거실에 나와 있기가 민망했을 테니까. 홀로 방에 들어가 있으면 숙모가 과일을 먹으라고 부를 게 뻔한데, 그럴 때 혼자만 바닥에 앉거나 식탁 의자를 가지고 오는 것은 겸연쩍을 테니까.

먹색 소파는 반소매나 반바지를 입고 있을 때 맨살에 닿는 표면의 감촉도 매끄러웠다. 처음 그 위에 앉았을 때 은하는 자기 방에 두고 온 낡은 침대보다 여기 누워서 자는 게 더 편하리라는 생각마저 들었다. 게다가 은하는 항상 소파의 맨 왼쪽에 앉는 삼촌의 품에 느긋하게 안겨 있는 고양이, 프리지아의 모습을 보는 것도 좋았다. 프리지아는 열 살이 넘은 노묘로 가족들의 사랑을 독차지한 결과 몸집이 꽤나 컸다. 말수가 적은 삼촌과 통통한 프리지아가 한데 묶인 나른한 모습은 한 폭의 그림처럼 보였다.

정물화의 배경처럼 존재하던 삼촌이 은하에게 묘한 말을 걸어온 것은 은하가 그럭저럭 2호선 지하철의 등하굣길에 익숙해졌을 무렵의 어느 일요일이었다.

그날 오전에 숙모와 사촌은 여느 일요일처럼 교회에 갔다. 홀로 집에 남은 은하는 오전 내내 조별 과제용 리포트를 쓰다가 머리를 식힐 겸 소파에 앉아 텔레비전을 보고 있었다. 영화 소개 프로그램에서 간추려 보여주는 스릴러영화의 내용에 푹 빠져 있었던 탓에 삼촌이 집에 돌아온 줄도 몰랐다. 언제 집으로 돌아온 것인지 거실 한쪽에서 자신을 바라보고 있는 삼촌을 발견한 은하는 깜짝 놀라 쥐고 있던 리모컨을 바닥에 떨어뜨렸다. 그러자 삼촌은 신경 쓸 것 없이 편히 보라고 말하고는 안방으로 프리지아를 데리러 갔다.

"너도 같이 가지 그랬어?" 프리지아를 품에 안은 삼촌이 소파 반대편에 앉으며 말했다.

"예?"

"같이 가서 한 벌 고르지 그랬냔 말이야. 여름 원피스나 수영복 같은 거."

은하는 그제야 삼촌이 하는 이야기를 알아들었다. 아침에 숙모가 은하에게 "은하도 점심쯤 나와서 쇼핑하자. 가는 김에 교회부터 같이 가면 더 좋고" 하며 거듭 권했던 것이다. 공짜로 얹혀살다시피 하는데 백화점에 함께 가자니 빈말이라도 감사했고, 못 이기는 척이라 해도 따라갈 수 없었다. 나중에 첫 월급을 받으면 꼭 숙모와 삼촌 선물도 챙겨야겠다고, 그 순간 은하는 다시 한번 결심을 다졌다.

"말씀만으로도 감사해요. 전 괜찮아요."

"가족한테 남처럼 그렇게 깍듯하게 그럴 게 뭐 있어." 삼촌이 웃음기 어린 목소리로 말했다. "편하게 있어, 은하야."

삼촌이 말했다. 그가 은하야, 하고 다정하게 이름을 부른 것은 그날이 처음이었다. 그러고 바로 다음 순간에, 항상 같은 자세로 소파의 맨 왼쪽 끝에 앉아 있던, 정물화의 배경 같던 삼촌이 지금까지와는 다른 형태를 취했다.

삼촌은 몸을 기울여 소파에 모로 눕더니 다리를 쭉 폈다. 그러자 그의 하반신은 평소에 숙모와 사촌이 앉는 자리를 가로질러 은하가 앉아 있는 오른쪽 끝자리까지 침범했다. 삼촌의 발꿈치가 은하의 허벅지에 닿았다. 그런데도 삼촌은 무릎을 구부리거나 자세를 바꾸지 않았다.

발꿈치와 허벅지. 삼촌의 몸이 은하의 몸과 닿아 있는 것은 고작 손가락 몇 마디 정도의 면적에 불과했지만 맞닿아 있다는 사실은 부정할 수 없었다. 은하의 머릿속에 물음표가 떠올랐다. 그러나 선뜻 다리를 구부려달라는 말이 나오지 않았다. 그때까지 삼촌에게 뭔가를 요구해본 적이 없기 때문이었다. 실은 삼촌이 오늘따라 무척 피곤해서 무의식중에 벌어진 일일지도 모른다는 생각도 들었다. 피로가 극에 달하면 아무렇게나 몸을 뻗고 눕고 싶기 마련이니까.

은하는 잠자코 소파의 팔걸이에 바짝 붙어 앉았다. 그러자 삼촌 역시 은하가 물러난 만큼 다리를 더 뻗었다. 결과적으로 은하의 허벅지와 삼촌의 발꿈치가 맞닿아 있는 면적은 그대로 유지됐다. 고작 손가락 몇 마디만큼의 접촉이 온몸을 경직시켰다. 그런데도 은하는 삼촌이 피로에 절어 있다는 가설을 폐기하고 싶지 않았다. 일단 살며시 자리에서 일어났다.

"편하게 있으라니까 그러네."

삼촌은 여전히 태평한 목소리로 그렇게 말했다. 편하지 않은 상황을 만들어놓은 그가 재차 그렇게 말했기 때문에 은하의 머릿속에는 삽시간에 수많은 물음표가 떠올랐다.

"그게, 저기, 저, 약속이 있어서요. 좀 나갔다 올게요."

은하는 방 안으로 들어가서 책상 앞에 앉았다가 도로 벌떡 일어나서 방문을 잠갔다. 그리고 재빨리 외출 준비를 했다. 방에서 나오면서는 덤덤한 얼굴을 해야 한다고 의식하며 삼촌에게 "다녀오겠습니다" 하고 고개까지 숙여 인사한 뒤에 피신하듯 집 밖으로 나왔다.

은하가 향한 곳은 구립도서관의 열람실이었다. 습관적으로 토익 교재를 펼쳤지만 글자들이 눈앞에서 흩어지기만 했다. 도대체 방금 전에 무슨 일이 일어났던 것일까, 하는 의문이 드는 것과 동시에 은하의 머릿속에는 프리지아를 돌보는 삼촌의 모습이 떠올랐다. 식사 후에 은하만 설거지를 도맡아 하지 않도록 자신의 딸에게 주의를 주는 모습도 기억났다. 무엇보다, 그가 승낙하지 않았다면 은하는 창문조차 없는 고시원 신세를 면치 못했을 것이다. 그런데 삼촌을 의심해도 되는 것일까. 그럼 방금 전에 일어난 일은 도대체 뭐였을까. 혹시 내가 오해한 것은 아닐까. 내가 너무 예민한 것일까. 은하는 아무것도 확신할 수 없었다.

머릿속이 뒤죽박죽인 채로 도서관 안의 이곳저곳을 맴돌던 은하는 숙모에게 언제 귀가할 거냐는 연락을 받은 후에야 집으로 되돌아갔다. 밥맛이 없었던 은하가 저녁을 굶자 숙모는 모시떡을 권했고, 은하는 떡을 먹은 게 얹혀서 소화제를 삼켰다. 그러고도 체기가 내려가지 않아서 새벽까지 괴로워했다.

이후에도 삼촌은 언제나 소파의 맨 왼쪽 자리에만 앉았다. 그러다 숙모와 사촌이 모두 집을 비우는 일이 생기면 어김없이 몸을 길게 뻗고 누워서 텔레비전을 봤다. 그러고 은하가 자기 방에서 화장실에 가기 위해 나오거나, 서둘러 외출하려고 거실을 가로질러 가면 대수로울 것 없다는 목소리로 불러 세우곤 했다.

"은하야. 저 집 좀 봐. 생선구이 저걸 다 주는데 만 5천 원밖에 안 한단다."

그의 말을 아예 무시할 수는 없었기에 은하는 소파 근처에 선 채 화면에 시선을 주고 맛있어 보인다고 적당히 맞장구를 쳤다. 그렇게 몇 분간 서 있다가 뒷걸음질 치듯이 그 자리를 피했다.

"여기 와 앉아서 편하게 보래도 그러네."

삼촌은 몇 번이나 그렇게 말했다. 그러고는 "인석아, 너 어릴 때는 홀딱 벗고 내 무릎 위에서 기어 다녔잖아" 하고 프리지아처럼 자기 품 안에 들어오라는 듯 손짓했다. 삼촌의 입에서 '편하게'라는 말이 나오는 일이 거듭될수록 은하는 집에 있는 시간이 점점 더 불편해졌다. 방 안에 있을 때는 언제나 문을 잠갔고, 체하는 일이 잦아져서 소화제를 달고 살았다.

하지만 은하는 삼촌에게 싫다고도, 도대체 저한테 왜 이러시는 거냐고도 말하지 못했다. 입도 뻥긋하지 못했다. 또한 은하가 여위어간다며 곰국을 끓이고 영양제를 챙겨주는 숙모에게도, 험한 사건으로 가득한 세상에 믿을 건 오직 가족뿐이라고 말하는 엄마에게도 삼촌에 관해서 말할 수 없었다.

은하는 다만 최소한의 보증금을 만들어 독립해 나가는 것을 목표로 하고 아르바이트 시간을 늘렸다. 웨딩홀에서 식권을 나눠 주는 주말 아르바이트도 새로 찾았다. 소극적인 성격을 고쳐보려는 포부로 들어간 연극 동아리에서 빠진 것도 바로 그 시점이었다. 집에 오면 씻고 눕기에 바빴는데, 아무리 피곤해도 문이 제대로 잠겼는지 두 번씩 확인하고 잠자리에 들었다. 그러다가도 허리와 발바닥이 욱신거려서 한참이나 뒤척이는 밤이면 마음이 약해졌고, 지금처럼 조심하면서 최대한 삼촌을 피하다 보면 졸업할 때까지 그럭저럭 지낼 수도 있지 않을까, 하는 생각을 하기도 했다.

그러던 어느 초가을 날의 새벽이었다. 은하는 덜그럭거리는 소리 때문에 겁에 질려 잠에서 깨어났다. 은하는 소리의 정체를 두 눈으로 확인하지 않고도 알 수 있었다. 그것은 누군가 방 밖에서 잠겨 있는 은하의 방 문고리를 붙잡고 돌려보았을 때 나는 소리였다. 물론 그 집 안에서 그런 행동을 할 만한 사람은 삼촌뿐이었다.

성지는 가라앉은 목소리로 은하에게 "설마…… 문을 열고 들어온 거야?" 하고 물었다.

"아니. 그냥 잠긴 게 맞나 확인해보는 것처럼 몇 번 덜컥 덜컥 그러더니 말더라고. 그날부터 잘 때는 문 잠그고 안쪽에 책상 의자를 받쳐놓고 잤어."

"한 번 그러고 말았고?"

은하는 고개를 가로저었다. "일주일쯤 지나서 또 그랬어."

"세상에…… 그런데 그 인간 환갑이라면서 가족 모임 하자고 연락이 왔다는 거잖아. 너희 어머니야 사정 모르시니까 선물 사 들고 가자고 하시는 거고. 체할 만했네."

"도대체 나한테 왜 그랬는지 모르겠어. 삼촌이 정말 괴물 같은 사람은, 그런 악인은 아니었거든."

숙모네 식구 중에서 프리지아를 가장 정성으로 보살피는 사람이 삼촌이었다는 사실을 은하는 기억하고 있었다. 프리지아 몸에 이상이라도 있으면 어쩔 줄 몰라 하던 얼굴이 지금도 선했다.

"그 고양이한테는 좋은 사람이었고, 너한테는 그렇지 않았던 거겠지." 성지가 말했다. "은하야, 나 막 더듬었던 그 선배 새끼도 지 여친한테는 지극정성인 걸로 유명했어. 있잖아, 사람들이 하나같이 가면을 쓰고 사는 건 아닐지 몰라도, 어떤 사람들은 확실히 그럴걸? 그런 인간들 차고 넘치지 뭐."

은하가 눈물이 그렁그렁한 얼굴로 고개를 끄덕이자 성지가 은하의 손을 살며시 쥐며 말했다.

"정말 나쁜 사람은 아닌데 너한테는 왜 그랬을까, 하는 생각을 아예 하지 마. 너한테 한 일이 있으니까 누가 뭐래도 너한테는 나쁜 인간인 거지." 성지는 은하에게 티슈를 건네며 말을 이었다. "거봐. 넌 지금도 이렇게 줄줄 눈물이 날 만큼 속을 끓였는데…… 그런 인간 본질이 어떤지 따져서 뭐 하겠니."

은하는 연신 눈물을 닦았다. 성지가 하는 말의 의미를 잘 알았고, 그 말이 옳다는 사실을 모르는 바 아니었으나 그렇게 딱 잘라서 생각할 자신이 없었다. 어째서 그런 것인지 설명할 도리가 없다는 점 또한 은하를 괴롭게 했다.

그제야 가게 문을 열고 들어온 민주는 배고파죽겠다며 메뉴판부터 집었다. 그리고 김치볶음밥을 고르더니 은하의 부은 얼굴을 발견하고 "너 얼굴이 왜 그래? 울었어?" 하고 물었다. 그러자 성지가 "나 만나기 전에 되게 슬픈 영화 보고 왔다는데, 내용은 묻지 마. 떠올리면 또 눈물 터지니까" 하고 대신 대답해주며 은하를 향해 눈짓했다. 은하는 성지의 그런 배려에 외려 코끝이 시큰거렸다.

"밥 시키자 밥. 내가 내는 거니까 뭐든 시켜." 화제를 돌리려는 듯 성지가 목소리를 높였다.

김치볶음밥과 생선가스와 오므라이스를 주문하자 세 사람 앞으로는 멀건 크림수프가 먼저 나왔다. 주인은 "김치볶음밥에는 원래 국물만 나가는데, 한 명만 소외될까 봐" 하며 짐짓 생색을 냈고, 민주는 경양식에 달려 나오는 수프는 예나 지금이나 미지근하고 밍밍하다며 어깨를 으쓱거렸다. 아무래도 아직 밥이 제대로 넘어가지 않을 것 같았던 은하로서는 그 밍밍한 맛이 반가웠다.

"학생은 잘 만나고 왔어?" 수프 그릇을 비운 은하가 민주에게 물었다.

"아이고, 말도 마. 그새 한국말이 얼마나 늘었는지 내가 이제 돌아가면 또 언제 볼지 모르는데 얼굴밖에 못 보고 가서 미안하다고 했더니 뭐라는 줄 알아? '아이고, 됐어요. 이렇게 시간 내주신 것만 해도 어디에요.' 그러는 거 있지. 처음에 만났을 때만 해도 재일 교포라 말은 대강 다 알아듣긴 하는데 발음 어눌한 게 콤플렉스라 네, 네 대답밖에 못 하던 애가 말이야."

"네가 되게 잘 가르쳐줬나 보다." 성지가 말했다.

"아이고, 당연하지." 민주가 웃었다. "게다가 얘는 하라는 대로 연습도 철저하게 했거든."

민주는 학생들에게 한국어 공부를 도울 몇 편의 드라마와 영화를 추천해주면서 처음 한 번은 자막과 함께 편안하게 보며 즐기고, 다음으로 한글 자막과 함께 보며 자주 쓸 만한 표현이 있는 부분을 체크해두라고 일렀다. 본격적인 연습은 그다음부터였다. 집안일을 하거나 외출 준비를 하는 시간을 이용해 라디오를 듣듯 핵심 장면의 음성만 반복해 들으며 소리 내서 따라 하라고 민주는 강조했다. 하루에 한두 마디라도 수십 수백 번을 반복하다 보면 문법과 어순을 고민하지 않고 입 밖에 낼 수 있는 문장이 생기고, 그런 표현이 쌓이면서 회화가 발전한다는 것이었다. 게다가 지난해 가르친 학생 중 가장 열심히 연습한 학생은 어학 실력이 늘었을 뿐 아니라 뜻밖의 이점을 얻었다고 했다.

"어떤 효과가 있었는데?" 성지가 물었다.

"성격이 좀 바뀌었대. 유달리 거절 못하는 성격 있지? 원래는 이 학생이 좀 심하게 그런 편이었는데 하필 얘가 따라 한 캐릭터가 완전 단호박이었던 거야. 싫다고, 됐다고, 내 앞에서 꺼지라고 선을 딱 긋는 말을 수백 수천 번 반복하다 보니까, 자기도 이제 거절 마스터가 됐다나?"

"거절하는 것도 습관을 들일 수가 있나 보구나." 은하가 혼잣말하듯 중얼거리자 성지는 일리가 있는 얘기 같다고 했다. 뮤지컬적 요소가 들어간 연극을 준비하던 때에 처음에는 진지한 상황에서 갑자기 노래를 시작해야 하는 그 순간 등줄기에 소름이 돋을 만큼 어색했지만, 연습을 거듭하다 보니 나중에는 혼잣말에도 멜로디를 넣게 되더라면서. 그때 새삼 습관을 들이는 연습의 힘을 느꼈다고 전했다.

"그렇다니까, 전에 나 상담받았을 때 선생님도 그러셨어. 감정 표현도 연습을 하다 보면 는다고." 민주가 맞장구쳤다. "내가 봤을 때는 은하 너야말로 해야 돼. 회사에서 툭하면 얌체가 떠넘기는 일 독박 쓰고 그랬잖아."

습관을 들이기 위해서는 일단 며칠만이라도 사소한 거라도 싫다고 거절부터 하고 보라고 민주는 강조했다. 그러자 성지가 일상생활에 지장이 크지 않겠느냐는 의문을 제기했다.

"진짜 다 거절하라는 게 아니라 일단 숨 쉬듯 먼저 선부터 그어보라는 거지. 먼저 안 된다고 한 다음에 진짜 거절할지 말지는 따져보면 되잖아."

"우리 민주 정말 선생님 같다." 성지는 반쯤 놀리듯 말했는데, 식사를 마친 뒤에 가게 주인이 성지에게 사인을 부탁하자 이번에는 민주가 R 발음을 한껏 굴리며 "와, 우리 성지 정말 스타다, 스타"라고 소곤거리며 가벼운 복수를 감행했다.

이튿날은 토요일이었다. 지난해까지 은하에게 주말이란 한 주간 밀린 집안일을 하는 시간이었다. 토요일에는 빨래를 널었고, 일요일 저녁이면 빨래를 갰다. 수건을 차곡차곡 접을 때면 성큼 다가온 한 주의 시작을 느꼈고, 한숨을 삼키며 연차를 쓸 핑곗거리를 공상했다. 그러나 7년 가까운 직장 생활 동안 월요일부터 연차를 사용한 적은 단 한 번도 없었다.

제조업계 남초 회사는 대체로 군대식 조직 문화를 가지고 있다지만, 그중에서도 상명하복의 질서가 견고하기로 명성이 자자했던 전 직장은 생기 없이 팍팍한 분위기였다. 그러면서도 뒷말이 무성해서 은하의 귀에도 알고 싶지 않은 소문들이 흘러들곤 했다. 물론 은하가 입방아에 오른 적도 있었다. 손이 많이 가는 서류 작업을 은근슬쩍 떠넘기던 동기가 퍽 열렬하게 흉을 보고 다녔던 모양이었다. 일을 해준 것도 아니고 부탁하던 사람이 그랬다는 사실에 신물이 났지만, 신입 시절처럼 불합리한 대우에 잠 못 자며 고민했던 에너지도 이미 고갈돼 있어서 그저 한 시절이 지나가기만을 기다렸다. 주말이면 몸이 피곤하도록 집안일을 해두고, 맛있는 식사를 하거나 유행하는 드라마를 보며 버텼다.

차질 없이 진행되는 듯하던 이직 절차가 임원 면접에서 미끄러지면서 느닷없이 실업자 신세가 되지 않았다면 은하는 비슷한 규모의 회사에서 별다를 것 없는 일상을 반복하고 있었을 것이다. 물론 그 이전에 전 직장의 오너가 한 부적절한 발언이 여론의 뭇매를 맞고 매출에 타격을 받지 않았더라면, 오너 리스크가 기폭제가 되어 사내의 고질적인 문제가 몇 달 사이에 폭탄 터지듯 줄줄이 터지지 않았더라면 애초에 급하게 이직할 마음을 먹지 않았을 것이다.

이직 절차가 어그러진 직후에는 이번 기회에 재충전하는 시간을 가지면 된다고 스스로를 다독이며 초조해하지 않기로 했다. 분명 그렇게 결심했건만 은하는 어느새 두 가지 알바를 하며 자격증 대비반 수업을 듣고 있었다. 먼저 시작한 알바는 전부터 관심을 가지고 있던 펫시터 일로 민주가 소개해준 집과 지역 커뮤니티에서 구한 집 두 곳을 대상으로 했다. 노묘와 노견 들을 돌보며 동물 보건사가 되는 길에도 관심이 갔지만 선뜻 엄두가 나지 않아 우선은 오전에 펫푸드 관련 자격증 수업을 듣는 중이었다.

다른 알바는 드러그스토어 매장의 스태프 일로 이달 들어 은하는 주말 아침마다 매대 구석구석 걸레질을 하는 것으로 일과를 시작했다. 맨 아래 칸의 매대를 닦기 위해서는 쪼그려 앉아야 했고, 오늘따라 앉았다 일어날 때 무릎이 시큰거려서 은하는 헛웃음이 났다. 굳이 허겁지겁 주말 알바까지 시작할 필요는 없었건만 '급구! 삼십대 환영!'이라는 문구에 혹해서 충동적으로 지원한 일이 후회스러웠다. 그러나 아마 시간을 돌린다 하더라도 자신은 같은 선택을 할 게 빤했다. 살면서 한 번도 유유자적 지내본 적이 없어서 그런지 시간을 흘려보낸다는 불안감과 죄책감을 차분히 갈무리할 자신이 없었기 때문이다.

그날 점심 식사 시간 직전에, 은하의 손에는 브랜드 세일을 홍보하는 전단이 쥐어졌다. 매장 앞에 설치한 외부 매대 옆에서 전단을 나눠 주는 역할을 맡은 탓이었다. 전직장을 통해 위에서 시키는 일을 기계적으로 받아들이는 타성은 누구 못지않다고 자부하던 은하로서도 매장 밖에서 호객을 하는 일은 적잖은 부담으로 다가왔다.

점장을 따라 매장 문을 열고 나오며 은하는 가볍게 한숨을 쉬었다. 그때까지만 해도 말해야 할 대사는 아직 입속에만 머물러 있었다. 또래로 보이는 긴 생머리의 여성에게 전단을 내밀며 "안녕하세요, 저희……"까지밖에 말하지 못했다. 곧이어 은하 앞을 지나간 다음 사람은 통화 중이었으므로 조용히 전단을 들이밀어보았는데 반응이 없었다.

5분 가까이 지났을 때 은하는 처음으로 전단 한 장을 건네는 데 성공했다. 그러자 "안녕하세요. 브랜드 세일 중인데 한번 둘러보시고 가세요"라는 대사를 끝까지 말하는 것도 조금 수월해졌다. 그 덕인지 전단지를 받아 드는 사람의 비율도 약간 늘었다.

물론 아무리 친절한 미소로 건네도 깡그리 무시당하는 경우가 가장 많았다. 그 사이사이에는 다양한 종류의 찡그린 얼굴도 보게 되었다. 귀찮다는 듯 손을 쳐내는 사람도 나타났다. 두 눈을 부릅뜨며 더러운 것을 떼어내듯 은하의 손을 밀어내는 행인의 모습은 머릿속에서 거듭 재생됐다. 은하는 결코 전단 배포를 즐기면서 할 수는 없었다. 생면부지의 타인에게 일방적으로 웃음을 지으며 매장 방문을 권유하는 일은 가급적이면 피하고 싶었다. 그럼에도 수없이 반복하다 보니, 최소한 아르바이트를 그만두고 싶을 정도로 두려워할 일은 아니라는 것을 알게 됐다.

바로 그 순간, 은하는 오전 내내 깡그리 잊고 있었던 일이 기억났다. 간밤에 민주가 말한 '거절 연습' 건이었다. 속는 셈 치고 며칠만 해볼까. 은하는 휴대폰을 쳐다보며 걸으면서도 한 손을 뻗는 사람에게 공손히 전단을 건네며 속으로는 싫어요, 싫은데요, 아니요, 하고 되뇌어보았다.

몇 시간 뒤, 드디어 그날 처음으로 거절의 의사를 밝힐 만한 일이 생겼다. 그러나 은하는 '싫다'는 말의 '시옷'도 꺼내지 못했다. 상품의 위치와 특성에 대한 파악이 덜 된 탓에 숱하게 도움을 청했던 점장이 간곡하게 연장 근무를 부탁해왔으므로 거절할 도리가 없었던 것이다. 이런 상황에서 딱 잘라 싫다고 말할 수 있는 사람은 없을 거라고 은하는 자위했다.

주말에 처음 맞는 브랜드 세일, 게다가 연장 근무까지 겹쳐 길었던 아르바이트를 마치자마자 은하는 맥이 탁 풀리는 연락 한 통을 받았다. 메시지는 남자친구인 철희가 보낸 것이었다.

우리 몇 시에 만나기로 했어?

6시 반?

7시에 보자. 알바 마치고 시간 뜨면 우리 동네로 오고 있어.

메시지 끝에는 두 손을 가지런히 모은 토끼 캐릭터의 이모티콘이 엉덩이를 씰룩이고 있었다. 그는 지난주 토요일에도 은하의 아르바이트가 끝날 즈음에 이런 메시지를 보내왔었다. 그때도 약속을 갑작스레 미룰 만한 별다른 사정이 있어서 변경한 것은 아니었다. 아마 게임이나 하고 있었겠지. 지금 그가 있는 곳으로 이모티콘 속 토끼를 보낸다면 토끼는 힘차게 엉덩이를 씰룩이며 잠실의 어느 피시방으로 뛰어갈 것이다. 그리고 그는 종일 독서실에 틀어박혀 있다가 일요일에 게임을 하는 단 몇 시간이 고시생의 유일한 낙이니 봐달라고 항변할 터였다.

철희가 노무사 시험을 알아보던 때 말릴걸 그랬나. 실적 압박은 자기만 받는 게 아니라고, 우리 회사 분위기는 그보다 더 빡빡하다고 알릴 걸 그랬나. 하지만 말리기는커녕, 그가 시험 준비에 매진하겠다며 자가용을 팔고 출사 모임에서 탈퇴한 뒤 카메라마저 전부 처분했을 때 앞으로는 데리러 오느라 애쓰지 말라고, 각자 사는 동네의 중간쯤에서 보자고 말했던 은하였다. 그가 약속 시각에 늦을 것 같은 기미가 보이면 기꺼이 그의 집 근처로 향했다. 그럴 때마다 미안함에 어쩔 줄 몰라 하던 철희는 어느새 툭하면 약속 시간을 잊는 것도 모자라 자기 동네 쪽으로 오고 있으라고 하고는 출발조차 하지 않고 미적대는 일이 늘었다. 오늘만 하더라도 애초에 정한 시간 약속을 제대로 기억하지 못한 데다 사과 한마디 없었다. 은하는 버스 정류장으로 향하던 발걸음을 돌려 집으로 가는 지하철역 쪽으로 걸었다. 그러고 지하철을 탄 후에야 메시지를 넣었다.

그냥 다음에 보자.

지하철에서 내릴 때쯤 무슨 일이 있느냐는 철희의 메시지가 도착했다. 은하는 잠시 고민한 후에 '아니' 하고 두 글자를 적어 넣었다. 그러자 너무 차갑게 들리려나 싶어서 걱정이 됐다.

집에 들어가기까지 은하는 삐졌느냐는 철희의 질문에 그렇지 않다고 적어 넣느라 몇 번이나 걸음을 멈추어야 했다. 그렇게 발걸음을 멈출 때마다 점점 초조해졌고, 등을 구부정하게 말고 앉아서 서운한 표정을 숨기려고 고개를 떨구는 그의 모습이 어른거렸다. 싸우고 싶지는 않은데. 지금이라도 그냥 그의 동네로 가야 할까. 하지만 거절 연습은 둘째 치고라도 발꿈치가 욱신거려서 지금부터 다시 외출하는 것은 엄두가 나지 않았다.

집에 돌아오자마자 은하는 방바닥에 두 다리를 뻗고 앉아서 민주에게 전화를 걸었다. 그러고는 거두절미하고 정말 연습하면 되는 게 맞느냐고 물었다.

"당연하지."

무슨 얘기냐고 되묻기는커녕 순간의 망설임도 없는 민주의 대답에 은하는 웃음이 나왔다. "너 지금 약간 전도사님 같았어."

"전도사?" 민주가 키득거렸다. "아이고, 그럴 법하지. 실은 어릴 때 나도 그랬거든."

"네가?"

"응. 나도 잊고 있었는데, 재작년에 민 선생님한테 상담받으면서 어린 시절을 더듬다 보니까 기억이 나더라고."

민주는 처음 학교에 들어갔을 때 소꿉친구들과 다니던 유치원과 판이하게 다른 교실 분위기가 낯설고 무서워서 기가 죽어지냈다고 했다. 싫다는 한마디를 못 해서 아끼던 학용품을 빼앗기다시피 나눠 주고, 하기 싫은 청소 반장을 맡고, 덜덜 떨며 커닝까지 협조한 적도 있었다. 그러자 부모님이 자신을 붙잡고 거절의 의사를 표현하는 연습을 시켰다는 것이다.

"민 선생님 말씀이 무술이나 운동을 제대로 배운 사람들은 말이야, 치한이 다가올 때 반응하는 속도가 보통 사람들이랑 아예 다르대. 그런 이치 아니겠어? 심리적으로 호신술을 갈고 닦는 거라고 생각하고 해봐."

"그럴까."

"무슨 일 있어? 어제 눈 부은 것도 이상하고, 지금이라도 만나서 한잔하면서 얘기할래?"

"아니야. 너도 갑자기 나오려면 피곤할 텐데."

"한번 시험해본 거야. 잘하네, 싫다는 말은 안 해도 거절 못 하지 않는데?"

짐짓 칭찬하는 듯한 어투로 민주는 말했다. 그런 뒤에도 통화를 마치기 전에 정말 무슨 일이 있는 게 아니냐고, 고민거리가 있으면 언제든 전화하라고 덧붙였다.

마음의 호신술이라, 익힐 수만 있다면 그건 정말이지 나한테 필요한 게 분명하다고 되뇌며 은하는 샤워하는 동안 아니, 싫어, 됐어, 같은 말을 중얼거렸다.

휴대폰 벨 소리가 날카롭게 울린 것은 은하가 막 잠자리에 들었을 때였다. 액정에는 철희의 이름이 찍혀 있었다.

"자기는 내 어떤 점이 좋아서 만나? 한 번만 시원하게 얘기해주라."

"술 먹었어?"

"옆자리 사람이 또 쪽지 붙였어. 내 숨소리가 진짜 비정상적으로 큰가 봐."

"그건 아니라니까."

"그래, 자기 말이 맞겠지. 잠깐 나올래? 내가 그쪽으로 갈게."

그러나 철희의 목소리는 한 발자국을 뗄 만큼의 기력도 없는 사람처럼 처져 있었다. 기운이 없기는 이미 침대에 누운 은하 또한 마찬가지였다. 은하에게서 대답이 없자 그는 "자기도 슬슬 나와주면 더 좋고"라고 재빨리 한마디를 덧붙였다.

이튿날 버스 정류장에서 낯모르는 남자가 은하에게 말을 걸어왔다. 그가 낮게 울리는 목소리로 은하에게 전한 정보는 첫째로 자신은 이상한 사람이 아니라는 것, 다른 한 가지는 그녀의 휴대폰 번호를 원한다는 것뿐이었다.

은하는 남자의 시선을 피하며 "아니요, 됐어요" "죄송한데, 저는 관심이 없어요" 중에 뭐라고 말하는 게 좋을지 고민했다. 어찌나 열렬하게 고민했던지 타야 할 버스가 정류장에 들어오는 것도 눈치채지 못하고 있던 터라 결국에는 "어, 버스!"라고 외치며 냅다 내달린 꼴이 되고 말았다. 차창밖에서 허탈한 표정을 하고 있는 남자의 모습이 빠르게 멀어져갔다. 허무하기는 은하 역시 마찬가지였다. 게다가 이 버스에 타고 있던 사람들이 얼빠진 모습으로 뛰어오는 자기 모습을 봤겠다 싶어 얼굴이 화끈거렸고, '버스'라는 말을 다급히 외치던 자기 목소리가 몇 번이고 떠올랐다. 알맞게 거절하는 방법을 익히고 싶은 것뿐인데 거절이란 곧 굴욕적인 망신의 다른 말인가 싶었고, 그런 생각을 하자 출근길 내내 머릿속에 '굴욕'이라는 단어가 둥둥 떠다녔다.

굴욕 다음은 읍소였다. 읍소를 해야 하는 상대는 드러그 스토어의 고객이었는데 그녀는 자신이 은하에게 요구하는 사항에 대한 기억에 확신을 가지고 있었다.

"왜 이 카드가 할인이 안 돼요? 분명히 전에 받았다니까."

손님은 카드 지갑을 한쪽 겨드랑이에 끼우고 팔짱을 끼고 서 있었다.

"고객님 죄송합니다. 말씀드렸다시피 저희는 원래 어떤 카드로도 할인 혜택은 드리지 않고 있어요."

여자는 끈질기게 분명히 전에는 됐다는 말을 되풀이했고 그때마다 은하는 원래 그러한 혜택이 없었다는 사실을 밝혔다. 버스 정류장에서처럼 흐지부지하지 않기 위해 끈기를 가지고 정중한 톤으로, 한숨을 쉬거나 곤란한 듯한 표정을 짓지 않고 의사를 전달했다. 더는 두고 보지 못하겠던지 점장이 카운터 쪽으로 다가오는 찰나, 여자는 카드 지갑을 카운터 위에 탁 소리가 나게 내려놓았다.

"진짜 어디는 할인만 되고 어디는 또 적립만 된다고 하고 헷갈려죽겠어!"

"요새 그렇죠, 고객님. 그럼 혹시 적립 카드 없으시면 하나 만들어드릴까요?"

여자는 샐쭉한 얼굴로 다음에 하겠다고 말하고 자리를 떴다. 그러자 점장이 제법이라는 듯 두 눈을 찡긋거렸다. 은하는 방긋 웃으면서 식은땀이 나는 이마를 훔쳤다.

네 시간 뒤에 은하 앞에 선 커플은 오전의 여자보다 좀더 목소리가 컸다. 그들은 환불을 요구했고, 그 상품은 이미 절반쯤 사용한 것이었다. 은하가 환불이 불가한 이유를 설명하려고 하면 둘 중 한 명이 번갈아가며 말을 끊었다. 그들은 영수증을 잘 보관하고 있었고, 영수증을 은하의 얼굴 앞에서 흔들어댔고, 은하가 흔들림 없이 규정을 반복하여 전하자 끝내는 영수증을 구겨서 은하의 얼굴에 던졌다. 엄밀히 말하면 그것은 턱과 목의 경계선쯤에 맞고 떨어졌다.

"아까 쌍으로 악쓰던 것들이 바꾸려던 게 6천7백 원짜리였다면서요?"

점장이 다가와서 말했다. 쉬는 시간을 맞아 매장에서 매운맛이 나는 얇은 쥐포 과자를 골라 와서 턱이 아프도록 열

럴히 씹고 있던 은하는 그렇다고 말하며 고개를 끄덕였다.

점장은 작지만 빠르게 그들을 저주하는 말을 중얼거리더니 오늘 세일 마지막 날이라서 회식을 할 거라며 은하에게도 참석을 권했다.

"알바는 다들 어린 애들만 있어서 자기 안 오면 내가 얘기할 사람도 없다고. 자기 집 여기서 별로 안 멀잖아. 가서 좀 쉬다가 오면 되겠다. 안 그래요?"

은하는 입안에 든 쥐포를 꿀꺽 삼킨 뒤에 일단 곤란한 표정부터 지었다. 전직장에서 겪었던 무수한 회식이 떠올랐다. 그곳에서 은하는 장염에 몸살이 겹쳐서 조퇴했을 때를 제외하고는 회식에 빠져본 적이 없었다. 불참이라는 선택지 자체가 없는 분위기였던 것이다. 그러한 직장 경험이 있다 하더라도 주말 알바를 하면서도 회식 참여를 고민해야 할 줄은, 심지어 당일에 통보받는 상황을 맞이하리라고는 예상치 못했다. 같은 상황에서 한 번도 해보지 않은 말을 하려니 목소리가 기어들어가서 은하는 저기, 그러니까, 하며 뜸을 들인 끝에 겨우 입을 열었다.

"죄송해요. 그게, 전 오늘 선약이 있어서 안 될 것 같아요."

"아우, 진짜 맛집 갈 건데, 저녁 먹고 디저트까지 먹을 건데 아깝다. 알았어, 그럼."

점장이 별일 아니라는 듯 대꾸하고 자리를 뜨자 은하는 안도의 한숨을 내쉬었다. 그러나 얼마 지나지 않아 마음을 놓기에는 일렀던 것인지도 모른다고 생각하게 되었다. 펫시 터 알바를 하러 가기 전에 애매하게 시간이 남아 매장 길 건 너에 있는 패스트푸드점에서 코울슬로를 먹고 있던 와중에 같이 일하는 알바생 중 한 명인 미나가 나타난 것이었다. 미 나는 은하의 맞은편에 앉아도 되는지 양해를 구하지 않고 자리를 차지했다. 그러더니 돌연 "저도 같은 생각이에요" 하 고 말했다.

"네?" 은하가 입안에 있던 음식물을 꿀꺽 삼킨 후 되물었 다. "뭐가요?"

"회식 통보받는 거요. 여기 직원으로 취직한 것도 아닌데. 불합리하죠."

그건 그렇지만, 이렇게 느닷없이 나타나서 갑자기 이러는 것도 만만치 않은데, 싶어 은하는 한숨을 삼켰다. 미나와 같 은 날에 일한 것은 고작 서너 번이었고, 회식을 싫어하는 사 람끼리 둘이서 맥주 한잔 어떠냐는 식으로 나온다면 이번에 야말로 단호하게 거절할 계획이었다. 이번 건은 내심 자신 이 있었다. 하지만 그녀는 은하에게 아무것도 제안하지 않 았다. 다만 묻지도 않은 자기 얘기를 했다.

미나는 자신이 중학생 때부터 12년간 전력으로 준비하던 일이 있었다고 밝혔다. 그 일에 인생을 걸었기 때문에 10년 넘는 시간을 쏟아부을 수 있었으나 결국 성과를 내지 못하여 이십대 중반에 뒤늦게 전문대에 진학했다. 학교에서는 내내 겉돌았고, 첫 직장에서도 마찬가지였다고 했다. 튀지 말라는 말, 분위기를 흐리지 말라는 말을 주기적으로 들었는데, 그런 경고를 하는 것 치고는 사람들이 자기 얘기에 너무 관심이 많다고 했다.

그렇게 느끼고도 남을 법했다. 실은 매장에 근무하는 알바생 중에 아이돌 연습생 출신이 있다는 것을 면접에서부터 들어 알고 있었다는 이야기를 은하는 콜라를 들이켜며 함께 삼켰다. 점장은 성실한 사람이라면 누구든 채용한다는 점을 전하기 위해 꺼낸 얘기라면서 미나가 전직장에서 스토킹을 당해 그만둔 모양이니 같이 일하게 되더라도 옛일은 묻지 말라고 강조했다. 가십에 대한 흥미와 선의가 뒤죽박죽 섞인 그 말을 들었을 때, 속으로는 뜨악했지만 겉으로는 그저 웃어넘겼다.

그런 일이 있었다는 것을 알지 못할 미나는 사회에서 만난 사람들은 아무도 믿을 수 없는 것 같다고 말하며 한숨을 쉬었다. 그 말을 한다는 것은 마주 앉은 상대만큼은 믿어보고 싶어서일 거라는 점을 은하는 알았다. 한편으로는 성지에게 받은 위로를 자신도 타인에게 돌려줄 수 있다면 좋으리라는 생각도 들었다. 그 마음은 진심이었지만 은하는 아무래도 지금 당장 실천할 자신이 없었다. 다만, 그런 경험에 대해 전해두는 것쯤은 나쁘지 않을 것 같았다.

"저기, 있잖아요. 그게, 어…… 저한테도 오랫동안 누군가한테 털어놓고 싶었던 얘기가 있었거든요."

"제가 들어드릴까요?" 미나가 달려들 듯 상체를 앞으로 쑥 내밀었다.

"일단 진정하세요. 미안해요. 전 다른 사람한테 할 기회가 있었어요. 그게요, 살다 보니까 저절로 마음이 열린다고 할까요? 저도 모르게 입이 열리기도 하더라고요. 당장 무리하지 않아도 언젠가는 그런 사람을 만날 수 있을 거예요. 제가 별로 도움이 못 돼서 정말, 정말, 미안해요."

은하가 자리에서 일어나 코올슬로가 담겨 있던 용기를 치우는 동안 미나는 입을 꾹 닫고 있더니 어깨를 늘어뜨린 채 매장 밖으로 나갔다.

서글픈 뒷모습이 잔상으로 남아서 은하는 이동하는 내내 마음이 착잡했다. 그런 사정을 알기라도 하는 것처럼 푹푹이는 은하의 발소리를 감지하고 신발장 앞까지 마중을 나와 있었다.

"푹푹이, 나타샤, 잘 있었어?"

푹푹이가 어찌나 열심히 꼬리를 흔들며 은하를 향해 뛰어드는지 은하는 집주인인 미영에게 잘 도착했음을 알릴 사진을 건지기 위해 여러 차례 촬영을 거듭해야 했다. 나타샤는 항상 그러하듯이 푹푹이의 반응을 지켜보다가 슬며시 은하 곁으로 다가와 복사뼈 언저리에 얼굴을 비비며 반겨주었다.

낯을 가리고 겁이 많아서 민주를 포함하여 이 집에 들른 대부분의 사람은 존재조차 확인하지 못하고 가게 된다는 나타샤에게 환대받을 때면 은하는 처음 방문한 날을 떠올리게 되었다. 자기 무릎 위에 올라와 앉은 나타샤의 사진을 받은 이 집의 주인이자 '집사' 미영은 그날 밤 퇴근하여 상기된 목소리로 연락을 주었다. 철야와 출장이 잦은 시사 다큐 프로그램 제작팀에서 일하며 펫시터 서비스가 간절했던 그녀는 은하를 자신의 구세주라고 했다.

그때까지 메시지로 일정을 조율하던 미영의 목소리를 처음 듣게 된 순간, 은하는 그간 민주가 그토록 칭찬하던 '귀가 녹을 것만 같다던' 목소리를 직접 듣게 된 게 신기하여 절로 귀를 쫑긋 세웠다. 차분한 저음이라는 데는 반박의 여지가 없었다. 다만 귀가 녹을 것까지 있나 싶었고, 민주도 보기보다 콩깍지가 단단히 씌는 타입이구나, 싶어서 웃음을 삼켰다. 그럼에도 일을 맡긴 측에게 구세주라는 말을 들은 경험은 무척 뜻깊었다. 직업으로 삼을 가능성을 염두에 두고 내친김에 관련 자격증 수업도 수강하게 된 데는 그날의 통화가 분명 영향을 미쳤다.

"근데 잘하는 일일까? 철희가 붙는다는 보장도 없는데 나까지 불안하면……"

은하는 사료를 다 먹고 누워 있는 나타샤에게 말을 걸어보았다. 순간, 철희가 지금까지 토라져 있는 것은 아닌지 신경 쓰였다. 불결한 것인 양 자신의 손을 쳐내던 행인의 모습이 되살아나는 한편, 당장이라도 눈물을 쏟을 듯하던 미나의 얼굴이 떠올랐다. 드러그스토어 면접을 보던 날 미나에 대한 소문을 옮기며 공모자에게 지을 법한 표정을 짓던 점장의 얼굴도 또렷하게 되살아났다.

잠시 눈을 감았다가 뜨면서 은하는 뒤죽박죽이라고 중얼거렸다. 몇 년째 정리하지 않고 쓰던 책상 서랍 속 내용물을 전부 쏟아부어놓은 방 안에 있는 것 같다고. 그럼에도 불구하고 이곳에 있는 동안은 눈앞의 두 생명에게만 집중해야한다는 점을 되새기며 은하는 깃털 낚싯대를 꺼내 들었다. 그러자 나타샤가 아이보리빛 배를 드러내며 일어났다. 재미있는 것은 나타샤가 장난감에 홀린 듯 하지만 서너 번 앞발을 버둥거린 후에는 명백히 선심성으로 장단을 맞춰준다는 것, 그 사실을 은하 또한 알고 있다는 것이었다. 오늘은 이쯤해둘까, 하는 느낌으로 금세 전용 쿠션 위로 돌아가는 나타샤의 심드렁함과 산책을 나갈 채비만 해도 자기 몸을 주체하지 못하고 폴짝이는 폭폭이. 둘의 대비는 은하에게 묘한 편안함을 선사했다. 폭폭이를 데리고 산책을 나갈 때면 플라타너스 가로수의 이파리부터 로스팅 카페에서 새어 나오는 커피 향까지 평소보다 더 또렷하게 느껴졌다.

공원 입구에 피자를 파는 푸드 트럭을 본 폭폭이가 빨려들 듯 잡아끄는 통에 진땀을 뺐지만 은하는 그 덕에 저녁 메뉴를 정했다. 폭폭이의 발을 씻긴 후 미영을 만나러 이 동네에 자주 오는 민주에게 근처에 맛있는 피자집이 없느냐고 묻자, 민주는 단박에 전화를 걸어 잠시만 기다려달라고 말했다.

"안 그래도 오늘 밤에 언니 만날 거였으니까 내가 그리로 갈게. 금방 가."

"아니, 괜찮아." 은하가 선을 그었다. "나 마칠 시간 다 됐어."

"아이고, 우리 은하 연습 열심히 했네. 이제 중간 점검만 받으면 되겠어."

민주는 실은 늦잠을 잔 후 여태 미루다 한 끼도 먹지 못했다며 만나자고 통사정이었다. 결국 화덕피자집에서 만났을 때, 음식을 기다리는 동안 민주의 배에서는 여러 차례 꼬르륵거리는 소리가 났다.

"그렇게 배고팠으면 여기 올 시간에 뭘 먹지." 은하가 웃었다.

"나 요새 피자에 꽂혔거든. 이건 혼자 먹으면 맛이 안 나
잖아. 겸사겸사 이따가는 님도 보고 좋지 뭐." 민주가 어깨
를 으쓱거리더니 목소리를 조금 낮춰서 "그리고 너 무슨 일
있잖아. 맞지?" 하고 물었다.

"아니야."

"아이고, 중간 점검할 것도 없네. 아니라는 말이 누르면
나오는데?" 민주가 피클을 오독오독 씹더니 "나타샤가 너랑
은 잘 논다며? 걔가 나 질투한다" 하고 말머리를 돌렸다.

"푹푹이도?"

"푹푹이 고것도 최소한 나를 좋아하지는 않아. 아유, 정말
미영 언니 인기란."

민주는 씩 웃더니 하지만 미영이 프리랜서 일러스트레이
터인 여동생과 함께 지냈을 때는 나타샤와 푹푹이도 주로
집에 머무는 여동생을 더 좋아했다고 일렀다. 인기란 그토
록 덧없는 것일지도 모르지만 성지는 더 많은 인기를 누렸
으면 하는 게 바람이라고도 했다.

민주가 요새 매주 한 번 이상은 찾게 된다는 피자는 토핑
이 큼직한 데다 소스 맛이 진했다. 국물 요리를 먹은 것처럼
금세 온몸이 후끈후끈해지는 피자 한 판을 해치우는 동안,
둘은 내내 성지 이야기만 했다. 언젠가 성지가 주인공을 맡

는 작품이 나오면 꼭 함께 보러 가자는 약속도 했다. 그러는 동안 은하는 어째서 그때는 성지에게 고백할 수 있었고 지금은 입이 떨어지지 않는 것인지 생각해보았는데 그 이유를 짚어내지는 못했다. 포크를 내려놓으며 은하는 가능하기만 하다면 자기도 명쾌한 사람이 되고 싶다고 말했다.

"맺고 끊고 잘하는 그런 사람이 되고 싶어."

"맺고 끊고 잘하는 거? 그게 또 우리 미영 언니 특기인데." 또다시 언급된 미영의 이름에 은하는 웃음을 터뜨렸고 민주도 민망했는지 손부채질을 했다. "아이고, 덥다, 더워. 그런데 진짜야. 내가 언니는 참 누가 뭐래도 아닌 거에는 아니라고 선 긋고 벽을 잘 친다고 했더니, 아무한테나 벽을 치는 건 아니라더라? 시사 프로 하면서 별의별 사람을 다 접하다 보니까 세상에 상식적으로 말이 통하는 사람이 있고, 아닌 사람이 있다는 거를 받아들이게 된 것뿐이래. 그래서 아예 말이 안 통하는 사람한테는 싸가지 없다는 소리를 듣건, 냉정하다는 말을 듣건, 욕을 먹건, 신경 안 쓰고 끊어내기로 했대. 언제 어디서든 내가 나를 보호하는 게 우선이고 나머지는 그다음 아니겠느냐고 하던데?"

다음 날, 은하는 평소보다 일찍 잠에서 깼다. 수많은 사람이 등장하는 혼탁하고 장황한 꿈에 시달린 탓이었다. 어쩐지 몸이 무겁고 미열도 있는 것 같았으므로 평소와 달리 침대에서 곧장 일어나지 않고 휴대폰을 만지작거리다가 성지의 활약상을 모아 만든 팬-뮤비를 발견했다. 뮤직비디오 속에는 "입 닥쳐!"라고 외치는 성지의 모습이 몇 번이고 등장해서 웃음을 주었다. 몇 종류의 영상을 더 시청하고 응원의 댓글을 달자 한 시간이 훌쩍 지나 있었다.

침대에서 몸을 일으켰을 때는 가볍게 어지럼증이 일었는데 막상 나갈 준비를 하는 동안에는 다행히 컨디션이 나아져서 교육을 들으러 가는 데는 무리가 없을 것 같았다. 그래도 초기 감기를 잡을 약 정도는 챙겨 먹는 게 좋을 듯싶어서 약국에 들르자 약사는 감기약과 함께 쌍화탕을 꺼냈다. 같이 먹어야 좋다며 당연한 듯 건넨 쌍화탕을 무의식적으로 집으려다 말고 은하는 말했다.

"아, 그런데, 이건 빼주시겠어요? 저한테는 좀 안 맞는 것 같아서요."

교육을 받는 동안에는 뭔가를 부정하거나 거절할 일이 별로 없었다. 다만 수업을 마치고 늦은 점심을 먹으러 가는 길에 얼굴에 복이 많으시다는 둥 하며 선교를 위해 다가온 이들이 있어서 평소보다 단호하게 뿌리친 것 정도였다.

다음 거절은 모바일상으로 이루어졌다. 중고 마켓에 내놓은 재킷의 가격을 터무니없이 깎아달라는 메시지를 보고 은하는 고민할 것도 없이 불가하다는 답을 보냈다. 떨리는 목소리와 쭈뼛거리는 모습을 들킬 염려가 없으니 한결 수월했다. 상대는 질릴 정도로 끈덕지게 교섭을 이어나가고자 했으나 은하의 태도에는 흔들림이 없었다. 그러는 와중에 철희에게 전화가 걸려왔다. 그는 투정 섞인 어투로 자기를 보러 와주면 안 되느냐고 물었다. 은하는 안 된다는 말을 해야 한다고, 나는 할 수 있다고 마음을 다잡았다.

"오늘은 좀 그래. 바로 집에 들어가야 될 것 같아."

"어디 아파?"

"그 정도까진 아닌데……" 하고 은하가 입을 열자 철희는 재빨리 "놀랐잖아. 나한테 너무 냉정한 거 아니야?" 하고 투정을 부렸다.

"응, 이제 좀 냉정하게 살아보려고."

은하가 철희를 발견한 것은 지하철역에서 집 방향으로 가는 출구 쪽으로 나왔을 때였다. 벤치에 구부정하게 앉아 있는 그의 무릎 위에는 프리지어 꽃다발이 놓여 있었다.

"차일 때 차이더라도 이건 주고 싶었어. 자기 꽃 좋아하는 거 아는데 한 번도 못 줘서." 철희가 은하에게 꽃다발을 내밀었다. "우리 진짜 오랜만에 술이나 한잔하자."

몇 발짝 떨어져 있을 때까지는 프리지어로 보였던 꽃다발은 장미였다. 노란 장미에서는 풋풋한 향기가 났다. 그런데 왜 하필 노란 장미일까. 꽃말이 이별이었던 것 같은데. 술까지 마시자고 하는 걸 보면 헤어지자는 얘기일까. 감정 소모하는 연애는 공부에 방해가 되니까 도무지 못 하겠다 싶었나. 그래놓고 방금 전에 차인다 어떤다 한 건 뭔지. 터벅터벅 걷는 철희의 심정이 어떠한 것인지 은하는 갈피가 잡히지 않았다.

"무슨 얘기를 하려고 그러는지는 모르겠지만, 차 마시면 어때? 나 오늘 컨디션이……"

"그렇지 참! 미안해. 난 왜 이 모양일까 정말."

두 사람은 샛노란 간판의 카페로 들어갔고 그곳에서 맨 안쪽에 자리를 잡았다. 철희는 커피를 시키면서 은하가 좋아하는 치즈케이크도 함께 주문했다고 말하더니 힘없이 웃었다. 그러더니 "난 아마 안 될 것 같아. 시간만 끌고 2차는 못붙을 것 같아" 하고 말했다.

"갑자기 왜 그러는데……"

"갑자기가 아니고 자기한테도 말 못 했는데, 벌써 한 달 됐어. 공부 제대로 못 하고 시간만 버린 거."

"슬럼프야?"

은하가 묻자 철희는 고개를 천천히 끄덕였다. 자진해서 다시 수험생이 되었을 때만 하더라도 마음속에서 의욕이 퐁 퐁 솟아나고, 이런 적이 있었던가 싶을 만큼 공부가 재미있게 느껴졌지만 그 시간이 무한정 이어지지는 않더라고 철희는 고백했다. 그는 처음 읽으면서는 분명히 해볼 만하다고 느꼈던 개념 강의 교재를 두번째로 펼치자 깡그리 잊어버린 부분이 더 많다는 것을 알게 되었고, 시간만 허비하고 붙지 못하면 어쩌나 하는 생각에 휩싸여 소위 말하는 '멘붕'이 왔다. 그때부터 슬럼프의 조짐이 보였다는 것이었다.

"그래서 독서실에 갔는데 하필 옆자리에 그 진상이 있었구나."

"내 숨소리가 커서 공부가 안 된다는데 어쩌겠어. 그때 아토피도 심해졌으니까 진짜 그랬을지도 모르지."

"숨소리가 피부에서 나는 것도 아닌데. 그건 진짜 그 사람이 과하게 예민한 거야."

철희는 고개를 끄덕이고 찻잔을 감싸 쥐었다.

"공부가 그렇게 안 됐으면 한 달 동안은 어떻게 지냈어?"

은하가 조심스레 묻자 철희는 머리를 긁적였다. 처음에는 차라리 알바를 병행하면서 해볼까 했다고 그는 말했다. 그래서 시간이 많이 소요되지 않는 알바를 찾아보았고, 몇 군데 지원했는데 죄다 떨어졌고, 서른 살이 넘어서 직장도 아니고 알바조차 구하지 못하는 자기 모습이 한심스러워서 다시 책상 앞에 앉았지만 시간을 흘려보낸 것이나 다름없다고 그는 이야기했다.

"이상하게 시간은 잘 가. 하루가 진짜 쓱 하고 없어져."

"피시방에 가니까 시간 가는 줄 몰랐던 거 아니고?"

"아, 알바 면접 보러 한 번 갔는데 대학생 뽑았다더라. 약
속 늦은 거는 무기력증 때문에 멍 때리다가 그런 건데, 몇 시
가 된 줄도 몰랐다는 말할 용기가 안 나서…… 분명히 그 전
날에는 내일 자기 만나서 파이팅 하고 정신 차려야지, 하고
그날만 기다렸는데, 막상 당일 되면 시간이 벌써 이렇게 됐
나 싶은 거야. 말도 안 되게 들리겠지. 차여도 당연한 거겠지
만……"

"나 아무 말도 안 했어. 왜 그런 얘기를 해." 은하는 짐짓
나무라듯 말했지만 다음 순간 철회와 눈을 맞추고 미소 지
었다. 그가 울 듯한 얼굴을 하고 있었기 때문이었다. "차라
리 더 빨리 말하지. 너 슬럼프 온 거 나밖에 모르는 거 아냐?
가족들 앞에서 티 안 내느라고 힘들었겠다."

철회는 숨을 몰아쉬듯이 한숨을 내쉬었다. 붉어진 두 눈
을 비비며 은하가 그렇게 말해줘서 이제 좀 살 것 같다고 그
는 말했다.

"집 안에서 혼자서만 뭘 감추고 있어야 하는 그 기분, 나
도 알아."

"한 번씩은 심장이 막 쑤시는 것처럼 아프고 그러더라. 담

배 끊기를 잘했다 싶더라고."

철희가 한쪽 눈가에 고인 눈물을 닦았다. 그런 다음 그가 맨 먼저 한 일은 케이크를 들라면서 은하의 손에 포크를 쥐여준 것이었다. 맞아, 얘는 이런 애였지. 은하는 언젠가 그가 감기 몸살로 밤새 앓은 뒤 이튿날 눈을 뜨자마자 자기 신경 쓰느라 굶고 출근하면 안 된다고 당부하던 모습을 떠올렸다. 언젠가 상사에게 모욕적으로 질책을 받은 후에 넋이 나간 얼굴을 하고서도, 때로 다퉜을 때조차 철희는 뭔가를 먹기 전이면 늘 은하가 원하는 메뉴가 무엇인지부터 묻고 음식이 나오면 항상 은하의 접시부터 채워주었다. 사소하지만 온기를 품은 기억들을 반추하는 동안 은하의 얼굴 위로 엷은 미소가 번졌다.

"자기 웃는 거 보니까 진짜 살 것 같아. 나 내일부터 진짜다 다시 시작할 거야."

이제 정말 편히 케이크를 맛보라며 철희는 말했다. 그때 전화 한 통이 걸려왔다. 은하는 앞날의 계획을 열렬하게 이야기하는 그가 민망해할까 봐 전화를 받지 않을 요량으로 휴대폰을 들었다. 그랬다가 발신자를 확인하고 철희에게 잠시만 기다려달라는 손짓을 했다. 짧게 심호흡을 한 뒤에 통화 버튼을 눌렀다.

"은하야, 정말 못 와? 그렇게 바쁘니? 요즘 누가 환갑 챙기겠냐마는, 이 기회에 얼굴도 보고 밥도 한 끼 먹고 그러는 거지. 형님은 우리 동네 하도 오랜만에 오시느라 영 헛갈리실 텐데, 네가 좀 모시고 오면 좋으련만. 온 김에 반찬도 싸 가고."

숙모가 입버릇처럼 말하는 반찬 걱정, 건강 걱정을 듣는 동안 심장이 박동이 점점 빨라졌다. 은하는 달리 토를 달지 않고 건성으로 대답했고, 점점 더 목소리가 작아졌다.

"아유, 목소리에도 힘이 하나도 없어. 그러니까 오라는 거야. 응? 올 거지?"

은하가 바짝 마른 아랫입술을 깨물며 일 핑계를 대려던 차였다. "아이고 내 정신 좀 봐. 곰국 올려놨는데. 여보, 당신이 한마디 좀 해줘. 꼭 좀 오라고"라고 숙모가 말하자마자 은하가 통화를 마칠 새도 없이 삼촌의 음성이 들려왔다.

"은하야. 숙모가 너 기다리다가 숨넘어간다. 그날 안 되면 시간을 다시 잡을까?"

삼촌의 목소리는 차분했다. 마치 아무것도 거리낄 게 없는 사람의 목소리 같다고 은하는 생각했다. 그런 척 연기하는 게 아니라 정말로 한 점 부끄러움이 없는 듯한 어투였다. 도대체 삼촌은 어떤 사람인 것일까. 나한테 왜 그랬던 걸까. 은하에게는 여전히 그 점이 의문으로 남았다. 다만 지금 해야 할 말이 따로 있다는 것만큼은 확실히 알고 있었다.

"아니, 안 가요. 왜 안 가는지 아실 텐데요."

그렇게 말한 뒤에 은하는 재빨리 전화를 끊었고 전원까지 껐다. 휴대폰을 세게 쥐고 있느라 부들대는 오른손을 왼손으로 꼭 쥐었다. 이 떨림도 곧 멈출 거라고 여기며 천천히 숨을 내쉬었다.

"무슨 일 있어? 어디에 안 가?" 맞은편에 앉아 있던 철희가 은하 옆자리로 다가와서 물었고, 은하는 고개를 저었다.

철희는 무슨 일인지 자신에게 털어놓으라고 했지만 은하는 다시 한번 고개를 저었다. 그에게 당장 자초지종을 밝힐 만한 에너지가 남아 있지 않았다. 오늘 할 수 있는 일은 다 했다 싶어서 그저 그의 손을 쥐어보았다. 그렇게 손을 잡고 있다 보니 철희는 둘이 취업 스터디에서 처음 만나던 시절의 일이 생각난다고 했다.

"그때도 자기는 속상한 일을 속으로만 삭였잖아." 철희가 말했다.

"그때는 힘든 게 취직만 하면 다 해결될 줄 알았으니까."

"그러게, 우리가 삼십대에 똑같은 고민을 다시 할 줄은 상상도 못 했지 그때는." 쓴웃음을 짓던 철희가 돌연 은하 쪽으로 상체를 기울이며 눈을 맞췄다. "그런데, 그때 나 어디가 좋아서 받아줬어? 그건 정말 그때부터 지금까지 한 번도 얘기 안 해준 거 알아?"

은하는 그의 손을 장난스럽게 뿌리친 뒤 그만 일어날 때
가 됐다며 딴청을 부렸지만 카페에서 나왔을 때 그가 내민
손을 다시 잡으며 그의 손이 따듯해서 좋았다고 말했다. "그
게 끝이야? 수족냉증 있었으면 탈락이었던 거야? 쓰는 김에
하나만 더." 철희가 졸랐다.

"아닌 건 아니라고 할 줄 아는 거."

"내가 원래 정의감이 좀 있는 편이긴 하지. 예를 들면?"

"그때, 취업 스터디에서 일 났을 때도 그랬잖아. 그 인간
이 변명할 때, 우리 앞에서 그런 말 할 거 없다고, 당사자도
없는 데서 이게 뭐 하는 짓이냐고."

"내가 그런 말을 했던가?" 철희는 기억을 더듬느라 멍한
표정을 지었다.

"네가 그 인간한테 분명히 그랬어. 본인이 한 행동만 확실
히 말하라고. 어찌 됐건 하지 말아야 될 행동을 했느냐 안 했
냐, 중요한 건 그거밖에 없다고."

"아, 그랬다 그랬어!" 철희가 맞장구쳤다. "그 새끼가 구질
구질하게 뭐 자기랑 재연이랑 문자를 이만큼 주고받았네 하
면서 보라고 막 폰을 내미는데, 빡이 쳐가지고. 근데, 우리가
재연이를 모르는 것도 아니고 당연한 거 아닌가."

철희는 영문을 모르겠다는 듯한 얼굴로 은하의 동의를 구
했다.

"그렇지. 그런데 당연한 게 뭔지 헷갈리는 사람도 많으니까. 피해자 탓하는 사람도 많고."

"노 이해다. 노 이해. 도대체 왜들 그러는 걸까?"

자기하고는 먼 남의 일로만 여기니까. 심지어는 가해자 쪽에 감정이 실리는 사람도 있으니까. 그런데 실은 내가 피해자가 되었을 때, 그때는 이상하게 나도 자꾸 내 잘못이나 오해는 없는지 돌아보게 되더라, 하는 말을 은하는 속으로 삼켰다. 당연하게 여기던 것들이 무수히 뒤틀어지고 박살나다 보니 머릿속이 엉망진창이 되고, 그러다 보면 어떻게 된 일인지 정확하게 날아가서 상대에게 꽂혀야 할 화살이 내 머릿속을 상처 내며 돌아다니기도 하더라는 이야기를 아무래도 지금 당장은 할 수 없었다.

눈물이 날 것 같아서 은하는 두 눈에 잔뜩 힘을 주었다. 길 건너 있는 신호등이 깜빡거리고 있었다. 은하는 꽃다발을 든 손으로 깜빡이는 파란불을 가리켰다.

"건널 수 있겠다. 뛰자!"

은하는 성지에게 고백했던 것처럼 언젠가 민주에게도, 그리고 철희에게도 지금 다하지 못한 이야기들을 털어놓고 싶었다. 누군가에게 이야기하면서 뒤죽박죽이던 마음이 어느 정도 정리되기도 한다는 사실을 알았으니까. 어쩌면 거절하는 법을 더 연습한 뒤가 좋을지도 모른다. 횡단보도를 한달

음에 뛰어온 두 사람은 거친 숨을 몰아쉬었다. 어찌나 급히 뛰었는지 옆구리가 결릴 지경이었다.

"책상 앞에 오래 앉아 있으려면 일단 아침에 운동부터 해야겠다." 철희가 헉헉대며 말했다.

어느새 해가 저문 거리를 가로등 불빛이 밝히고 있었다. 두 사람은 숨을 고르며 다시 발걸음을 내디뎠다. 은하는 철희가 내민 손을 잡기 위해 오른손을 뻗었다. 그와 동시에 장미 꽃다발을 놓치지 않도록 왼손에도 단단히 힘을 주었다.

Special Thanks to

친구의 결혼식에서 부케를 받기로 한 일요일 아침에도 에이전트 메가도스의 하루는 언제나처럼 간밤에 꾼 꿈의 내용을 살피며 호흡 명상을 하는 것으로 시작한다. 이후 침대 위에서 3분, 요가 매트 위에서 10분간 스트레칭을 한다. 그녀는 하루도 빼놓지 않고 반복하는 습관, 철마다 종류를 바꾸어 챙겨 먹는 몇 가지 영양제, 그리고 부활의 경험이 지금의 몸과 마음을 만들었다고 믿는다.

부활. 그것은 직접 겪기 전까지 그녀가 단 한 순간도 진지하게 여겨본 적 없는 개념이었으며, 죽음 또한 마찬가지였다. 매일 아침 2호선 지하철 안에서 고통받을 때마다 죽고 싶다는 말을 되뇌었지만 어디까지나 버릇에 불과했다. 그러나 여느 때와 다를 바 없는 출근길의 지하철역에서 죽음은 대번에 그녀의 심장을 움켜쥐었다. 어떠한 예고도 조금의 망설임도 없이.

인생의 단면이 파노라마처럼 눈앞에 재생되었고, 그녀는 그중에 자신을 살릴 만한 기억이 있기를 간절히 바랐다. '목소리'가 들려온 것은 바로 그 순간이었다. 거대한 몸에서 비어져 나온 듯 먹먹하도록 크고 낮게 울리는, 그러면서도 어딘지 모르게 몇 해 전에 돌아가신 할머니의 음성을 연상시키는 목소리는 그녀에게 다시 살고 싶으냐고 물었다. 그러고는 살아난다면 받아들여야 할 특별한 임무를 밝혔다.

먼저 너 자신의 몸과 마음을 건강하게 지켜라.

그러고 나서 이 도시에서 시들어가는 생명을 구할지어다.

분부대로 하겠다고 간절히 외친 끝에 그녀는 심정지 상태에서 깨어나 에이전트 메가도스로 다시 태어났다.

엑셀 속 숫자를 맞추고 수식과 씨름하며 안구 건조증에 시달리는 평범한 사무직으로 일하면서 은밀히 구조 활동을 펼치는 삶. 그녀는 단단해졌지만, 이따금 고독하다. 영양가 없는 얘기로 달아오른 결혼식 연회장 같은 곳에서는 더더욱. 오랜 친구의 부탁으로 받은 부케를 무릎 위에 올려둔 채 미소 짓고 있지만 온 신경은 옆 테이블의 스몰 토크로 쏠려 있다. 그들은 소위 여자 몸에 좋다는 식품과 영양제에 대해 이야기꽃을 피우고 있다. 거짓은 아닐지언정 지극히 편향된 정보였다. 특정 시기의 여성에게는 도움을 줄 수도 있으나 무턱대고 복용했다가는 호르몬 교란으로 인해 건강에 해를 끼칠 수 있는 내용이었던 것이다. 에이전트 메가도스는 자신이 앉은 테이블에서 잠시 대화가 끊긴 틈을 타서 어느 신문 기사를 언급하며 화제를 건강으로 유도하고, 옆 테이블에까지 들리도록 분명한 목소리로 왜곡된 정보를 바로잡아 준다.

"자기는 가끔 이럴 때 보면 정체가 뭔가 싶더라." 회사 동료가 그녀의 어깨를 짚으며 놀리듯 말한다. "건강 얘기만 나오면 눈빛이 바뀐다구. 전에는 한창 비타민C 메가도스에 빠져 있지 않았어?"

막 부활했던 때, 모두의 건강은커녕 아직 자신의 건강 하나 제대로 지키지 못하여 힘겨워하던 기억이 스친다. 범람하는 건강 정보를 닥치는 대로 받아들이고, 요령 없이 체력을 단련하며 자주 한계에 부딪치던 그 시절…… 그러나 자기 연민이 정신 건강에 미치는 해악을 모를 리 없는 에이전트 메가도스는 재빨리 평정을 되찾고 어깨를 으쓱거리며 농담을 던진다.

"내 정체? 왕년의 보험왕 엄마 딸이잖아. 다들 실비보험은 꼭 챙겨두라고."

갑각류 알레르기가 있는 하객이 새우살이 든 완자탕을 뜨지 못하도록 막고, 빈 식기가 층층이 쌓인 쟁반을 든 호텔 직원을 향해 달려가는 쌍둥이 꼬마를 멈춰 세우고, 신부 아버지의 과음을 자제시킨 후 한숨 돌리려는 그녀의 귓가에 "여기 사람이 쓰러졌어요!" 하는 비명이 감지된다. 에이전트 메가도스는 쓰러진 여성의 머리맡에 서 있는 사람을 지명하여 119 호출을 지시한 뒤 심폐 소생술을 실시한다. 깍지를 낀 손바닥으로 복장뼈 하부를 압박한 지 2분이 지나고, 이윽고 3분이 흘렀을 때 비로소 쓰러진 여성의 의식이 돌아온다. 거친 숨을 몰아쉬며 눈물을 글썽이는 그녀에게 앞으로는 좀더 자신의 건강을 돌봐달라고 당부하며 미소를 보낸다.

"이 은혜를 어떻게 갚죠?"

"괜찮아요." 에이전트 메가도스는 막 살아난, 어쩌면 부활한 그녀의 귓가에 대고 속삭인다. "체계적인 영양에는, 체계적인 책임이 따르는 법이니까요."

그 대사에 이르렀을 때, 성지는 웃음을 터뜨리고 말았다. 「에이전트 메가도스」의 시나리오는 전반적으로 B급 감성이었지만 몇몇 장면은 마음에 들었으므로 출연 여부에 대한 판단을 유보하게 되었다. 뭔가 달콤한 것을 먹으면서 한 번 더 찬찬히 살펴보면 딱 좋으련만. 드레스를 갖춰 입고 영화제에 나설 일정이 임박한 터라 성지는 그저 입맛만 다셨다.

며칠 뒤 드레스를 고르러 간 날 성지는 〈사막의 연인〉 리부트 버전의 영화에 카메오로 출연한 이래 살면서 두번째로 스판덱스 슈트 안에 전신을 욱여넣게 되었다.

각도에 따라 먹색으로 보이는 차분한 검은색 슈트는 성지의 몸을 구성하는 모든 곡선과 직선을 가감 없이 드러냈다. 겨우 숨을 쉬고, 간신히 걸어 다닐 수 있을 정도로 온몸에 밀착되는 옷을 입은 소감은 한 계절 전 처음으로 입었을 때와 다르지 않았다. 킬힐을 디디고 선 발끝에 미치는 압박감을 전신에 고르게 펴 바른 듯했으며 그로 인해 거인의 손아귀에 붙잡혀 옴짝달싹 못 하는 처지가 된 것만 같은 기분이 들었다.

"드레스하고는 비교도 안 되게 유니크하죠." 스타일리스트는 반색하며 물었다. "배우님 보기에는 어때요?"

"백숙이 된 기분이죠 뭐." 성지가 중얼거리자 전신사진을 찍던 매니저가 너털웃음을 터뜨렸다. "못 말려 정말. 백숙은 무슨, 색부터가 이게 어디 백숙 색이에요? 무광으로 소재도 이렇게 잘 빠졌는데!"

영화 속에서 스판덱스 슈트를 입고 짧게 등장한 모습이 화제를 모은 이래 호시탐탐 한 번 더 선보일 기회를 노리던 매니저는 성지가 영화제에 특수 효과상 시상자로 초청되자 유레카를 외쳤다. 웬만한 드레스로는 화제 몰이가 어려운 레드 카펫을 스판덱스 슈트 차림으로 정복하는 승부수를 띄우자면서.

정복이며 승부수며 빤한 감언이설이라고 여기면서도 담당 배우를 띄워보겠다는 마음만큼은 성지에게도 전해졌다. 「에이전트 메가도스」라는 아리송한 B급 영화로 첫 주연 제안이 들어오기까지 10년 넘게 주인공 한번 못 해본 상황에 갑갑한 것은 성지 본인뿐만이 아니었고, 영화제를 앞둔 드레스 피팅에 드레스가 아닌 옷을 특별히 조달할 만큼 신경을 쓰는 것 자체는 감사할 일이라고 여겼다. 그로 인해 세 벌의 드레스와 한 벌의 스판덱스 슈트를 입은 전신사진을 비교하며 성지는 고민에 잠겼다.

처음 입은 드레스는 피부 톤과 전혀 맞지 않았고, 두번째는 소위 은갈치로 불리는 비즈 장식이 과했으며, 검은 실크 드레스는 촉감과 핏이 좋았지만 앞뒤로 파여도 너무 파인 형태였다. 스태프들은 스판덱스 슈트 쪽으로 의견을 모았다. 매니저는 성지의 옆모습을 촬영한 사진을 얼굴 앞에 내밀며 "이건 기한 없이 입을 수 있는 옷이 아닌 거 아시죠"라고 동의를 구했다. 면박을 주지는 않으면서도 입을 수 있는 시기가 앞으로 몇 년 남지 않았다는 의미를 분명히 전한 것이었다.

"실장님 설득 한번 체계적으로 하신다." 성지가 투정했다.

"오, 내친김에 메가도스 계약까지 해버릴까? 이참에, 여전사로 다시 태어납시다!"

성지는 어림없다고, 일단 영화제부터 치르고 다시 생각하자고 못을 박았다. 그런 의사를 밝힐 때까지는 통제권을 잃을 일이 없지만, 일단 결정한 일을 받아들이고 나서 현장에 나서면 배우도 상황의 일부가 될 뿐이다. 애석하게도 영화제 당일에 성지를 둘러싼 상황은 녹록지 않았다. 날은 잔뜩 흐렸고, 영화제는 작은 항구도시에서 처음으로 개최하는 행사라는 점을 감안하더라도 국제 영화제치고는 초라한 규모였다. 레드 카펫만 해도 길이가 미묘하게 느껴질 만큼 짧았는데, 무엇보다 생뚱맞은 것은 그 위에 스판덱스 슈트를 입고 선 자신의 모습이라고 성지는 확신했다.

술렁이는 기자들의 모습과 터지는 플래시 속에서 성지는 그 옷을 받아들인 과거의 자신을 탓했다. 결정적으로 사회를 맡은 미나의 모습을 보고는 울고 싶어졌다. 미나 역시 드레스가 아닌 슈트를 입는 모험을 감행했는데, 움직임에 따라 잔잔하게 일렁이는 듯한 맑은 민트 빛깔의 실크 재킷과 팬츠를 걸친 모습이 한 그루의 나무나 풀숲을 노니는 요정처럼 싱그럽고 청초해 보였던 것이다. 그에 비하면 자신은 영락없는 백숙, 매니저 말마따나 색까지 따지면 오골계 백숙처럼 느껴질 뿐이었다.

기분 같아서는 땅으로 꺼지든 하늘로 솟든 모두의 눈앞에서 사라지고 싶었지만 약속한 대로 특수 효과상의 시상자로 무대 위로 나서며 성지는 지금 같은 심정이라면 해탈도 먼 일이 아니리라고 여겼다. 그래서 함께 시상자로 나선 기운이 "오늘 성지 씨는 완전히 다른 세계에서 오신 것 같아요" 하고 대본에도 없는 농담을 건넸을 때 눈 하나 깜짝하지 않고 "네. 차원의 문을 열고 이 자리까지 올 수 있게 해준 스판덱스 슈트에 모든 영광을 돌리겠습니다"라고 받아칠 수 있었다.

시상을 마치고 무대 뒤편으로 향하는 길에 기운은 "내일 시간 비워놨지?" 하고 속삭였다.

성지는 그가 함께 만나자고 할 사람이 누구인지 빤히 짐작되었으므로 손을 휘휘 저었지만, 공로상을 수상한 정심의 소감을 듣는 동안 마음이 정반대로 기울었다. 배우로 살면서 기회와 인연의 소중함을 처절하게 배웠다는 정심의 말이 마음에 사무친 데다, 눈물을 글썽거리는 모습까지 클로즈업된 판에 먼저 만나고 싶다고 여기까지 찾아온 감독을 만나지 못할 이유가 어디 있나 싶었던 것이다. 수상 소감을 마친 정심에게 박수를 치기 위해 일어나면서는 반짝하고 한 가지

아이디어가 떠올라 메모를 해두고 싶었다. 그러나 따로 조끼라도 걸치지 않는 한 앉으나 서나 온몸을 조이는 스판덱스 슈트에는 펜 한 자루 꽂을 공간이 없었다.

성지의 티셔츠

이튿날에 김 감독과 만나기로 한 곳은 영화제가 열린 도시를 둘러싸고 흐르는 호숫가의 한 방갈로 카페였다. 호수와 생태 공원 사이로 백숙을 파는 음식점과 대형 카페가 늘어선 대로를 지나 15분을 더 달려간 곳에 뚝 떨어져 위치한 카페의 본관은 산장을 연상시켰다. 그 앞으로 인디언 텐트처럼 상단이 뾰족한 목조 건물 다섯 채가 띄엄띄엄 서 있었다. 그중 본관과 가장 먼 건물 앞에 다다르자 노크를 하기 전에 안쪽에서 먼저 문이 열리며 김 감독이 모습을 드러냈다. 큰 키에 짧은 단발이 시크한 인상을 주었지만 "김물빛이라고 합니다" 하며 웃음 짓자 감기는 듯 보이는 눈매가 친근감을 선사했다.

나무 향기가 물씬 나는 실내는 좌식이었고 벽마다 세로로 길게 난 창이 있어 갑갑한 느낌은 주지 않았다. 찾아오기 어렵지 않았느냐는 김 감독의 질문에 성지는 어쩌면 이런 곳을, 그러니까 경치가 좋고 독립되어 얘기하기 좋은 공간을 찾았냐는 질문으로 답했다.

"전에 장소 헌팅하면서 봐뒀던 곳이에요." 김 감독이 말했다. "전화나 메일로도 설명드릴 수 있지만 꼭 한번 제대로 만나서 전하고 싶어서요. 영화제 소식 듣자마자 기운 배우한테 졸랐어요. 한 번만 직접 뵙게 해달라고요."

성지는 습관적으로 고개를 끄덕였으나 실은 김 감독이 하는 말보다 그녀가 입고 있는 티셔츠에 신경이 쓰였다. 이런 우연이 다 있나 싶었다. 마침 본관에서 음료를 받아 온 기운이 자리에 앉기도 전에 감탄사를 내뱉으며 그 점부터 언급했다.

"작품을 같이하는 게 아니라 둘이 결혼을 해야 되는 거 아니야?" 기운이 양손을 벌려 성지와 김 감독이 입고 있는 티셔츠를 가리켰다. "지금 입은 거 그대로 커플룩으로 입고 신혼여행 가면 되겠는데."

"그것도 너무 좋죠. 저는 콜이에요." 김 감독이 눈을 초승달 모양으로 만들며 미소 지었다.

성지는 너무 훅 들어오지 말라며 상체를 김 감독 반대편으로 기울여 피하는 시늉을 했다. 어쨌거나 알 수 없는 일이었다. 엉덩이까지 넉넉하게 덮는 길이에 적당한 두께로 더없이 편하면서도 천재의 필체로 휘갈겨 쓴 듯한 방정식이 프린팅되어 독특한 멋이 있는 그 티셔츠는 성지가 가장 즐겨 입는 옷이었다. 그런데 언제 어디서 손에 넣었는지 알 수 없어 답답해하던 것이기도 했다. 누군가 그 부분의 기억을 말끔히 지운 것처럼 샀는지 선물로 받았는지조차 특정할 수 없었던 것이다. 게다가 티셔츠의 라벨에는 브랜드가 적혀 있지 않았다. 스타일리스트도 어느 회사 제품인지 감이 오지 않는다고 해서 지금껏 막연히 빈티지 제품이겠거니 추측하던 옷이었다. 그랬건만 김 감독이 같은 옷을 입고 있는 것이었다. 굳이 차이점을 꼽자면 자주 입어 물이 빠진 것 때문에 성지 쪽 티셔츠 색감이 바래 있다는 것뿐이었다.

"그러시구나. 이 옷 어디에서 났는지 저는 아는데." 김 감독이 반색했다. "힌트를 하나 드리자면 제 고향인데, 배우님이 제 고향을 아실 리가 없군요, 참. 「에이전트 메가도스」맡아주시면 제가 책임지고 여러 벌 구해드릴게요."

"세상에, 필모를 걸어야 얻을 수 있는 옷이었어요?" 성지가 웃었다.

기운은 커피 잔을 내려놓으며 김 감독은 진짜 필모를 걸 만한 사람이라고 강변했다. 그가 유일하게 단역으로 출연했던 맨 첫 영화의 촬영 현장에서 자신을 투명 인간 취급하지 않은 단 한 명의 제작부 스태프가 바로 그녀였다는 것이다. 김 감독은 별로 챙겨준 것도 없다고 손사래를 쳤지만 기운은 챙겨주고 아닌 정도의 문제가 아니라고, 사람 한 명을 죽이고 살리는 사안이었다며 물러서지 않았다. 그가 볼썽사나운 자아도취와 극도의 불안감 사이를 질주하는 감독에게 휘둘리는 현장 분위기를 잘 알지 않느냐고 묻기에 성지도 고개를 끄덕였다.

"그런 데서 기죽어서 끝도 없이 기다리고 있는 단역한테 한마디라도 붙여주는 스태프는 뭐, 빛이지 빛. 존함부터가 빛이잖아, 물빛!" 기운이 김 감독을 가리키며 말했다.

"그런 감독님의 데뷔작인데 은혜 입으신 본인이 직접 주연으로 나서야 되는 거 아니야?" 성지가 벽에 등을 기대며 웃었다.

"이보세요, 시켜줘야 하지." 기운이 부루퉁한 어조로 대꾸했다. "김 감독은 나만 보면 너 만날 궁리밖에 없었다니까. 뭐, 나도 알아. 내가 코미디 연기 안 되는 거."

"이야, 선배 언제부터 이렇게 자기 객관화가 잘됐어?" 성지는 짐짓 너스레를 떤 후에 김 감독을 바라보며 말을 이었다. "그런데 참, 옛날에는 뭘 그렇게 대단한 명작을 찍는 것처럼 다들 그랬을까요."

"그러게요." 쓴웃음을 짓던 김 감독이 말을 이었다. "그런데 사실 그때는 제가 정말 명작을 만드는 데 발끝이나마 걸치고 있는 줄 알았어요."

김 감독이라면, 그녀가 제작부로 쌓은 필모그래피를 보면 당시로서는 충분히 그렇게 여길 법하다고 성지는 생각했다. 한두 해만 지나도 사람들의 기억에서 잊힐 고만고만한 작품이 아니라 국제 영화제에 숱하게 초청되고, 유럽의 비평가들에게 찬사를 받는 영화의 일원으로 일했다면. 하지만 김 감독은 사실 그때 주변의 또래 친구들 중에서 그 영화들을 흥미롭게 본 경우는 극소수였고, 대체로 불편해했으며 일부는 설정을 듣는 것만으로도 넌더리를 냈다고 회고했다. 돌이켜보면 그런 반응에 어째서 자신이 그토록 무딜 수 있었는지 모를 일이라고, 뭔가에 단단히 홀려 있었던 것만 같다고 말하며 창밖으로 시선을 던졌다. 잔잔한 호수의 표면에 닿은 햇살이 사선의 띠 모양을 만들었다가 이내 흩어졌다.

"제 이름을 할머니가 지어주셨거든요. 저희 할머니가 생전에 〈주말의 명화〉 보는 거를 참 좋아하셨어요. 한번은 로베르토 베니니의 「인생은 아름다워」 보시고는 물빛아, 너도 이런 영화를 좀 만들어봐라, 하시길래 제가 참여한 영화도 유럽에서 상 많이 받았다고 그랬죠. 자랑할 게 그거 말곤 별로 없더라고요. 평론가 몇이 떠받드는 거, 그게 뭐라고 제 청춘을 다 쏟아부었나 싶어요. 지금 생각하면."

영화판을 떠나겠다고 마음먹고 고향인 제주도로 돌아가서 한동안 아버지의 과수원을 돕고, 할머니를 여의고 난 후에는 다시 언어가 통하지 않는 나라로 떠나서 가진 돈을 다 까먹고, 도로 서울에 와서 닥치는 대로 알바를 하며 흐른 4년간 틈틈이 작업한 시나리오 중에 완성한 것은 「에이전트 메가도스」한 편뿐이라며 김 감독은 뒤통수를 긁적였다. '스핀오프에서 만날 법한 캐릭터가 주인공으로 등장하는 영화'라는 착안으로 재미 삼아 쓰기 시작한 기획이었다. 그런데 막상 써나가면서 원래 자신의 취향은 이런 영화였다는 사실을 김 감독은 새삼스레 깨닫게 되었다고 했다. 캐릭터 설정을 하던 즈음 접한 영화 속에서 성지가 구급대원을 연기하는 모습을 보고 깊은 인상을 받았다. 성지의 인터뷰를 찾아보고는 삼십대에 들어서면서 배우를 그만두고 싶은 마음을 억누르기 위해 애썼다고 고백하는, 덤덤하게도 단단하게도 보이는 모습에 이 사람이다 싶었다. 〈사막의 연인〉 리부트 버전의 영화 예고편에서 스판덱스 슈트를 입은 성지를 보고는 운명을 느꼈다. 혼자 앞서 나가서 민망하지만 달리 표현할 단어가 없다고 김 감독은 말했다.

상기된 얼굴을 한 감독이 배역을 제안하며 운명을 언급하는 일은 낯설다 못해 비현실적이었다. 주인공을 맡아달라며 호명된 일, 처음부터 성지를 염두에 두고 작업한 작품을 만나는 것 역시 처음 있는 일이었다. 스물둘에 배우로 데뷔한 이래 이런 경험을 하기까지 억겁의 시간이 흐른 것만 같았다.

"실은 저도 재미있게 읽었어요, 감독님. 그렇긴 한데……"
성지는 오른손으로 자신의 이마를 짚어본 후에 왼손으로 같은 동작을 반복했다. "어제 시상식장에서 퍼뜩 떠오른 아이디어가 하나 있는데 들어보시겠어요? 결말에 가서 이런 식으로 나가볼 수도 있겠다, 하는 제안 같은 건데요……"

"그럼요. 뭐든 말씀해주세요." 김 감독이 들고 있던 찻잔을 내려놓고 자세를 바로 했다.

은하의 타르트

같은 날, 은하는 상담을 받기로 약속한 시각보다 한 시간쯤 앞서 심리 상담 센터 근처에 있는 카페를 찾았다. 자그마한 카페 안에서는 갓 구운 빵 냄새가 났다. 통유리 창 너머 보이는 허브 화분의 푸른 싹을 보며 은하는 지난달 말에 직장 동료가 다시 태어난다면 어떤 일을 하고 싶으냐고 물었던 일을 떠올렸다.

동료는 두 눈에 안약을 넣은 후에 자기가 물은 질문에 자기가 먼저 대답했다. "직종 관계없이 월 마감이 없는 일을 찾을 거야." 말을 마치자 안약이 눈물처럼 그녀의 양 볼을 따라 흘러내렸다. 그 순간 은하의 입에서는 어째서인지 빵

집이라는 단어가 튀어나왔다. 베이커리도 아니고 빵집이 뭐냐며 동료가 웃어서 은하도 따라 웃었다. 지금껏 팬케이크 한번 구워본 적 없는데 빵집이라니. 그날의 늦은 퇴근길에 은하는 작지만 단골 손님이 많은 빵집의 모습을 그려보았다. 매장 앞의 화단에서 직접 기른 민트 잎으로 디저트를 장식하는 모습을 상상하고, 매장에 흐를 음악을 선곡해보는 동안 절로 콧노래를 흥얼거리게 되었다.

마치 누군가 그날 자신의 머릿속을 들여다본 뒤에 차려놓은 듯한 카페는 상담을 받는 곳에서 고작 3분 거리에 있었다. 은하는 진작 평일에 연차를 써서 이런 시간을 가졌더라면 얼마나 좋았을까, 하며 아쉬워했다. 그랬다면 기대하던 대로 느긋하게 두 주 동안 생긴 일을 복기할 수 있었으련만. 2년 반 동안 자신을 담당해주었던 민 선생님과의 마지막 만남을 앞둔 지금은 좀처럼 서글픈 기분을 떨쳐낼 수 없었다. 그러면서도 마음이 무겁게 가라앉기보다는 안절부절못하는 상태가 되어 차분하게 지난 2년을 돌아볼 수도, 메모 앱에 뭔가를 적을 수도 없었다.

이런 기분이 드는 것은 자연스러운 일이라고 여기며 은하는 숨을 깊이 들이쉬었다. 상담사와의 신뢰 관계를 형성하기도 전에 번번이 도망쳤던 몇 번의 실패 끝에 만난 민 선생님은 처음으로 자신을 한심하게 여길지도 모른다는 걱정을 내려놓고 속내를 터놓을 수 있었던 분이 아니던가. 설령 민 선생님에게 온 기회를 진심으로 축하하며 몇 달 전부터 마음의 준비를 했다 한들 이별이 간단할 리가 없었다. 겉으로는 찻잔을 자주 들었다 놓았다 했을 뿐이지만 은하는 속으로 지극히 당연한 말, 어찌 보면 뻔한 말, 그러나 누군가 자신에게 들려주기를 바라는 말을 거듭 스스로에게 건넸다. 애쓰고 있고, 이만하면 잘하고 있다고. 하지만 약속된 시간이 다가와 자리에서 일어섰을 때 지금껏 민 선생님에게 묻지 않기 위해 노력했던 질문 한 가지가 떠올라 마음에 걸렸다.

그런 맥 빠지는 질문은 하지 않는 게 좋으리라 생각하며 은하는 계산대 앞에 섰다. 그러자 쇼케이스를 가득 채운 갖가지 타르트가 눈에 들어왔다. 2년이 넘는 시간 동안 자신의 이야기를 들어준 민 선생님에게 달콤한 디저트를 선물하며 작별을 고하는 것도 나쁘지 않을 것 같았다. 은하는 카페 주인에게 타르트 한 판을 포장하겠다고 전했는데, 문제는 그다음이었다. 민 선생님은 은하네 가족이 안고 있는 온갖 문제하며 결정적인 순간에 움츠러들며 결정을 피하는 은하의 약점을 모두 알고 있었지만, 은하가 민 선생님에 관해 아는 정보라고는 무늬가 없는 셔츠를 즐겨 입는다는 취향 정도였던 것이다. 레몬머랭타르트의 새콤한 맛이 입맛에 맞는지 어떤지, 자몽의 쌉쌀한 맛을 싫어하지는 않을지, 게다가 어떤 식재료에 알레르기가 있는지조차 파악하고 있지 않았다.

"죄송해요. 워낙 맛있어 보여서 하나를 고르는 게 어렵네요." 은하가 변명하듯 말하자 카페의 주인은 "그럼 드시는 분이 골라 드실 수 있도록, 한 조각씩 이어서 한 판을 만들어드릴까요?" 하고 물었다. 은하는 그녀의 제안에 반색했고, 선물할 것과 별개로 어머니가 좋아할 만한 타르트 두 개를 따로 골라 담았다.

여덟 조각을 이어 붙여 알록달록한 하나의 원을 만든 타르트가 든 상자를 민 선생님에게 건넨 은하는 가벼이 숨을 몰아쉰 뒤에 한 가지 묻고 싶은 게 있다고 말했다.

"이걸 살 때만 하더라도 여쭤보지 않을 생각이었는데, 오늘이 지나면 여쭤보고 싶어도 그럴 수 없을 것 같아서요."

"안타깝게도 그렇네요." 민 선생님이 말했다. "질문은 어떤 것일까요?"

"음, 그게요…… 2년 넘게 상담하고 나서도 저처럼 이렇게 나아지지 않는 사람이 저 말고도 흔히 있는 건가 싶어서요."

"사실 나아져야 될 사람은 엄밀히 말해, 은하 씨가 아니죠."

은하 씨도 잘 알고 계시지만요, 하고 덧붙이는 말에 은하도 순순히 고개를 끄덕였다. 실은 그간 나누었던 대화의 가장 큰 조각은 은하 자신에 대한 것이 아니라 가족들에 관한 것이었다. 상담을 받은 지 1년쯤 흘렀을 때 은하는 쉬이 잠들지 못하는 밤이면 자신의 기분과 가족들에게 하고 싶은 말을 메모 앱에 적어 내려갔다. 때로는 엄지 관절에서 뚝뚝거리는 소리가 날 만큼. 그 일을 반년 넘게 반복한 후에 파일을 하나씩 정리하고 나니 이제 메모 앱에는 끝맺지 못한 한 문장을 포함해 딱 다섯 문장의 글만이 남아 있었다.

　—아버지에게는 알코올 의존을 포함한 여러 가지 문제가 있지만, 본인은 그 점을 결코 인정하지 않는다.
　—오빠는 자신이 저지른 사건들에 대한 과오를 인정하지만, 시간이 흐르면 또 다른 문제를 일으키고 엉뚱한 일을 트집 잡아 내게 폭언을 한다.
　—어머니는 아버지와 오빠가 일으킨 문제로 인해 고통받지만, 두 사람과 분리될 의사가 없다.
　—어머니를 두고 떠날 엄두가 나지 않아 계속 한집에 살면서 가족들의 문제에 관여하지 않는 것은 불가능하다.
　—따라서 나는

　마지막 문장에 생략된 말은 '어머니가 마음에 걸리더라도 가족들과 분리되어야 한다'였다. 설령 혼자 보는 메모에라도 그렇게 써두는 데 가책을 느꼈기 때문에 비워둔 것이다.

그런 이유로 문장조차 끝맺지 못한 채 여전히 가족들과 한 집에 살아가는 동안 은하는 이따금 마지막 문장이 '따라서 나는 어머니와 다를 바 없는 삶을 살게 될 것이다'인 게 아닐까 하는 의구심을 가졌다. 오랜 시간 심리 상담을 받고 나서도 같은 자리를 맴돌고 있으니 가족을 끊어낼 수 있을 리가 없는 게 아닐까 하고.

"끊어낸다는 말로 정리를 하려다 보면 더 힘들어질 수 있겠죠. 은하 씨가 어머니와 인연이 끊어지기를 원하는 것은 아니니까요."

"네. 가까이에서 고통받는 게 아니라 멀리서 그리워하는 사이로 재설정하는 방향을 얘기해주셨었죠."

"맞아요." 민 선생님이 미소 짓더니 은하의 가방 옆에 놓인 쇼핑백에 시선을 던지며 물었다. "타르트처럼 달콤한 디저트를 어머니도 자주 드시는 편인가요?"

"좋아는 하시는데 당 수치 때문에 아주 가끔만 드세요."

"그쯤으로 조정해볼 수 있기를 바랄게요. 세끼 밥처럼 늘 함께하는 사이보다 특별한 날 선물하는 디저트처럼 가끔 반갑게 마주할 수 있는 사이가 되도록요. 아마 은하 씨는 하실 수 있을 거예요."

민주의 꿈

어릴 적에 높은 곳에서 떨어지는 꿈을 자주 꾸었던 민주는 하늘을 날아다니는 꿈을 꾼다는 친구를 부러워했다. 엄마는 떨어지는 꿈을 꾸는 게 키가 클 징조라며 달래주었지만, 민주의 키는 그때나 이후에나 또래의 평균에 조금 못 미치는 정도에 머물렀다. 가까스로 160센티미터가 되었던 고등학생 시절부터는 걱정거리가 있을 때면 곧잘 꿈에서 모의고사를 치렀다. 삼십대에 이르러 시험 보는 꿈에 더 이상 시달리지 않게 되었을 즈음부터 사정은 더 나빠졌는데, 잊을 만하면 한 번씩 꿈에서 숨이 멎는 상황에 놓이게 되는 것이었다.

꿈속의 민주는 식사를 하다가 쓰러지기도 하고, 운전하다가 고꾸라지기도 했다. 가장 최근에 꾸었던 꿈에서는 출근길의 지하철 역사에서 쓰러지고 말았다. 잠에서 깨어난 후에도 숨이 멎던 그 순간이 유달리 생생했다고 말하자 미영은 휴대폰 너머로 "아유 우리 나댕기미, 나댕기러 지하철 탈 때마다 생각나서 어째" 하고 말했다.

"나댕기미, 이참에 지하철 없는 제주로 올래?"

"다 끝난 얘기 또 꺼낸다." 민주는 헛웃음이 났다. "이 집 계약은 어쩌고. 내가 진짜 언니 이럴 때마다 목소리 때문에 봐주는 줄 알아."

전에는 대화가 이런 식으로 흐르면 이후에 꼬박 며칠 동안 미영의 진의가 무엇인지 파악하려 애썼다. 그러고는 자신의 마음에 파문을 던진 말이 어떤 내용이었는지 정작 말을 뱉은 미영은 기억조차 못 한다는 사실을 확인하게 되었다. 서운함을 토로하다 보면 결국 다투게 되는 일이 다반사였다. 더 이상 미영이 별 뜻 없이 던진 한마디에 괜한 기대와 실망을 반복하는 일을 하지 않기로 마음먹고, 미영을 좇아 삶의 방식을 바꾸며 버거워하지도, 반대로 미영이 그렇게 해주기를 바라는 일도 멈추자 비로소 둘 사이에 평화가 찾아왔다.

아쉬운 마음이 들 때면 발리의 우붓에서 함께 보낸 한 달을 떠올렸다. 숲으로 감싸인 숙소의 테라스에 서면 아득한 기분이 들 만큼 짙은 초록빛 풍경이 시야를 메웠고, 미영은 민주의 허리를 감싸 안으며 미리 신혼여행을 온 셈 치자고 말했다. 하지만 마냥 행복하기만 하던 사흘이 지나자 어김없이 다툼이 생겼다. 눈물겹게 즐거운 순간과 눈물을 흘리며 싸우는 시간이 엉겨 붙었다. 어느 저녁, 식사도 건너뛰고 홀로 풀에 몸을 담근 채로 민주는 진득진득한 감정의 소용돌이에 자주 빠지는 것이 자신이 원하는 삶의 형태가 아니라고 정리했다. 그 여행 덕에 둘은 매일 밤 자기 전에 통화를 하고, 휴가와 연말을 함께 보내는 선에서 삶을 함께하자고 자연스럽게 뜻을 모았다.

"목소리 하나는 타고나서 다행이네." 미영이 평소보다 목소리를 더 낮게 깐 채 속삭였다. "아무튼, 그런 꿈을 왜 자꾸 꾸는지 잘 생각해봐. 과부하가 왔다고 네 몸이 알려주는 거 아니겠어? 요새는 플랭크도 안 하지 너?"

그런 다음은 요즘 통화할 때마다 빼놓지 않는 레퍼토리였다. 미영은 민주더러 일을 좀 줄이고, 근육을 만들고, 건강검진을 받으면 결과를 공유해달라면서 검진 날짜를 잡는 게 귀찮으면 자신이 대신 예약을 해주겠다고 했다. 그녀가 그런 적극성을 보일 때마다 민주는 격세지감을 느꼈다. 몇 해 전까지만 하더라도 둘의 위치는 반대였던 것이다.

건강은커녕 끼니를 챙기는 일조차 귀찮아하던 헤비 스모커로 민주의 염려를 사던 미영은 어느새 매일 아침을 스트레칭으로 시작하고 제철 야채와 과일을 챙겨 먹는 데다 일주일에 나흘은 운동을 하는 사람으로 거듭났다. 환갑을 넘기고 일흔을 넘긴 연세에도 물질을 하는 해녀분들을 가까이에서 촬영하는 동안 느낀 바가 있어 생활 방식을 바꾸었다고 했는데, 민주가 기억하기로는 우붓에서부터 조짐이 있었다. 그러나 그 점을 따지다 보면 다시 건강 검진 일정을 종용할 것 같아서 민주는 오늘 밤에는 성지가 권해준 책을 읽다가 잘 거라고 화제를 돌렸다.

책의 살구색 표지에는 건조한 표정을 한 여자가 다과와 필기도구를 앞에 두고 턱을 괴고 앉아 있었다. 여자는 곁에 있는 고양이를 향해 기다란 장난감을 흔들었는데, 깃털이 붙어 있어야 할 자리에 예복 차림의 신부와 신랑 모양의 장식품이 매달려 있었다. 고양이가 앞발을 조금만 더 높이 뻗으면 바스러질 것처럼 위태로워 보인다고 민주는 말했다.

"결혼에 관한 책인가 보네?" 미영이 물었다.

책의 부제가 "결혼이 위험 부담인 시대를 사는 이들에게"라고 일러주자, 미영은 어쨌거나 자신은 법률적으로 가능하기만 하다면 쉰에든 환갑에든 결혼을 하고 싶은 사람이라는 사실을 잊지 말아달라고 하더니 말을 마치기 무섭게 하품을 했다. 여자친구가 아침형 인간이 된 결과 그녀에게 잘 자라는 인사를 건넨 후에도 민주는 한 시간 넘게 책을 읽을 수 있었다. 잠들기 직전에는 책 끝을 접었는데, '평행우주 속 세계에서 굉장히 드문 확률로 지금 여기 있는 자신과 만난 것이리라고' 여겨달라는 문구를 내일 밤에 미영에게 전해주고 싶었기 때문이다. 머리맡에 책을 두고 독서등을 끄면서 민주는 또 한 번 심장이 멎는 꿈을 꾸게 되는 것은 아닐까 하는 걱정을 털어내기 위해 천천히 심호흡했다.

심장마비만큼의 격렬함은 담고 있지 않았지만, 그날 밤의 꿈도 마냥 편안하지만은 않았다. 민주는 은하와 함께 갇혀 있었다. 갇힌 곳은 큼지막한 원목 책상 위로 깃털 펜과 잉크가 놓여 있고, 벽 한 면 전체에 책장을 짜 넣은 누군가의 서재였다. 책을 읽기 좋은 조도로 일견 아늑해 보였으나 문은커녕 작은 창문 하나도 보이지 않는 공간이라는 사실을 알게 되자 더럭 겁이 나고 숨이 막혔다. 하드커버의 책들이 가득 꽂힌 책장을 바라보며 탈출할 궁리를 거듭하는 동안 어느새 방 안에는 성지도 등장했으므로 어떻게 하면 이곳에서 빠져나갈 수 있을까 함께 의논하고 싶었는데, 성지는 계산할 게 남았다면서 딴청이었다. 그때 책장 앞으로 바짝 다가서 있던 은하가 한 가지 발견한 게 있다며 책장 오른편 끄트머리를 가리켰다. 거기에 꽂혀 있는 책의 등이 빛나고 있었다. 마치 달빛을 받아 반짝거리는 잔물결처럼. 혹은 픽셀이 깨져 있는 것처럼. 픽셀이 깨지면 곤란한데. 민주는 그런 생각을 하면서 꿈에서 깨어났다.

각자의 배역

며칠 후에 만난 성지에게 예의 책을 돌려주면서 민주는 그날의 꿈을 전했다. 가을의 시작을 알리는 선선한 바람이

불어오는 일요일 오후였고, 둘은 성지네 집의 식탁에 마주 앉아 은하를 기다리고 있었다. 성지는 "여기는 케이크를 두는 게 낫겠구나"라며 커다란 원형 식탁 한가운데에 내려놓은 냄비 받침을 옆으로 밀었다. 그러더니 민주에게 반짝이는 책을 꺼내보지 그랬느냐고 말했다.

"손이 안 닿는 데 있었어." 민주가 냄비 받침을 좀더 구석으로 밀며 대꾸했다.

"나도 있었다며. 목말을 타보지."

"야, 너는 협조가 안 됐어. 무슨 미친 과학자처럼 중얼중얼거리면서 입고 있던 옷에 방정식을 휘갈기고 다니지 않나, 혼자 되게 바빴다고." 민주가 말했다. "꿈에서도 깨진 픽셀 찾고 있다고. 미영 언니는 그게 다 과로의 증거라더라. 일을 좀 줄이기는 해야 될 것 같아. 언니 말마따나 처음에는 디지털 노마드로 살아보겠다고 회사도 때려치우고 나왔는데, 체질에도 안 맞고 팔자에도 없는 엔잡러를 하고 앉아 있으니……" 민주가 하던 말을 멈추고 성지의 얼굴 앞으로 손바닥을 내저었다. "너 무슨 생각 하니?"

"미안." 성지가 사과했다. "왠지 모르게 전에 들어본 얘기 같아서. 너 전에도 그런 꿈 자주 꿨어?"

"책 나오는 거? 아님 픽셀이 깨진 거? 아닐걸?"

민주는 그렇게 답한 뒤 이제 곧 도착한다는 은하의 메시지를 성지의 얼굴 앞에 들이민 후 상을 차리자며 자리에서 일어났다.

성지가 떡볶이 안에 면 사리를 넣고 데우는 동안 민주는 포장해 온 모듬회와 샐러드를 꺼냈다. 공기 중에 매콤한 냄새가 퍼질 즈음 은하는 케이크가 든 샛노란 상자와 꽃다발을 쥔 채 등장했다. 종일 들판을 누비며 한 송이씩 그러모은 것처럼 빛깔과 크기가 다른 꽃들이 조화를 이룬 꽃다발을 받아 든 민주가 탄성을 질렀다.

"케이크도 마음에 들어야 될 텐데."

은하가 샛노란 상자를 열자 여덟 조각을 이어서 하나의 원을 만든 케이크가 모습을 드러냈다. 민주는 어떤 종류를 원하는지 물어봤을 때 티라미수인지 생크림 쪽인지 대답을 망설였던 것 때문에 이렇게까지 준비해준 거냐며 감탄했다. 은하는 겸연쩍은 미소를 짓더니 "그 영향도 있고, 나도 의지를 다지려고"라고 대답했다.

"뭐에 대해서?" 성지가 되묻자 은하는 즉답을 피하며 자기 잔에 입술을 가져다 댔다. 그러더니 민주에게 올해도 생일 축하 노래는 금지할 거냐고 물으며 화제를 돌렸다. 민주는 격하게 고개를 끄덕였다. 성지가 장난기 어린 표정을 지으며 숫자 0부터 9까지 색색의 양초가 담긴 플라스틱 상자를 집어 들었으나, 민주가 날쌔게 잡아챘다. 그러고는 그 안에서 0 모양의 초를 꺼냈다.

"이거 좋네. 미영의 영 같잖아." 민주가 말했다. "농담이고, 이거 보면서 떠올리기 좋겠어. 번아웃 돼서 아무것도 안 남기고 다 태울 일은 만들지 말자고 말이야."

"자네, 그럼 앞으로는 일 줄이고, 몸 좀 챙기는 건가?" 성지가 안경을 추켜올리며 물었다.

"그렇소. 일은 좀 줄이고, 몸을 더 챙길 것이네."

민주는 성지의 말투를 따라 반복하더니 포크를 들어 여덟 조각의 케이크 중에 티라미수를 공략했다. 은하는 맨 먼저 레어치즈케이크를 택했고, 성지는 생크림케이크 위의 딸기부터 집어 들었다. 사르륵 녹아내리는 크림을 맛보면서 민주는 앞으로 생일 케이크를 먹을 기회가 몇 번쯤 더 있을지 가늠해보았다. 그러자 새삼 지금껏 살아온 날보다 살아갈 날이 더 길다는 사실을 되새기게 되었다. 그 점은 평소에 미영이 강조해온 부분이기도 했다. 민주는 새 술을 가지러 냉장고 앞으로 향하다 말고 "아, 은하야, 잊어버리기 전에 나 자세 좀 봐줘. 이건 거울 보면서 혼자 체크를 할 수가 없더라" 하고 바닥에 엎드려 플랭크 자세를 취했다.

은하는 상체에 더 신경을 써야 운동 효과가 있다며 민주 앞으로 오더니 "더 내려야 돼. 좀더" 하고 손바닥으로 민주의 등을 지그시 눌렀다.

성지는 입안에 든 케이크를 꿀꺽 삼킨 뒤에 두 친구를 향해 "먹다 말고 뭐 하니?" 하며 와인 잔을 들었다.

"아이고, 역시 누가 봐줘야 돼. 자세가 틀린 것 같아서 안 했더니, 다시 등이 막 쑤신다고." 민주가 밭은 숨을 쉬며 말했다.

민주는 10초쯤 더 버틴 후에 신음을 흘리며 자세를 무너뜨렸다. 그러자 은하가 애썼다는 듯 민주의 어깨를 톡톡 치며 더는 못 버틸 것 같은 한계에 이르렀을 때 단 몇 초라도 더 자세를 유지해보라고 일렀다. 민주는 그 순간 벌렁 몸을 뒤집어 바로 눕더니 자신을 굽어보고 있는 은하를 향해 "은하야, 우리 집으로 진짜 안 들어올래? 응? 와서 같이 플랭크 하자" 하고 힘겹게 말을 이었다. 와인 잔을 든 성지는 민주가 또 헛물켜는구나 싶어 고개를 절레절레 저었다. 민주는 지금 사는 집으로 이사했던 지난해에도, 그보다 몇 해 전에도 같은 제안을 했다가 거절당했다. 성지 생각에 은하가 본가에서 나오는 것보다는 어느 날 갑자기 민주 여자친구의 방랑벽이 사라지는 것을 기다리는 편이 더 현실성 있어 보였다.

"그럴까? 응. 진지하게 생각해볼게."

은하에게 기대치 못한 대답을 들은 민주는 급한 마음에 오른손을 뻗어 은하의 발목부터 움켜쥐더니 정말이냐고 물었다. 미저리 같다는 말 외에는 달리 표현할 길 없는 그 동작에 성지는 마시던 레드와인이 사레들리고 말았다.

"그래! 우리 집이랑 너네 회사도 금방이잖아!" 민주가 자리에서 벌떡 일어나 은하의 어깨를 붙잡았다. "내가 이럴 거 같아서 스피커도 네가 추천한 거 샀나 봐. 너 듣고 싶은 음악 다 틀어. 세상에, 드디어 네 입에서 이런 말이 나오는구나."

"야, 너 때문에 와인이 코로 넘어왔잖아." 미간에 주름을 잡으며 쿵쿵거리던 성지가 은하 쪽으로 몸을 틀었다. "집에 또 무슨 일 있구나, 너."

은하는 성지가 단박에 그렇게 추측하는 게 무리가 아니다 싶어 쓴웃음을 지은 채 고개를 저었다. 식탁 앞으로 돌아와 뭔가 사건이 터진 것은 아니라고 했다. 다만 전에 느껴보지 못한 종류의 막막함을 느끼고 있다고 말했다.

"이제 민 선생님은 못 만나잖아. 민 선생님한테 적응하는 데도 오래 걸렸는데 다시 그렇게 다 털어놓을 수 있는 선생님을 어디서 새로 찾나 싶어서."

"발품 좀 팔아야겠네." 성지가 대꾸했다.

"그것도 좀 막막하고. 차라리 그간 상담하면서 대답만 하고 시도를 제대로 못 했던 일을 해볼까 싶어졌어. 지난주에 연습 삼아 몇 번 해봤거든? 별건 아니고, 그냥 안 되는 거는 안 된다고 선을 그어봤어."

부모님이 원하는 착한 딸 노릇을 하나라도 거부할라치면

278

아버지는 버럭 고함부터 치며 머리에 총이라도 맞았느냐고, 키워준 은혜도 모르고 이기적으로 군다고 윽박질렀다. 겁먹은 아이처럼 눈치를 보던 어머니는 은하까지 속을 썩이면 자기는 누구를 믿고 살아야 하느냐며 앓아누웠다. 그리고 그런 집안 풍경의 일부가 아닌 것처럼 감정의 동요를 보이지 않던 오빠는 마치 미리 알고 있기라도 한 듯 은하가 중요한 일정이나 모처럼 기분 전환이 될 만한 외출을 앞두고 있을 때 시비를 걸어왔다.

오늘도 오빠는 집에서 나오기 전에 신발을 고르고 있는 은하의 뒤통수에 대고 그런 게 다 무슨 소용이냐고 이죽거렸다. 무슨 옷을 입고 어떤 신발을 신어도 소용없을 거라고, 이 세상에 은하를 거들떠볼 남자는 없을 거라면서.

"그러니까 가족들한테 노처녀 히스테리나 부리다가 늙을 거라고 하던데." 은하가 큼지막한 치즈케이크 조각을 입안에 넣으며 말했다.

성지는 오만상을 찡그렸다가 그런 인간 때문에 주름을 얻을 수는 없다며 손끝으로 자기 미간을 문질렀다. "노처녀 히스테리라니. 그 말이 아직 지구상에서 쓰이고 있었구나."

"그러게. 너무 구려서 악의를 느낄 여유가 없다, 내가." 민주가 대꾸하며 은하의 어깨를 다독였다. "잘했어. 욕도 미리 당겨서 먹었겠다, 이제 진짜 나오기만 하면 되겠네."

은하도 그럴 참이라고 하더니 같이 듣고 싶은 노래가 있다며 음악을 재생시켰다. 블루투스 스피커를 사용하기 전에도 셋은 모이면 늘 은하가 선곡한 음악을 들었다. 민주는 문득 은하가 자기 집으로 석 장의 CD를 챙겨 왔던 어느 여름날을 떠올렸다. 아마 그때도 일요일이 아니었을까. 모처럼 부모님이 집을 비우자 민주는 은하와 성지를 불러 김치라면을 끓여 먹었다. 부른 배를 안고 소파에서 뒹굴거리며 음악을 듣던 참에 성지가 텔레비전 리모컨을 마이크처럼 쥐었다. 그러고 헛기침을 하더니 잘 들어두라고, 자기 꿈은 배우라고 밝혔다. 아직 가족들에게도 말한 적 없으니 너희 둘만 알고 있으라면서.

은하는 직업을 특정하지는 않았지만 음악과 관련된 일을 해보고 싶다고 말했다. 고등학교를 졸업하면 유학을 떠나 학위를 받고 싶은 나라와 학교, 그곳에서 눈여겨보고 있는 교육 과정과 장학금도 있다고 술술 읊었다. 정말이냐며 성지가 벌떡 몸을 일으키자 은하는 덤덤하게 "다시 태어나면" 하고 대답했다. 다시 태어날 수 있다면 그런 과정을 밟아 평생 음악을 하고 살 테지만, 이번 삶에서는 유학은커녕 안정적인 취업이 가능한 학과에 진학해야 한다고. 고등학교에 진학하기 전부터 엄마는 은하만이라도 제대로 월급이 나오는 회사에 들어가는 게 소원이라고 강조했고, 은하가 보기에도 집안에서 엄마의 소원을 들어줄 만한 사람은 자기밖에 없다고 했다.

머릿속에 떠오르는 말을 그대로 뱉으면 결국 은하의 가족들을 욕하는 것처럼 들리게 될 터였으므로 민주는 "네가 성적이 좋으니까 아무래도 기대가 크신가 보다" 하고 손에 든 과자 봉지를 건넬 뿐이었다. 그러고는 짭짤한 맛이 감도는 입술을 핥으며 성지의 막연한 듯 큼지막한 꿈과 은하의 또렷하지만 이미 포기한 꿈에 관해 생각했다. 민주에게는 두 가지 모두 먼 이야기였다. 민주가 앞날에 관해 확신할 수 있는 것은 문과를 택했으니 취업 시장에서 녹록지 않겠다는 것뿐이었다. 게다가 친구들처럼 진심으로 하고 싶은 일도, 특별한 재주도 없으니 자기 부모님들처럼 주어진 일을 죽도록 열심히 해야만 겨우 버틸 수 있을 것이라는 사실이었다.

민주의 입에서 한숨이 비어져 나오자 은하가 민주의 얼굴을 들여다보았다. 그때 민주는 은하에게 어른이 되어서 독립하면 함께 살자고 말했다. 이전에는 생각해본 적 없는 일이었지만 그 순간 자연스럽게 그런 말이 나왔다. 은하는 뭐라고 대답을 했더라? 가물가물한 기억을 더듬으며 민주는 은하의 잔을 채워주었다.

술병이 비자 성지는 민주에게 빈 병을 달라는 듯 손을 내밀더니 오늘을 위해 아껴둔 술을 가져오겠다며 일어났다.

그녀를 거들어 장식장에서 새 잔을 꺼낸 민주는 성지 손에
든 화려한 라벨의 술병을 보고는 자기 생일 말고도 기념할
게 있는 것 아니냐고 물었다.

"아직 출연 확정하기 전이라 너희한테만 얘기하는 건데,
실은 영화가 한 편 들어왔어." 성지가 잠깐 뜸을 들였다. "이
번에는 내가 주인공이야."

"주인공?" 민주가 되물었다.

"주인공에, 심지어 지구를 구하는 영웅이야. 원래는 스판
덱스 슈트 입고 활개를 치는 역인데 어떻게 보면 너무 B급
정서 같기도 하고."

"난 그런 영화 재밌던데." 은하가 관심을 보였다.

"맞아. 시나리오는 잘 나온 것 같아. 감독도 말이 잘 통하
는 사람이길래 내가 시나리오 보고 하나 건의한 게 있어."

성지는 제안할 게 있다는 자신의 말을 듣고 연신 고개를
끄덕이던 김 감독을 떠올렸다. 그녀가 당황한 기색이 역력하
자 성지는 오히려 조금 마음이 놓였다. 최소한 겉과 속이, 처
음과 끝이 별개인 것처럼 판이한 사람은 아닐 듯해서였다.

민주는 성지의 의견에 공감을 표했다. 그러고는 성지가
쥐고만 있는 술병을 건네받아 빈 잔을 채웠다.

"일단 마셔봐. 정심 선생님이 드시는 거 보고 따라서 산
거라 나도 맛은 몰라." 성지가 미소 지었다. "감독님한테 뭐

라고 했느냐면, 처음에는 스판덱스 코스튬을 입고 나오더라도, 나중에는 그걸 벗어 던져버리면 어떠냐고 했어. 아예 내 손으로 쫙쫙 찢어발기면 더 좋고."

"와, 이 패기를 어쩔 거야." 민주가 박수를 쳤다. "지금까지 고마웠고, 다시는 보지 말자, 그거잖아."

"그래. 그게 사실 사람 입을 게 못 돼. 더우면 더 덥고, 땀 차고, 소화 안 되는 건 말할 것도 없고. 입고 벗는 데 15분은 걸려. 남을 살리기는커녕 오래 입고 있다가는 내 수명이 줄 것 같아."

갈아입는 데 15분이 걸린다는 지점에서 은하의 입이 쩍 벌어졌고, 성지는 그게 그런 옷이라며 어깨를 으쓱거렸다. 물론 옷보다 더 중요한 것은 내용인데, 다행히 영화의 설정에는 또래의 친구들을 불편하게 할 만한 내용은 없는 영화라는 점이 마음에 든다고 강조했다.

"내용이 어떤지 물어봐도 돼?" 은하가 조심스럽게 묻자 민주는 긴장된다며 입술을 축이더니 "주인공이라니, 우리 성지가 주인공이라니, 세상에" 하고 반복하며 읊조렸다.

성지는 오른손으로 자신의 이마를 짚어본 다음 왼손으로 같은 동작을 반복했다. 피부로 감지되는 실재감을 확인하며 자신이 지금 이곳에 존재한다는 사실을 되새기는 것은 퍽 오래된 습관이었다.

누군가는 과거의 선택을 후회하고, 불현듯 발끝에 닿는 지면의 감촉을 아득하게 느끼고, 새로 맞이한 이웃에게 행운의 상징을 건네고, 주체할 수 없이 흐르는 눈물을 내보이고, 말없이 눈물을 닦아주고, 삶의 단면을 재빨리 전시하고, 날 선 비판을 적고, 변함없는 응원을 보내고, 학살을 기록하고, 여행을 떠나고, 뜻밖의 고백을 하고, 단호하게 거절하고, 새로운 가족을 맞이하고, 술잔을 부딪치고, 가족들의 속박에서 벗어나고, 반짝이며 시선을 끄는 책을 집어 들고, 지금까지와는 다른 삶을 꿈꾸고, 책장을 넘기고, 몸에 맞지 않는 옷을 벗어 던지고, 너무 일찍 단념해버린 꿈을 떠올리고, 흐르는 음악에 귀를 기울이고, 거대한 비밀을 품은 수식의 해답을 얻고, 꽃다발을 건네고, 영양제를 삼키고, 퍼뜩 꿈에서 깨어나고, 호수의 표면에 닿은 햇살이 만든 빛의 띠가 이내 흩어지는 바로 지금 이 순간, 성지는 자신의 이야기를 기다리고 있는 친구들과 마주 앉아 있었다.

어쩌면 잘해낼 수 있을지도 모른다는 예감이 든다는 말로 입을 연 후에 이윽고 성지는 설명을 시작했다. 오랜 시간 간절히 원했던 주인공이라는 역할, 죽음의 위기에서 되살아난 후 자신만의 방식으로 세상을 구하며 완전히 다른 삶을 살게 된 영웅의 활약상에 관해서. 마침내 자신의 손에 넣은 바로 그 배역에 관해서.

작가의 말

    로맨스를 중심축으로 둔 작품에는 오직 주인공 커플의 애
정 전선에 위기를 가하거나, 여자 주인공을 괴롭히기 위해
살아가는 듯한 인물이 여전히 심심치 않게 등장한다. 어떤
배우들은 이른바 '여자의 적은 여자'라는 말의 알리바이처
럼 쓰이도록 설계된 일종의 '빌런' 역을 맡아서 열연을 펼치
기도 한다. 성지라는 인물은 그런 배우들을 볼 때 느꼈던 복
잡한 감정에서, 또한 마침내 잠재력을 펼칠 수 있는 역할로
등장하는 모습을 마주했을 때의 반가움과 안도감에서 탄생
했다.

    그런가 하면 이 책 안에 담긴 소설 전체의 시작점은 「Spe-
cial Thanks to」에서 민주가 읽은 미나시타 기류와 우에노 지

즈코의 대담집 『비혼입니다만, 그게 어쨌다구요?!』(조승미 옮김, 동녘, 2017)에 등장하는 한 문장과 조우한 일이었다.

"평행 우주가 100개 있다면 저는 그중 80개 세계에서는 결혼하지 않고, 99개 세계에서는 아이를 낳지 않았을 겁니다."

워킹맘으로 악전고투하는 여성이 지고 있는 삶의 무게가 오롯이 담긴 이 말을 듣고 이 세계와는 다른 양상으로 살아갈 아흔아홉 갈래의 세계를 지어나가기로 마음먹자 맨 먼저 민주라는 인물이 손을 내밀었다. 그렇게 시작된 이야기는 민주 앞에 성지와 은하가 나타나면서 본격적으로 구체화되었다.

세 인물이 모였을 때는 대체로 은하가 고른 노래가 흘렀는데, 다양한 장르의 음악 사이로 몇 가지 요소가 느슨하게 이어졌다가 흩어지기를 반복했다. 이를테면,

비밀을 품은 방정식이 적힌 티셔츠
조각을 모아 완성한 홀 케이크
가족의 굴레
첩보원과 스파이
과로와 불안
쌍둥이
슈퍼 파워와 스판덱스 슈트

신들의 섬

심장마비와 부활

그리고

리메이크, 리부트, 스핀오프

본편에서는 서사의 중심에서 밀려났던 인물이나 설정이 이야기의 한가운데 자리하는 스핀오프를 접할 때면 종종 산뜻한 형태의 부활을 목도한 기분이 든다. 그리하여 하나의 이야기는 다른 이야기의 스핀오프라고 여기며 쓴 소설 일곱 편을 모았다. 모쪼록 민주와 성지와 은하가, 책장을 넘기는 모든 분이 자신에게 최적인 우주를 향해 나아가기를 희망하면서.

　어쩌면 우주는 잘 닦인 쇼케이스와 같아서, 신은 그 안에 담긴 각색의 디저트로 살아가는 인간들의 모습을 들여다보고 있는 게 아닐까? 내 인생이 꼭 생크림이기만 하리라는 법이 없고, 나는 지금 여기가 아닌 다른 차원에서는 딸기나 초콜릿의 삶을 살고 있지 않을까? 은모든의 이 연작소설에서는 동일 인물인 것 같으면서도 결코 동일하지 않은 삶의 차원이 워프를 하듯 펼쳐진다. 인연도, 선택도, 주어지는 행운도 달라서 어린 시절 이불을 뒤집어쓰고 보던 게임 북의 느낌이 쏠쏠하다. 다 읽은 뒤 나는 "당신이 이 소설 속 주인공이라면, 그래서 만약 그때로 돌아갈 수 있다면, 다른 세계를 골라서 살아갈 수 있다면……"과 같은 청중의 질문을 받을 때마다 글쎄요, 같은 최소한의 간투사도 망설임도 없이 대답하곤 했던 지난 시간을 떠올려보았다. 저는 여기 있는 사람이고 지금 아닌 다른 모습을 생각해본 적 없고 현재가 중요하고…… 등의 뉘앙스로 수많은 가능성을 차단해왔을 것이다. '인생 n회차'라는 말은 존재의 리부트나 회귀를 다루는 각종 예능과 창작물에 한해 성립하는 개념일 뿐이며, 나는 내가 만들어낸 세계와 철저하게 거리를 두고 있음에 은근히 자부심을 갖기도 했을 테고, 뭐가 됐든 또 다른 우주 개념을 내 일상과 인생에는 적용해볼 생각이 없다는 것만큼은 분명했다. 다른 차원으로 이동한 결과가 소소하면서 So So하기만 해도 다행일 만큼, 어떤 인생이든 치명도가 다양한 부비트랩이 곳곳에 널려 있으므로. 그럼에도 "한 테이크를 갈 때마다 뭐라도 다르게 해보려고" 애쓰는 그 마음이 당신의 오늘을 좀더 값있게 만들어주리라는 점에는 변함이 없고, 그런 의미에서 이 소설은 막연한 공상이 아니라, 평행우주를 다 살아볼 수 없는 우리 유한한 모두에게 작가가 전하는 응원인 것이다. **구병모(소설가)**

마음만 굳세게 먹으면 못마땅한 삶의 세부들을 모두 교정할 수 있다는 성공 신화도, 아무리 애써봤자 나아지는 게 하나 없다는 상습적 냉소도 거부한 채 일상의 작은 실천을 '차원의 문'으로 여기는 은모든의 여자들이 여기 있다. 초침만큼 움직였을 뿐인데, 문득 돌아보면 전혀 다른 곳에 서 있는 사람들의 그런 유연함이 우리에게 배정된 지루하고 편파적인 각본과 역할을 허물며 또 다른 세상의 스핀오프를 열어가리라 믿는다. **오은교(문학평론가)**